I0630177

UQABANE UAMANDLA

Elibali Libhalwe nguMonde Nkasawe

Copyright © Monde Nkasawe 2024

isiXhosa translation of the novel 'The Madness of Rodney Makhelwane' by Monde Nkasawe first published in 2016.

All rights reserved.
No part of this book may be reproduced or utilised in any form, or by any means, electronic or mechanical, without written permission from the individual author.

ISBN: 978-1-77605-795-5 (Print)
ISBN: 978-1-77605-489-3 (E-book)

Typesetting by Janet Von Kleist-Klein
jvonkleist@yahoo.com

Published by Kwarts Publishers
www.kwartspublishers.co.za

ELIBALI LIBHALWE NGUMONDE NKASAWE

ILIZWI LOMBULELO

Ndibulela ngokungazenzisiyo kusapho lwam,
kubafundi kunye nabathandi beencwadi,
ndingabalibelanga nabo noogxa bam abangababhali.
Enkosi ntozakuthi, mazenethole.

IMBALI NGOKUBHALWA KWALENCWADI

Lencwadi iqale yabhalwa ngesiLungu, phantsi kwesihloko esithi, 'The Madness of Rodney Makhelwane. Iguqulelwe esiXhoseni ngumbhali wayo uMonde Nkasawe.

YINGQONDO YAM YONA

Le yingqondo yam!
Intw' eth' ihleli nje, isuk' icinge!
Icing' intw' engathunywang' ukub' iyicinge!
Ethi ndihleli nje ibe indithundezela kwisono sokucinga!
Ith' intw' ingenamsebenzi, yona iyibaxe!
Ith' intw' ifun' ukucingwa, yona yale
Ethi naxa ilibele, ikhumbule ukuba ilibele,
Kodwa ibe ingayikhumbuli lento iyilibeleyo.
Kunyanzeleke ndingene ebutyhakaleni bentswelangqiqo!
Lento isebenzis' ukhakhayi lwam njengomthunzi!
Futhi ingumthwalo osinda intloko yam!
Kodwa ngalo lonke elo xesha,
Ithi iyingqondo yam!

INTSHAYELELO

"Yhu andidinwe Bawo! U'ba uyaw'ze uphinde undibone!" yatsho inkumanda yamapolisa, uLt Col Nomveliso Somani, izamla, ibuncwina, umzimba kuvakala ukuba uyakhalaza, meko leyo ethe yagwanya ngakumbi xa inqwelomafutha yalengqonyela iphuma kwindlela yetar engu R61, kuba izakungena kwindlela yegrabile esingise kwilali yaseMahlubini, kude kufuphi nedolophu yaseCofimvaba, apho ikhaya layo lalikhona.

Oku kudinwa kungaka kukaSomani intsusa yako yayisekubeni namhlanje intokazi le oko ibivuke ngonyezi, isuka eBhisho apho yayisebenza khona, kwikomkhulu lamapolisa ephondo leMpuma Kapa eliseZwelitsha, isinge eBhayi ileqa intlanganiso yamagosa aphezulu esipoliseni. Emva koko, lo kaSomani, engakhange azinike thuba litheni lokuphumla, uphume kweloBhayi selekurhatyele, waxhabashela kwakhe eMahlubini. Nimva ekhala nje, kusezinzulwini zobusuku, kwaye udinwe uyimfe.

Ngokwendalo uLt Col Somani, okanye u'Madam Mvemve' njengoko wayesaziwa ngabahlobo bakhe, yayingengomntu uzithandayo iintlanganiso, ingakumbi eziyimityangampo. Ezakhe iintlanganiso, ukutsho ke ezo wayengumhlali ngaphambili kuzo, zazingathathi ngaphezulu kwemizuzu engamashumi amathathu ziphele, kuba wayemnqonqozisa nabani ozakuthetha ukuba angqale ngqo emxholweni, angadwekeshi.

Ngelishwa ke, le yanamhlanje intlanganiso yayichotshel-we nguMkomishinala Wamapolisa kazwe lonke, uGeneral Silas Nduna. Xa ethekelela uSomani, kwintlanganiso zonke awakhe wazihamba ngaphambili, le yanamhlanje yayitshat-shele ngokunambuza. Ngangendlela awayedineke ngayo, kwakungathi angazixhwitha ziphele iinwele kwintloko yakhe!

UGeneral Sila Nduna waye ngumakhwekhwetha kwinkalo zonke zokulwa nolwaphulo mthetho. Wayeneminyaka engaphaya kumashumi amathandathu ubudala, engamashumi amane kuyo eyichithe kwinkonzo yobupolisa. Kwakubonakala ke futhi ukuba ubafuzile abakubo, kuba unwele lonke lwalungwevu, kuquka iindevu, iinwele kunye namashiya la embala.

Lo mfo kaNduna wayeliqhula ke, elisoloko libalisa amaba-li ahlekisayo, onke ebalisa ngemibhodamo amapolisa adibene nayo kwimizamo yawo yokubamba iindidi ngedidi zezaphu-limthetho kumaxesha amandulo. Xa umjongile, futhi umma-mele ethetha, wawungafunga uthi lomfo kaNduna ayiyonja ikhohlakaleyo yomthetho, ndlela le wayehlekisa ngayo.

Kodwa, njengokuba uSomani wayemjongile, ehleli kwisitulo esingasemva apha kulendlu yentlanganiso, ethatha amanqa-ku ngako konke okuthethwayo, wafumanisa ukuba uGeneral Silas Nduna lo ngumntu ongangxamiyo, futhi ongaphoswa nayiyiphi iinkcukacha yomsebenzi wakhe. Imbali yakhe yayibonakalisa ukuba umkhondo uwulandela oku kwenja izingela, futhi xa ethe wawufumana umkhondo, wayengabuy-elimva, nokuba ukhokela kubani, ntoleyo eyayibonisa uno-bangela wokuba abe kanti unguMkomishinala Wamapolisa kunamhlanje nje.

Into esisimanga ngalo kaNduna yayiyile yokuba ixesha lona yayingento ayinanzileyo. Futhi ngokwenkangeleko yakhe epholileyo, wayesithi xa echophele intlanganiso ayenze icace nakubani ukuba yena akanazicwangciso zimbi ngaphandle kwalentlanganiso akuyo! Nanamhlanje ke kwakungekho mahluko kunesosiqhelo.

Ngentsimbi yesibhozo ngorhatya, ekubeni intlangani-so ibiqale ngentsimbi yeshumi kusasa, UGeneral Nduna kwakukukhona esenza intetho yakhe yokuvala intlanganiso, ntetho leyo yayiquka isishwankathelo sengxoxo yentlan-ganiso yonke, eyayichaphazela izihloko ezifana nokubiwa kwemfuyo, ukunyhashwa kwamalungelo oomama nabant-wana, intiyo yobuhlanga, ukhuseleko emideni yelizwe, kunye nokhuseleko xa kusetyenziswa iicomputer. Yona eyokuba yonke lenkcaza yayizakuvela kakade kwimizuzu yentlan-ganiso, kwaye futhi namhlanje kwakungoLwesihlanu, futhi kukho abantu abasezakuhamba imigama emide, uGeneral Nduna wayengayinanze nganto lonto!

Waye wahlala ke uLt Col Somani kulentlanganiso, ekruquke enjalo bubude nokunambuza kwayo, yade yayophuma. Kodwa nangoku sele esendleleni, wayemana enikina intloko, aphinde ahleke intsini etyhafileyo, engayikholelwa into yoku-ba ikhona intlanganiso enokutsala ithuba elide kangaka.

Phofu kwayena uSomani wayeyiqonda yona into yokuba lentlanganiso ibalulekile. Onondaba babede bayibiza uku-ba yiMbizo Yamapolisa, eyayihlanganele kwenye yeendawo eziphambili zentlanganiso ezikwelizinga, ekuthiwa yiPine Lodge Conference Centre, kude kufuphi nesixeko saseBhayi, kwindawo ekuthiwa yiSummerstrand, nemxholo wayo ophambili yayikukuphonononga amaqhinga namacebo okulwa nolwaphulomthetho.

Onke amagosa aphezulu esipoliseni kuzwelonke na-kunye namaphondo onke, ayekhona kulentlanganiso, kuquka bonke oomkomishinala bamapolisa amaphondo, iintloko zobuntlola ebupoliseni, intloko ezilawula ukungena noku-phuma elizweni, kunye neentloko zamapolisa boomasipala abambaxa. Wonke umntu wayekhangeleka ezolile, kucaca

ukuba bonke bayayiqonda into yokuba usihlalo walentlan-
ganiso akangxamanga.

ULt Col Somani wayeyiqonda futhi nangakumbi into yokuba
ngenxa yokuba unyulo lukazwelonke lwalusondele, amap-
olisa kwakufuneka aliqule aligangathe, kuquka nokunyusa
imbonakalo yawo ezitalatweni, ukuthenga izixhobo ezintsha,
ukuphucula iindlela zokulawula iindawo ezisemaphandleni
kunye nasezidolophini, nokuphucula iindlela zokwenza up-
hando.

Imiba emalunga nokhuseleko lwesizwe yayithande ukuba
sematheni mva nje, kwaye yayingamothusanga uSomani nento
yokuba kule ntlanganiso yanamhlanje kwakugxilwe kakhulu
kwimiba emalunga nothintelo lobundlobongela kwezopolitko
nokubulawa kwamatshantliziyo ezopolitiko. Iimpawu zoku
zaselezikhona, kuba uluhlu lwamaxhoba obubundlobongela
lwalubonokala ukuba luyakhula, ingakumbi kumaphondo
anjengeMpumalanga, iGauteng kunye neKwaZulu-Natal.

Ngelingeni, uLt Col Somani wade wakwazi ukuyikhupha en-
gqondweni yakhe into yomtyangampo wentlanganiso yamapoli-
sa, wamamela umculo kunomathotholo wakhe, kunye nesandi
salomnyobo wayewuqhuba, iBMW 750 xDrive, ehamba ngama-
futha edizili. Walixhesha ke ihashe lomLungu, nalo lavuma.

Kuthe xa kanye kubetha intsimbi yeshumi elinambini ebu-
suku, uLt Col Somani wagaleleka kwakhe. Inqwelomafutha
yakhe wayimisa phambi kwendlu, wavula ucango, waphuma,
ephethe nje ifoni nengxowana yakhe yesandla. Wakhawuleza
wangena komnye wooronta bakhe, apho afike waziphosa
phezu kwesofa, yonke into edibene nokothulwa kwezinto
ezikwinqwelomafutha eyishiyela umyeni wakhe, uMfundisi
Somani, ngeloxesha ayakuthi avuke ngalo!

Lo mzi wakwaSomani yayingowona mzi mkhulu kulelali
yaseMahlubini, unooronta abafulelwe ngengca abane, indlu
enophahla olumcaba lwamazinki, neyakhiwe ngezitena zodaka
enamagumbi amabini, neyayisetyenziselwa ukupheka ingakum-

bi xa imozolu imbi phandle, le ke mhlawumbi nina makhumsha ninokuthi yiflat okanye iplati. Ngaphezu koko, kwakukho ubhazabhaza wexande elalisandula ukwakhiwa, linabo bonke ubunewunewu bezimini – kuquka amagumbi okuhlamba nawasese, udederhu lwamagumbi okulala nawokuhlala, namagumbi empahla leyakwambala, ndibala ntoni na!

Loronta afikele kuye yayingowona mkhulu, futhi bewusebenzisa ngokungathi likhitshi elidibene nendawo yokuphumla, nelithi maxa wambi lisetyenziswe njengendawo yokulala. Impahla ekhoyo apha kuloronta yayichaza loonto, kuba kwakukho itafile eneekomityi, iketile yombane, nesifudumezi kutya. Kumacala onke alendlu kwakukho iisofa ezintsofontsofo, zibonakala zikulungele ukuwuphumza nawuphina umzimba odiniweyo, zide ziwulalise kananjalo.

Into yokuqala ayenzileyo uLt Col Somani kukubilisa amanzi enenjongo zokuzenzela into ephungwayo. Ngalo lonke elo xesha wayechwechwa ezama ukuba angenzi ngxolo enokuthi ivuse abantu abaleleyo, nangona kwelinye icala wayengayinanze kangakanani into yokuba kubekho umntu ovukayo. Eyona nto yayiphambili kuye yayikukuba aphunge, aphumle, alale.

Uthe esasezela umoya wokuphumla, iinyawo ezikhabele kude, weva esothuswa kukukhala konomyayi wakhe osesingxobeni. 'Hayi bo, inoba ngubani ke ngoku lo undifonela elixesha! Inene ndiyakuxelela, ngenye imini siyakuze sithethe neziporho kwezifoni!' wakhuza watsho uSomani ethetha yedwa, futhi emjonge nje unomyayi, engakungxamelanga ukumphendula.

Wabona phofu kwifestile le kanomyayi ukuba esisiporho sifonela abantu ezinzulwini zobusuku nasi sibhaliwe - yayingumlawuli omkhulu wecandelo lemisebenzi ebalulekileyo lamapolisa, uMajor General Lucille Bester. Yamothusa uSomani kakhulu ke lento yokufumana imfonomfono kumntu ololuhlobo, kangangokuba wakhe wathula imizuzwana,

wajonga iwotshi yakhe, eqinisekisa ukuba ngenene kusez-
inzulwini zobusuku, wafika iwotshi isithi ixesha ngu 00:45.

Wakhuza kwakhona, engaziva ukuba uthethela ngaphandle,
esithi, "Tyhini Thiza!" Wabuya wazilungisa, ethekelela ukuba
lemfonomfono inokuba ingxamile, kuba ke ngokuqiniseki-
leyo uGeneral Bester yayingengumntu uqhele kumfonela, no-
nokuthi abe kanti ufonela into engabalulekanga. Yaqhubeka
ikhala yona ifoni, uSomani engayiphenduli, futhi enayo nento
egolozayo, ethi makangayiphenduli, zilime ke ziye etyeni
ukuba kunjalo! Kodwa wabuya wazinqanda, ingqeqesho
yobupolisa ingavumi ukuba atenxe kuyo.

Eyonanto yayisele imenza umdla uSomani ke ngoku yay-
ikukucinga ngendawo le kanene lo kaBester aqeshwe kuyo
apha esipoliseni, kuba uGeneral Lucille Bester yayingumcuphi
oyintlola, kwaye nangona ubukho bakhe babusaziwa luninzi
lwamapolisa, ingakumbi lawo asezikhundleni eziphezulu,
kwakungelula ukumbona ngeliso lenyama. Ukude uthethe
naye kona kwakunqabe okwezinyo lenkukhu.

UGeneral Bester lo wayesaziwa ngegama elisetyezwayo
esipoliseni, elithi ngu 'Njandini', kuba wayengeloqhula, en-
gathethi namntu kungekho mfuneko yoko, kwaye nawuph-
ina umcimbi wesipolisa ophethwe nguye wawungayekwa
kungabanjwanga mntu.

Enye into eyathi yafuna ukumbhida uSomani yayiyile
yokuba iofisi kaBester yayikwikomkhulu lamapolisa
ePitoli, kwaye ngokwesiqhelo nangenkqubo yesipolisa,
uqhakamishelwano phakathi kwamapolisa asePitoli kunye
naseZwelitsha kwikomkhulu lephondo, lalubandakanya
uMkomishinala Wamapolisa wephondo.

Wazibuza ke uSomani esithi, 'Ke ngoku, kutheni selendi-
fumana imfonomfono evela kuNjandini osePitoli, engqale
ngqo kum?'

Ngelingeni uSomani wazicenga waphendula, phofu esazibuza
eziphendula malunga nokuqulathwe yilemfonomfono kaBester.

"Molo wethu General Bester, akukhonto imbi?" wabuza uSomani ephendula imfonomfono, futhi ephendula ngesiXhosa kuba esazi ukuba uBester uyasazi, nanjengamntu ombali yakhe ithi wayeyinzalelwane yaseKomani, apho abeLungu basikhupha ngempumlo isiXhosa.

"Molo Mvemve" waphendula watsho uGeneral Bester, ebiza uSomani ngesiteketiso adume ngaso, nangona phofu ilizwi lakhe yayingelilo eliteketisayo, koko livakala ngokungathi lelikaNothimba xa enqonqozisa.

Waqhubeka engekaphenduli uSomani, "Uxolo MaMiya ngokukufonela ngelixesha wethu. Ndiyayazi ukuba inoba udiniwe emva kwalantlanganiso ibiseBhayi. Ayikhonde lento ndiyifonelayo. Ndifonela nje ukukuxelela ukuba uyafuneka ngomso ePitoli. Iinkcukacha zokuba kutheni kungathani uyakuziva khona. Mna nawe masidibane ngomso emnyango kulahotele kuthiwa yiGarden Court eseHatfield. Onke amalungiselelo okuhamba nokuhlala kwakho ePitoli sele enziwe yiofisi yam. Uzakukhwela inqwelomoya kwisikhululo saseMonti ngentsimbi yesithathu emva kwemini, namhlanje. Ezinye iinkcukacha malunga noku selendizithumele kwi-email yakho. Ndiyathemba konke kucacile?"

Wathula umzuzwana uLt Col Somani, engayazi nokuba ahleke na okanye abethe umlozi, futhi emangalisiwe nayile yokuba ihambo yakhe yaseBhayi isaziwa nguloNjandini! Kodwa eyona nto yambhida kakhulu yile yokuba uBester wayengamcengi ngalento, wayemxelela nje okuzakwenzeka. Ekugqibeleni wafana wathi, "Ewe Major General, ndiyakuva ma'am."

"Kuhle ke xa kunjalo" waphendula watsho uBester, waqhubeka esithi, "masibonane ngomso ke" watsho eyicima ifoni, eshiya uSomani ethingaza, ejonge esisimanga sefoni esele ifile, kodwa ibe imgxagxanisa ukuba makaye ePitoli!

Nangona ebefike edinwe eyimfe kwimizuzu embalwa edlulileyo, emva kwalemfonomfono kaBester konke okokudinwa okwakuhamba nobuthongo kwaye kwaphela nya. Naloo kofu wayeyiphunga phambi kwesisihelegu semfonomfono kaBester yayisele ibanda, ntoleyo eyamnyanzelisa ukuba aphakame abilise amanzi kwakho, kuba ke kwasekucacile ukuba ubuthongo bona makalibale ngabo.

ULt Col Somani walithi jezu nje ixesha, wabona ukuba sekulicala emva kwentsimbi yokuqala ekuseni, yabe ingqondo ibetha ngathi kwayona iyiwotshi esandula ukujijwa, iyizikisisa yonke lento ibithethwa nguMajor General Lucille Bester. Phakathi kwazinye izinto awayecinga ngazo kwakuquka nento yokuba, ngokolwazi analo kwimicimbi eloluhlobo apha esipoliseni, xa ubani ebizwa ngabaphathi, kube kusithiwa iinkcukacha ziyakuvezwa phambili, amaxesha amaninzi loonto yayithetha ukuba kukho qela lithile elibunjwayo elizakwenza uphando ngomba othile o-ethe-ethe. Amaxesha amanzi, nangona iinkcukacha zingekabikho, kodwa ulwazi ngokwenzekayo okunokuthi kukhokele kuphando olunzulu kwakusukube luyinto ekhoyo ezindabeni. Umnqa ke ngolu lwanamhlanje ubizo yayiyile yokuba uSomani wayengenalo nofifi lokuba kungabe ubizelwantoni komkhulu.

Phofu ke uGeneral Bester lo wayengengomntu uSomani anokuthi akamazi konke konke, kuba iindlela zabo zazikhe zaphambana ngaphambili. Yiyo lento nenombolo yemfonomfono kaBester wayenayo kunomyayi wakhe. USomani wayeyazi umzekelo into yokuba uBester yingqonyela kwimiba ekhethekileyo yobupolisa, ingakumbi imiba efana namayelenqe okubhukuqa umbuso, imiba ebandakanya ukulandwa komkhondo wabantu abanesifo sokufuna ukubulala abantu abaninzi, imiba echaphazela abantu abangqondo zabo zingazindzanga ngokuyingozi kumphakathi, kwakunye neminye imiba engaqhelekanga kodwa ikumila kunje.

ULt Col Somani uthe akucinga ngalembali kaBester waziva sele esithi, "Hey, hazuba Bawo kuphambene bani phi ke ngoku? Futhi ndibe ndingenaphi ke mna?!"

Ngaxeshalinye umzimba kaSomani waziva ungenwa yingqele nangona wayephunga ikofu eqhumayo, watsho wanoloyiko xa ecinga ngoluhambo luqubulisileyo lasePitoli. Kodwa ke wabuya waziqinisa ngelithi akukho mfuneko yakuyicinga ngakumbi lento. Yonke iyakuvezwa yihambo leyo. 'LoNjandini uyayazi yonke lento' wazixolisa ngelitshoyo.

Into awayengayithethi uSomani yile yokuba, efumana olucingo nje kungenxa yokuba kwayena wayeyingqwayingqwayi nengcungela kwimiba ephathelene nokucupha ulwaphulo mthetho. USomani wayeselityendyana lenzwakazi, enomzimba obuncipha kodwa ukhangeleka womelele ngenxa yemithambo. Naxa umjongile nje ungamazi, yayibonakala intsobi yokuhlonipheka kuye, ethi ngamanye amaxesha imenze umntu afune ukumkhahlela xa embona.

Nangona wayeneminyaka nje eyi 37 ubudala, wayesele ekwisikhundla esiphezulu sokuba nguSekela Mkomishinala ojongene nawona akhethekileyo amatyala. Kangongokuba wawukhethekile umsebenzi wakhe, wayengenamntu usebenza phantsi kwakhe, kuba owakhe umsebenzi kwakufuneka waziwe nguye yedwa, ephendula kuMkomishinala Wamapolisa kuphela.

Ezingcinga zakhe uLt Col Somani ziphazanyiswe kukungena komyeni wakhe, uMfundisi uNorman Somani. Nangona wayezamile uSomani ukuqinisekisa ukuba akukho ngxolo ayenzayo enokuthi ivuse abantu abaleleyo, lo wakwakhe wayevukile. Ayizange ke kodwa imothuse kakhulu uSomani lonto, kuba umyeni wakhe wayengumntu okhawuleza avuke, ingakumbi xa kukho ubani ohleliyo kusapho lakhe. Futhi ke, njengamfundisi, wayeyiqhelile into yokuvuswa ngabantu baseMahlubini ezinzulwini zobusuku, evuselwa iimeko zonxunguphalo zelali.

"Masiy' olala MaMiya, kusebusuku. Oko ndikubone ungena ngemoto, ndalinda ndicinga ukuba uyeza, kanti

uzakuhlala apha. Yintoni, kukhw' ingxaki?" watsho uM-
fundisi uSomani, emi emnyango, enxibe impahla yokulala.
Wayeyingadlangadla ke, into emagxalaba abanzi, esukileyo
egadeni. Nangoku emi emnyango yayingathi umnyango lo
unecango lesibini!

"Kulungile Mpinga, akhonto, zezasemsebenzini nje.
Masihambe, ndakubalisela ngenye imini. Oh ndiyakucela
wethu, khawundothulele izinto zam emotweni, usele uyit-
shixa." watsho ephakama uLt Col Somani, elandela umyeni
wakhe besiya exandeni apho igumbi labo lokulala lalikhona.

Akubanga kudala elele, emva nje kweeyure ezintathu, kanye
xa kubetha intsimbi yesihlanu, kwanyanzeleka ukuba avuke
kwakhona uLt Col Somani, axhabashele ukuya kwisikhululo
somoya saseMonti, egragramla ke luchuku lokunyanzelwa
ukuba alahle ubuthongo obumyoli. KwakungoMgqibelo
namhlanje, kwaye izicwangciso zakhe zaziquka ukuphonon-
onga umsebenzi wesikolo wabantwana, ukucoca umzi wonke,
nokuva iindaba ezintsha ngokuqhubeka elalini. Ngoku yonke
loonto kwakufuneka ayenze kwithutyana nje elingange yure
ezintathu, emva koko ahambe aye eMonti, kwihambo kahili!

Eneneni kuthe kubetha intsimbi yeshumi kusasa, wabe uLt
Col Somani egqibile ngokuncinci akwazileyo ukukwenza,
wangena kwinqwelomafutha esinge eMonti, kulomjikelo
eqhuba iToyota Hilux. Waphuma eMahlubini, ethe chu,
ezimisele ukuba akazikungxama, kuba ukuba sendleleni
kwakuzakumncedisa ukuba akhe aphinde ayizikisise lenyewe
aphezukwayo uMajor General Bester.

Kweli ityeli wakhetha ukuhamba ngalendlela inguduladu-
ula, idlula ngaseKomani, kuba esithi le idlula ngaseGcuwa
isoloko igcwele zizilwanyana ezifana nezinja, iigusha kunye
neenkomo. Kuthe xa kubetha intsimbi yesibini emva kwemi-
ini, wagaleleka uLt Col Somani eMonti. Wamisa inqwelo-
mafutha yakhe kwindawo ezimiswa kuyo iinqwelomafutha

zabakhweli benqwelomoya, ingakumbi abaneehambo ezingazikubuya kwakamsinya.

Emva koko uye wakhawuleza esiya kwindawo apho kubhaliswa khona abakhweli nalapho imithwalo yabo ibekwa emlinganisweni ukuze nayo ikhweliswe. Esakuba ekugqibile konke oku, nephepha elimgunyazisayo ukuba angakhwela ayekohlika eGoli elifumene, wakhe wakhangela umzi othengisa into ephungwayo, emva koko wakhwela inqwelomoya. Ngentsimbi yesithathu entloko, yandulula inqwelomoya, isinge eGoli.

ULt Col Somani wayehleli kwisitulo esisecaleni kwefestile, ebukele amaqabaza emvula xa ebetheka kwiglasi yesfestile, ntoleyo eyamenza ukuba azive ephumlile ngaphakathi. Nokuba yayiyintoni le yayifunwa nguNjandini kuye, waziva ukuba ukulungele ukumelana nayo, futhi wazixelela ukuba ngawo lomzuzu akazikuzihlupha ngayo. Inye kuphela into awayezimisele ukuyenza ngelixesha akulenqwelomoya, kukuvala amehlo akhe agqibezele ubuthongo bakhe.

Kwathabatha iyure enesiqingatha uSomani elele, emva koko weva evuswa ngobunono lelinye inenekazi elixelenga apha kulenqwelomoya, lisithi, "Mam, vuka sesifikile eGoli."

Naye ke waphaphama, waqubula ingxowana yakhe wajong' emnyango elandela abanye abakhweli. Emva nje kokuba egqibile ukulanda yonke imithwalo yakhe kwibhanti elijekezisa imithwalo yabakhweli waphumela kwicala apho abafikayo badibana nabantu abazokubakhawulela, bambi bethengisa iinkonzo zokuthutha abo bangenabantu babalandileyo. NoSomani ukhawuleze walibona nelakhe igama lithiwe qhiwu lipolisakazi eliselula, wasondela kulo wazazisa.

"Molo wethu ntombi, ligama lam eli uliphetheyo. Ndingu Lt Col Nomveliso Somani" watsho uSomani, esolula isandla ebulisa.

"Oh tyhini nguwe lo mam! Enkosi. Igama lam ndinguConstable Patience Hloni, ndithunywe yiofisi kaMajor General

Bester ukuba ndikulande, ndikuse kuye" waphendula watsho uConstable Hloni.

"Masiye ke Constable, ndim lo" watsho uSomani, enikizela umthwalo wakhe kuConstable Hloni. Emva koko, bangena kwinqwelomafutha eyayimise phambi kwesakhiwo sabafikayo apha kwesi sikhululo senqwelomoya saseGoli, babe bemkile njalo.

Ngecala emva kwentsimbi yesithandathu wavakala uConstable Hloni esithi, "Hayi ke mam sifikile ngoku eHotele yakho. Ngena wena ubhalise, uze uthi xa sele usifumene isitshixo segumbi lakho utsho, ukwenzela ukuba ndikuncedise ngempahla yakho."

"Enkosi Constable, ndilinde ke ndiyeza" waphendula watsho uSomani, ephuma kwinqwelomafutha.

USomani akaphozisanga maseko, wangqala ngqo kwindawo le kwamkelwa kuyo iindwendwe kulehotele, wafika wazixela ukuba ungabani, kwaye injongo yakhe kukubhalisela ubundwendwe. Intwazana eyayimnceda, egama layo lingu Pearl Mkhize, ngokombhalo owawusesifubeni sayo, yacofa icomputer ikhangela ifani kaSomani, isakugqiba yathi, "Ewe mam, ungomnye weendwendwe zethu, futhi ke xa ndijongile ingathi uzakuba nathi isithuba esingangeenyanga ezimbini zonke."

"Iinyanga ezimbini zonke?!" wabuza uLt Col Somani, othukile.

"Ewe mam, utsho lomtshini, futhi konke selekuhlawuliwe" waphendula watsho uPearl.

"UmntanamaMiya! Inoba ke ngoku loNjandini ufuna ndenze ntoni ePitoli iinyanga ezimbini zonke?!" wakhuza watsho uSomani, ethetha yedwa, nephetshana eli alinikwa nguPearl elibhencabhenca engakholelwa ukuba lingaba kanti libhalwe kakuhle.

Wabuza kwakhona, "Uqinisekile ukuba akukho mpazamo uyenzileyo ngalento?"

"Akukho mpazamo mam, ndiqinisekile. Uzakuba lindwendwe lethu kude kuyokuphela uOctobha ka2004" waphendula uPearl, ebonakala ukuba ufuna ukuhleka ntonje uzibambile, waqhubeka esithi, "Wamkelekile eHatfield Garden Court mam' Somani!"

Wanikina intloko yakhe uLt Col Somani, engayikholelwa konke konke lentu ayiva kulehotele. Wavakala ethetha yedwa esithi, "Tyhini Thiza! Kukuthini ukuba ndivele ndivaleleke ehotele kude kuyobetha uOctobha? Ngeloxesha ndishiye imoto e-airport eMonti! Hayi inoba iyakuba ngathi ndiyayithenga kwakhona loomoto mhla ndayoyilanda!"

Kodwa kwayena waphinda wazixolisa ngelithi kungekudala, kwithuba nje elingangeyure ezimbini, xa kufika uMajor General Bester, uzakuwufumana unobangela walempambano. Uthe akugqiba ukuxambulisana noPearl, waphuma waya kwinqwelomafutha kaConstable Hloni, emva koko bancedisana ukuthutha umthwalo wakhe bewuzisa kwigumbi lasehotel, elalikumgangatho wesithathu, nelalibonakala ngobukhulu balo ukuba lelomntu ekulindeleke ukuba ahlale ithuba elide kulo.

Emva kokuba begqibile ukuthutha impahla, uSomani wakhe wazihlaziya, ngokuthi ahlambe umzimba wakhe, emva koko wanxiba impahla ecocekilelo, phofu isisketi nje, isikipa kunye nembadada. Emva koko walishiya igumbi lakhe, wehla esiza kwindawo yeziselo kwalapha ehotele, kude kufuphi nendawo le yokwamkela indwendwe.

Kuthe xa kubetha icala emva kwentsimbi yesibhozo ngorhatya, wangena uMajor General Lucille Bester kumnyango wasehotele. ULt Col Somani wamjonga engena kwelisango lijikelezayo lalehotele, eqaphela ukuba uBester lo unomzimba ongemkhulu kuyaphi, osithomo sifutshane. Wayenxibe ibhulukhwe yohlobo lwedangari ekhangeleka impitsile, kodwa ifanelekile ngaxeshanye, nezihlangu ezichopileyo, kunye nesikipa esimhlophe. Nangona wayenganxibanga yunifomu, wayenembonakalo yomntu osisikhakhamela, ntoleyo eyayingqinwa nangamehlo eglasi amnyama awaye ewanxibile.

USomani uthe esakumbona ehlala phantsi uBester kwenye yeesofa ezazithe saa kulendawo, wasondela, naye wahlala phantsi. Emva kwemibuliso engatheni, uMajor General Bester akaphozisa maseko, waqalisa esithi, "Eh Lt Col Somani, enkosi ngokuzidina usabele olubizo nangona ubungenathuba lingakanani lokwenza amalungiselelo."

"Akukho ngxaki mam. Imalunga nantoni yonke lento?" wabuza uSomani.

"Eneneni nam andinalwazi. Kodwa ndicinga ukuba sinengxaki, enkulu yona" waphendula watsho uBester.

"Hayibo! Utsho ukuba kukho ingxaki engenakusombululwa likomkukhulu lamapolisa? Ingxaki efuna umqhutsuba wepolisakazi laseCofimvaba?" Wabuza uSomani, ilizwi lakhe linomzila wentlonti kunye nempoxo.

UBester akazange awuphendulo lo umbuzo, waqhubeka nje okungathi khange kubekho siphazamiso, "Siphethe umba o-ethe-ethe, ofuna ukuba siwuphande ngendlela esemfihlakalweni side siwuqukumbele. Ndifuna umntu endinokumthemba, ukuba akhokele oluphando. Igama lakho likwindawo yokuqala kuluhlu lwabantu endibajongileyo."

Kwakhona uLt Col Somani uye wangenelela, engakwazi ukuzibamba, wabuza ngelithi, "Kwindawo yokuqala?! Kubantu abangaphi?"

Wamjonga nje uGeneral Bester okokuqala, engaphenduli, wade ekugqibeleni wathi, "Luluhlu lomntu omnye, unengxaki ngaloonto?"

Wayihleka lempendulo uLt Col Somani, kodwa wagqiba kwelokuba angabuzi mbuzo wumbi, wasuka nje wathundeza esithi, "Ubusathi ninomcimbi ofuna ukuphandwa..."

"Ewe" waphendula watsho uBester, esamkela ikomityi yekofu komnye umfana osebenza apha ehotele, waqhubeka esithi, "kuncinci kakhulu esikwaziyo okwangoku. Malunga neeveki ezintantu ezidlulileyo ndikhe ndafumana umnxeba ongumnqa, uvela komnye wabahlobo bakamama wam, uMrs Nora Davis. UMrs Davis sele eyinkondekazi ngoku eneminyaka engamashumi asixhenxe anesithandathu. Wayiyinesi ngaphambili, kodwa sewathatha umhlalaphantsi ngoku. Unobangela wokuba andifonele wayefuna ukundinqwenelela usuku oluhle, kuba esazi ukuba ibiyimini yam yokuzalwa. Yinto ke leyo ayenza rhoqo ngonyaka. Uhlala kude kufuphi nedolophu yaseBeaufort West, kwiphondo laseNtshona Kapa."

Kwakhona uLt Col Somani uye wangenelela, engakwazi ukuzibamba, wabuza esithi, "Tyhini Thiza! Xa ufonelwa lixhegwazana likunqwenelela imini entle, mna ke ndingena phi?!"

"Mh, umdla wam uye watsalwa yinto ayithethileyo kwincoko esiye sabanayo emva kokuba endinqwenelele usuku oluhle" waphendula watsho uBester.

"Into ayithethileyo? Ethini?" wabuza uSomani, engenelela kwakhona.

"Ayiyonto ingakanani. Kuphela nje wayendibalisela into yokuba ngenye imini uthe ebukele umabonakude wabona into ethe yamkhumbuza isehlo esenzeka kwiminyaka emininzi eyadlulayo, mhla kwaphuncuka isigulane esasivalelwe kumzi wamageza awayexelenga kuwo njengonesi. Ndiye ndaqaphela ke ukuba uMrs Davis imkhathazile lento, kwaye yamenzela unxunguphalo olukhulu" waphendula watsho uBester.

Uthe phambi kokuba uSomani angenelele kwakho, uMajor General Bester waqubula iphepha kunye nento yokubhala, wakrweceza ebhala ngokukhawuleza, wathi esakugqiba waliphosa kuSomani iphepha elo, ngaxeshanye ebeke umnwe emlonyeni wakhe ngelibonakalisa ukuba ufuna uSomani angayikhwazi lento ibhalwe kweliphepha. NoSomani ke walithatha iphepha, ubuso bakhe buzintshiyi ezifingiweyo, walifunda. Emva kwemizuzwana, waphakamisa intloko yakhe, iphepha elo elibeka phezukwetafile, ebhekela kulo. Emva koko wabuza ngomothuko, "Yewethu uthetha ukuba…?"

Kwakhona uBester akamvumelenga uSomani ukuba ayithi pahaha indaba esephepheni, ethundeza ngelithi, "Wethu mus'ukhwaza! KusePitoli apha. Zonke indonga zinendlebe kuledolophu. Sele ndiluqalile uphando olungathanga vetshe ngalemeko, kodwa ndifuna wena ukuba uleqe amasolotya athile esele ndiwaphawulile. Ndikubhalele ke yonke ingxelo ngoluphando sele ndilwenzile, ndifuna ukuba ube uyifunda ngelixesha mna ndisabiza izisolo."

Watsho uBester ekhupha umqulu ofakwe kwimvulophu emdaka, kwisingxobo sakhe esasikufutshane naye. Ngaxesha linye uye wakhupha umdiza wehlobo leConsulate wawubeka nje emilebeni kodwa akawutshisa, koko wathatha elaphepha ebebhale kulo into eyimfihlo, walitshisa ngematshisi yohlobo lweZippo, akugqiba uthuthu lwalo walutyikitya, walulahlela kumgqonyana okufuphi.

Umfana ongunogada wehotele, nowayemi ngasemnyango, waye watsiba xa ebona kuqhuma umsi, weza ngokukhawuleza, futhi kubonakala ukuba unenjongo zokumndakundakuza lowo ungunobangela walo msi! Wafika kuBester sele etyityimbisa umnwe esithi, "Jonga apha sisi, kule ihotele asiyivumeli kwaphela into yokuphenjwa komlilo. Sinazo indawo zokubasa xa ufuna umlilo!"

Wanqwala intloko yakhe uMajor General Bester, nezandla waziphakamisa, ngelibonakalisa ukuzisola nokungxengxeza, emva koko wabuyela kwincoko yakhe noSomani, esithi, "Kule ngxelo ndikunike yona, elinene sithetha ngalo silibiza ukuba nguMnumzana X. Funda ke, ukhawulezise."

Umdla kaSomani wawusele uphezulu kakhulu ke ngoku. Wayithabatha imvolophu leyo equlathe lengxelo wayikrazula ngobunono, esoyikisela ukwenza umonakalo. Emva koko wakukhuphela konke okungaphakathi kulemvulophu phezu kwetafilana encinci yokuphunga eyayiphambi kwakhe.

Waqaphela ukuba kukho iifoto ezindala ezibonakala zim-batshile, iziqwentshu zamaphephandaba akudala, kunye nengxelo le ibhalwe nguBester, emalunga nako konke oku. Engaphozisanga maseko, uLt Col Somani uye waqalisa ukuyi-ifunda lengxelo kaBester, neyayifundeka ngoluhlobo:

"Emva kophando olufutshane kumba othile othe waziswa emapoliseni ngumhlali okhathazekileo, oku kulandelayo kuthe kwaqapheleka:

Umnumzana X wazalwa ngomnyaka ka1956. Eyona mini awazalwa ngayo kukholeleka ukuba yi 26 kaJune 1956, mini leyo awathi washiywa ng-umntu ongaziwayo eselusana olubomvu kwisango lokwamkela abantwana abalahlwayo kwikhaya len-kedama elibizwa ukuba yiPlace of Hope Orphanage eseGugulethu eKapa. Umhla wakhe wokuzalwa obhalisiweyo kwisazisi sakhe ngoku, nekukrokrele-ka ukuba asiyiyo inyani, ngu 30 July 1953.

Abazali bakhe abaziwa. Elikhaya lenkedama akhulele kulo laye lamsa kwizikolo ezimbalwa kwaseKapa njalo. Iingxelo zakhe zibonisa ukuba wayengumntwana okrelekrele esikolweni. Waye wafumana imatric yakhe eLanga High School, ephumelela izifundo zezibalo kunye nephysical science emagqabini. Ngonyaka ka 1975, enemin-yaka elishumi elinethoba, elikhaya lenkedama lambhalisela uMnumzana X ukuba afunde eU-nivesithi YaseKapa, apho athe wafumana khona isidanga seBCom kunye neBCom Honours, egx-ininise kwizifundo zeInformation Technology.

Ibali liqhubeka lisithi, kungelixesha enza izifun-do zakhe zeBCom Masters, apho wathi ngomhla ka 13 June 1983 wenza eyonanto yakhe yana-

masikizi kwimbali yaleUnivesithi. Ubungqina obavezwa kwityala lakhe bubonisa ukuba ngale mini uMnumzana X lo waye waya kwioffisi yentloko yecandelo lakwaCommerce, apho wafika kukho ititshala zase university ezintlanu, kuquka nentloko le yecandelo, bonke behleli kwindawo yokuphumla kule ofisi.

Ingxelo zithi uMnumzana X wathi akungena kule ofisi wavala ucango, esakugqiba wakhupha ucelemba phantsi kwedyasi yakhe, emva koko waqhubeka esenza ubutyadidi benyhikityha yokufa, ebulala ootitshala beunivesithi ngolunya olungazange lubonwe ezimbalini. Akaphelelanga apho, kuba uye waqhubeka wazinqumla iintloko imizimba yabafi, okukwentloko zegusha. Emva koko wayirhuqa zemizimba yabafi, wayidibanisa, esenza inyanda ngayo, wandula wazidwelisa iintloko zabo phezu kwenyanda leyo. Abantu abafika esisihelegu sisandula ukwenzeka bafika uMnumzana X emi phezu kwalenyanda yabafi, ucelemba amphetheyo evuza igazi, nempahla awayezinxibile ziligazi zonke. Wathi akubona ukuba kukho abantu abafikileyo nabamjongileyo, wahlala phantsi ecaleni kwalenyanda, wathetha ngelizwi eliphantsi esithi, "Bizani amapolisa."

Amapolisa afika emva kwemizuzu engamashumi amabini elishwangusha lenzekile, ekhokelwe nguCaptain Masibulele Ndalo wamapolisa aseMowbray, wabe uyabanjwa njalo uMnumzana X. Wavela enkundleni kwiyure ezingamashumi amabini anesine, emva koko wathunyelwa kwisibhedlele sabagula ngengqondo esibizwa iPinelands Psychiatric Hospital esikwaseKapa, *ngenjongo yokuba ayokuphononongwa ukuphila nokungaphili kwengqondo.*

Emva kwethuba elingangenyanga, ugqirha wengqondo uDr Marvin Smith wakhupha ingxelo eyivumayo into yokuba uMnumzana X ugula ngengqondo. Emva kokufumana lengxelo, inkundla yayalela ukuba uMnumzana X agcinwe ePinelands Psychiatric Hospital. Kwingxelo yakhe uDr Marvin Smith wayiqinisekisa nento yokuba lengulo kaMnumzana X yayilelihlobo likwaziyo ukukhangeleka ngathi inyangekile, kuze kuthi kungalindelekile ivuke kwakho.

NgeCawe, umhla we 6 ka June 1993, iminyaka elishumi emvakokuba evalelwe esibhedlele sabagula ngengqondo, uMnumzana X waqhwesha, emva kokubulala omnye wonogada bakhe, awathi wamphuca izitshixo nenqwelomafutha yakhe.

Umhlali okhathazekileyo, lo wenze ingxelo ekhokele koluphando, uthi, uthe ebukele umabonakude walifanisa ilizwi lomntu obethetha kumabonakude lowo, kunye nelizwi likaMnumzana X. Futhi nendlela ashukumisa ngayo izandla zakhe lo ebethetha kumabonakude uye wazifanisa nezikaMnumzana X.

UMnumzana X uyingcaphephe kwimidlalo yokulwa, ingakumbi ikarate kunye neJudo.

UMnumzana X owaqhwesha ngomhla ka 6 June 1993 akakafumaneki kunanamhlanje.

Nangona kungekho bungqina boku, umbono wam ngothi, lomntu ubonwe ngumhlali okhathazekileyo ethetha kumabonakude ndikrokrela ukuba nguMnumzana X. Ngumbono ke lowo ofuna ukuphandwa kakuhle ukwenzela ukuba kubekho ubungqina obuphathekayo obuwuxhasayo okanye obuwuchasayo.

Emva kokuba egqibile ukufunda lengxelo, uLt Col Somani wathatha ezaziqwentshu zamaphephandaba akudala wazijonga ngamehlo afunisayo. YayiyiCape Times neCape Argus zezint-suku zikhankanywe kulengxelo agqiba ukuyifunda. Omabini lamaphepha ayebalisa ngesisihelegu sokubulawa kootitshala beunivesithi yaseKapa, nokubanjwa kukaMnumzana X.

Emva koko, uSomani waqwalasela nezifoto beziphuma kulemvulophu kaBester. Zonke zazibonisa uMnumzana X eseligatyana, ekhokelewa ukusuka enkundleni ukuya endi-mangeni.

Akugqiba ukufunda konke obekusemvulophini, uSomani wayibuyisa imvulophu leyo, ubuso bakhe bunenkangeleko ekhathazekileyo. Wawulungisa umzimba wakhe esofeni, umqolo wawubhekelisa, umlenze wakhwela phezu komnye, waphefumla otsaliweyo wona umoya, wathetha wathi, "General Bester, sisityholo esikhulu esi, futhi nangona ingxelo le inomdla, andisiboni isisisekelo salento iyigqibayo."

Waphendula uBester, ilizwi lakhe livakala liqinisekile, oku komntu ongqondo yakhe sele inesigqibo, wathi, "Ewe ndi-yavuma Lt Col Somani, yiyo lento ndifuna ukuba uphande. Lento yenzeka xa kanye bekusekuvela imibuzo ethile efuna ingqiniseko malunga nalomba bendiwubhale kwela phepha ndilitshisileyo. Yicingisise nawe lento. Lomfo akanabantu bamaziyo ngexesha ekhula, akanasapho nolunjani, akukho ndawo unokuthi wayezalelwe kuyo, akukho kwantlobo yem-bali ngaye. Koluphando ndifuna ulenze ndifuna ukuqiniseki-sa lengxelo kaMrs Davis. Andifuninto ezakuya nkundleni, ndifuna nje ukwazi ukuba ngubani kanye kanye lo."

"Ndiyabona", watsho Lt Col Somani, kwakhona ewutsa-la umphemfo wakhe, waqhubeka esithi, "Kutheni ufuna ibendim lo wenza uphando ululoluhlobo nje. Ngumsebenzi onokwenziwa licandelo lobuntlola iNational Intelligence Agency lo. Mna ndiligosa nje elingatheni. Urhulumente unazo indlela zokuyenza lula yonke lento, kuquka imizila yeminwe, ubuchwepheshe bokufanekisa ilizwi lomntu, kunye neendlela zokumjonga nokumlandela umntu ide ivele imbonakalo yakhe."

Waphendula uMajor General Bester ngelithi, "Njengokuba besenditshilo, olu luphando olufihlakeleyo. Okwangoku akukho nasinye isakhiwo sikarhulumente esinokulwenza oluphando ngaphandle kokungena kwemandla yona inkathazo. Yiyo lento ndifuna ibenguwe ophandayo, njengomnye weengcungela zophando kodwa zibe zinembonakalo ephantsi. Umzekelo, amaphephandaba eli lizwe akazinto ngawe, kwaye inkoliso yeenkokheli ezikhoyo kwimiba yezokhuselo lelizwe nazo azikwazi. Ndiyayazi ukuba usebenza kwiofisi kaMkomishinala Wamapolisa aseMpuma Kapa, kwaye sele ndiyenzile indlela yokuba ukhululeke kuzo zonke izinto ebezibekwe kwidesika yakho. Wonke umntu wazi into yokuba ukwistudy leave. Ndiqinisekile ke Lt Col Somani ukuba uyayazi into yokuba oluphando luchaphazela ngokumandla ipolitiki kunye nomgaqosiseko weli. Oluhlobo lophando lungakhokelela kwimfazwe."

"Hey, hayi ke kulungile mam xa usitsho. Phofu ke xa sizithethela nje, singathi yintoni kanye le sijongene nayo apha?" wabuza uSomani, eqhubeka esithi, "Ndibuziswa yile yokuba mhlawumbi kungathi kanti uMnumzana X lo unalento kuthiwa bubuninzi beziqu kumntu omnye, lento amakhumsha athi yi multiple personality disorder?"

"Hayi andiqondi" waphendula uBester, eqhubeka esithi, "Ngokolwazi endinalo, le ingulo ka Mnumzana X ithunukwa kakhulu ngumsindo okanye uloyiko olukhulu. Eyokuba yintoni kanye kanye eyenza ukuba abenomsindo okanye oyike ayaziwa. No Captain Masibulele Ndalo wasemapoliseni aseMowbray akazange akwazi ukuyicacisa kwingxelo yakhe ukuba yayiyintoni intsusa yokubulawa kootitshala beunivesithi yaseKapa. Kodwa ke iingcali zesisifo zithi akayonkathazo mntwini ukuba ugcinwa ezolile, kungekhonto imfixayo."

"Ndiyabona" watsho uLt Col Somani, futhi wabuza, "Ingaba uMphathiswa Wezokhuseleko unolwazi ngayo yonke lento?"

UMajor General Bester wakhe waziziliza ukuwuphendula lombuzo, endaweni yoko wasuka wamjonga uLt Col Somani ngamehlo akhangelayo. Ekugqibeleni waphendula wathi, "Okwangoku, hayi akanalwazi. Mnye kuphela umntu owaziyo, nolugunyazisileyo oluphando. Lowo nguMkomishinala Wamapolisa kazwelonke, uGeneral Silas Nduna. Yena ke ndimthembile ukuba akayicwezeli into ayibonayo ukuba iyingxaki."

Emva kokunika lengcaciso, uMajor General Bester waphakama, ebonakalisa ukuba incoko yanamhlanje iphelile, wathi, "Lt Col Somani, ndiyahamba ngoku, sigqibile. Xa ufuna enye ingcaciso, unayo indlela elula yokuqhakamishelana nam. Ndiyayazi ukuba ubungayicwangcisanga into yokubalapha ithuba elide. Kungoko ke ndithe mandikufakele imali kwibhanki yakho ukuze ukwazi ukwenza nakuphi okufunayo. Ndinesicelo ke kodwa sokuba uqaphele ukuba yimali karhulumente le. Ndicela ukuba yonke inkcitho oyenzayo ubenobungqina bayo. Okwangoku ndicinga ukuba yonke imibuzo yakho iphendulekile. Masidibane ke kwiiveki ezintathu, apho uzakundinika ingxelo ngamanqaku ophando lwakho."

"Ucinga ukuba ndiqale phi xa ndiphanda lomba?" Wabuza uSomani.

"Konke kuxhomekeke kuwe, kodwa mna ingxelo endiyifunayo yenamanqaku abonisa ukukhula kukaMnumzana X, ubomi bakhe ePinelands Psychiatric Hospital, indlela ayiguqule ngayo inkangeleko yakhe, kunye nendlela angene ngayo kwezopolitiko" waphendula uGeneral Bester.

"Hayi ke ndiyakuva mam. Ndiyakuthembisa ukuba kungekudala ndizakukunika ingxelo epheleleyo ngako konke oku" watsho uLt Col Somani.

Emva kokuba ethethe lamazwi uMajor General Bester, waphuma ngomnyango, wangena kwinqwelomafutha yakhe, wanyamalala kubusuku basePitoli, eshiya uLt Col Somani esakhwanqisiwe, ekhuza esithi, "Nkosi yam! Yeyasendimangeni ke ngoku le!"

Nangoku sele eshiyeke yedwa ezisofeni zasehotele, uLt Col Somani ukhe wahlala ithuba elide, eyizikisa ukuyicinga lento ayithunywe nguMajor General Bester. Okokuqala nje umxholo woluphando wawusothusa kakhulu, kwaye washiyeka ezibuza ukuba uzakuqala ndawoni. Yayimininzi imibuzo ekwafuneka iphendulekile ngokukhawuleza. Umbuzo wokuqala yayiyinto yokuba abe kanti uMrs Davis wayengaphazami na ngokufanisa ilizwi likaMnumzana X nelizwi lomntu owayethetha kumabonakude. Kodwa ukukhumbula ilizwi lomntu yinto ezenzekelayo, ongenakuthi uyenze ngabom. UMrs Davis wayehleli iminyaka emininzi engunesi ka Mnumzana X, ilizwi lakhe uyalazi, kwaye nezimbo zokuthetha ezifana nendlela izandla neengalo zikaMnumzana X zishukuma ngayo uyayazi, futhi kwakungowona msebenzi wakhe ukuqaphela zonke iintshukumo zezigulana zakhe, kuquka noMnumzana X. Futhi ke eyonanto ibalulekileyo yayiyile yokuba ukungathethi nyani, nokuthuma amapolisa ukuba akhangele unobenani kwakungena ngeniso kuMrs Davis.

Umbuzo wesibini yayingulo uthi, kwenzeka ntoni kanye kanye? Yenzeka njani lonto? Ukufuna ukuba nguMongameli welizwe, nokuba nguMongameli welizwe ayizozinto zifanayo ezo. Wenza njani uMnumzana X ukuze aphumelele, ingakumbi xa ujonga imbalana ngaye, ukuba icekeceke kwimiba yezopolitiko. Wancediswa ngubani?

Ukuze akwazi ukuphendula lemibuzo, uLt Col Somani wazixelela ukuba akazikubuyela umva kwisiganeko saseunivesithi yaseKapa, koko uzakuqala kulamzuzu wokuqhwesha kukaMnumzana X esibhedlele sasePinelands Psychiatric Hospital ngomhla ka 6 kwinyanga yeSilimela 1993.

Ixesha ngoku yayilicala emva kwentsimbi yeshumi. Ingxolo yezithuthi zasePitoli phandle yayisele ithande ukuthotha. Nenani labantu abasaselayo kwindawo yentselo kulehotele lalisele linciphile. Ihotele le akuyo yayinayo iofisi apho ubani enokwazi ukwenza amalungiselelo ohambo ngenqwelomoya, futhi yayisavuliwe. ULt Col Somani, emva kokucinga nokwenza amacebo ngophando lwakhe, watsibela kuleofisi, apho afike wabhalisela ukukhwela inqwelomoya yasekuseni ngomso lo usayo, esiya eKapa, nalapho wayezakufumana inqwelomafutha yengqesho azakuyiqhuba ukuya kwidolophu yase Beaufort West.

Eneneni, ngemini elandelayo, emva kwentsimbi yesibhozo kusasa, uLt Col Somani wagaleleka kwisixeko saseKapa, wafika imvula isina ngamandla. Ngelishwa, nangona wayenezizalwane apha, iKapa le yayingeyondawo ayithanda kakhulu uSomani. Wazinyanzela ke kodwa ukuba ajongane nesizathu sokuba seKapa. Ngokufutshane, olu hambo lwaseKapa yayikukuqala kwakhe uphando lwakhe alithunywe nguMajor General Bester, elalizakuba namanqaku aliqela. Okokuqala, wayezakuhambela uMrs Nora Davis emzini wakhe oseBeaufort West, akhe eve kakuhle ukuba yintoni kanye le wayivayo futhi wayibona kumabonakude.

INQAKU LOKUQALA

Ekudibaneni kwezitalato ezikhulu zaseGugulethu, eKapa, ezo ke iyi NY38 kunye ne NY43, kwakukho ikhaya leenkedama, nelalisaziwa njengokuba yiPlace of Hope. Phofu inzalelwane yaseGugulethu yona yayisithi xa iyibiza lendawo kuseEthembeni. IPlace of Hope le yayingumzi nje ofanawo nayo yonke imizi yaselokishini, kuba yayinamagumbi amane, izitena zesamente ezi yakhiwe ngazo zingatyatyekwanga, uphahla layo lalwalakhiwe ngamazinki abomvu ohlobo lweasbestos, kwaye iyadi yawo yakhiwe ngodonga olwenziwe ngamagqudu amade esamente.

Lomzi kwasekuqaleni wawungazange ubenamnikazi. Ngomnyaka ka1959, emva kokusekwa kwelokishi yaseGugulethu, urhulumente wesixeko saseKapa wathi akugqiba ukuwakha wabona ukuba makenze isipho ngawo. Eso sipho ke sawela kumlawuli wombutho ongekho phantsi kukarhulumente, umama uDoreen Phakamisa, ngenjongo yokuba kunikwe inkathalelo kubantwana abalahliweyo apha elokishini.

Ubukho balomzi weenkedama kwakuyimbonakalo yokuqatsela kweengxaki zokuhlala, ezifana nokusetyenziswa ngezinga eliphezulu kotywala neziyobisi, ntoleyo eyayikhokelela kukuqhawuka kwesiseko samakhaya amaninzi. Urhulumente wengcinezelo wangeloxesha, nangona wayengayinanze nganto into yokunxila nokuyotywa kwabantu abamnyama, futhi eyibona lonto njengephuhlisa injongo zakhe zokudobelela umntu omnyama, wayefuna ukwenza ukuba abantu abamnyama babenayo indawo yokulahlela abantwana abangabafuniyo, endaweni yesiqhelo sokubalahla emigqomeni yenkunkuma karhulumente nandawoni apha esixekweni saseKapa.

Lomkhuba wokulahlwa kwabantwana yayiyinto eqhele-kileyo kakhulu, kangangokuba ayizange imothuse uMrs Phakamisa into yokuva, ngomhla we 26 kwinyanga yeSilime-la yomnyaka ka 1960, usana lujweda emasangweni asePlace of Hope Orphanage ezinzulwini zobusuku. Bebonke babel-ishumi elinesibini abantwana ababephantsi kwesandla sakhe, kwaye bonke babefike ngendlela efanayo – oko kukuthi mntu uthile waye wafika ephethe umbhumbutho wosana olwambe-thiswe iingubo, walibeka usana olo kwisango elinomngxunya owenzelwe ukukwamkela umntwana.

Lomkhuba wokushiywa kwabantwana wawusenzeka ikakhulu ngempelaveki. UMrs Phakamisa wayesithi xa esiva isikhalo sosana, athingaze nje kancinane, ukwenzela ukuba umlahli sana lowo akhawuleze aduke, kuba yena enguMrs Phakamisa wayengafuni ukuba nangqiniseko okanye mfaneki-so ngqondweni womntu oze kulahla usana.

Kwakunjalo ke nangalemini. Wathi xa esiva isikhalo sosa-na, uMrs Phakamisa wakhe walinda umzuzwana, emva koko wathi chu ukuya esangweni, esiyakulanda olo sana lweshumi elinesithathu. Ukufika kwakhe esangweni waye wazityhila iingubo zalo usana, walicofacofa efuna ukuva ukuba ali-nandawo ibuhlungu enokuthi inyanzelise ukuba lileqiswe esibhedlele kusini na. Akuba anelisekile ukuba akukho nto ingenye ekhathaza usana, ngaphandle nje kwendlala, uMrs Phakamisa walufunqula usana weza nalo endlwini.

Mhla wayenikezela ngalendlu kuye, urhulumente waseKa-pa waye wamnika negunya lokumthiya igama nawuphina umntwana obekwe emasangweni ayo, emva koko athathe inxaxheba yokumbhalisa kumnyango wemicimbi yasekhaya. Ngelogunya ke, wathi wagqiba kwelokuba lo wanamhlanje umntwana uzakumthiya igama elithi nguSibabalwe Rodney Makhelwane, kwaye kusasa lo usayo uzakumbhalisa kwisebe lemicimbi yasekhaya.

Omnye wemiqathango yokusebenzisa elikhaya leenkedama iPlace of Hope, eyayibekwe ngurhulumente waseKapa yayikukuba uMrs Phakamasa kufuneka abagcine becocekile abantwana abalapha ngalo lonke ixesha, futhi abondle, abanxibise, abathumele kumazinga onke emfundo, kuquka esinaleni kunye nakuyiphina iunivesithi kwezabantu abamnyama, ahlukane nabo ke xa bethe bafumana umsebenzi baze bayokuzimela.

USababalwe naye wayezakunikwa lamathuba nguMrs Phakamisa. Kwenzeka ke, wakhula uSibabalwe, wafunda wade wafumana imfundo enomsila. Kodwa mandingaphali phambi kwakho mlesi.

INQAKU LESIBINI

USister Nora Davis, unesi owaye eligqala elineminyaka engamashumi amathandathu anesihlanu, wayebonakala esemdleni namhlanje, ehambela phezulu, ngendlela apha eyayingathi iyaqhayisa. Nangona kwakusekusasa, ixesha lisithi yimizuzu nje embalwa phambi kwentsimbi yesix-henxe, uSister Davis wafika emsebenzini wakhe ePinelands Psychiatric Hospital ngalemini evuma ingoma yaseRhabe, kula wesiNgesi amaculo, ethi 'Oh Lord My God, How Great Thou Art'.

Nangelixesha amisa inqwelomafutha yakhe kwindawo yokumisa iinqwelomafutha zabasebenzi besibhedlele esi, umzimba wakhe wawushukuma, engqungqa okoomama bebhatyi kwinkonzo yangoLwesine! Nezandla nazo zaziyalu-za emoyeni kubonakala ukuba uyiva egazini ingoma le. Phofu ke kwakungekhonto itheni eyonwabisayo ebomini bakhe, wayeziva nje onwabile. Mhlawumbi yayikukubetha kwem-pepho emyoli ngalentsasa, okanye wayekuva ukunkqonkqoza kosuku lwakhe lokuzalwa olalusiza kwintsuku nje ezimbini.

Uthe akufika kwigumbi elilodwa, elalisetyenziswa ngama-nesi xa befuna ukutshintsha iimpahla zabo phambi kokuba bangene eziwadini, okanye xa bezakugoduka, emva kokuba ebabulise bonke oonogada kunye nabasebenzi abangabance-disi, uSister Davis waqaphela ukuba nguye yedwa inesi esele ifikile emsebenzini. Ayizange imothuse ke lonto, kuba yayiyimpelaveki. Ngokwesiqhelo kona, ingakumbi phakathi eve-kini, eligumbi lokutshintsha lamanesi laligcwala kude kuben-gathi kusesitishini sikaloliwe. Kodwa namhlanje yayinguye ofike kuqala, elandelwa ngunesi oyindoda uJames Abrahams. Amanye amanesi kwakulindeleke ukuba afike kumtshintsh-iselwano ozayo. Ngelithuba engekafiki ke, yayizakuba nguye kunye noDr Ross Martins ababezakuncedisana ngokujonga imo nemeko yezigulana ngalentsasa.

Ngokwesiqhelo uSister Davis yayingumntu oqala azen-zele ikomityi yekofu xa efika emsebenzini, phambi kokuba aqale umjikelo wokubona izigulane. Kodwa namhlanje uthe esangena nje, ingakumbi xa ebona ukuba akukabikho mntu ukhoyo, waqubula idyasi yakhe emhlophe yobunesi eyayix-honywe edongeni kweligumbi lamanesi, kunye neqweqwe lokubhala apho kulo kwakuncanyatheliswe iingxelo ngok-wenzekileyo kwizigulane kumjikelo odlulileyo. Emva koko, waphuma eqonde kumagumbi ezigulana, ingoma yamaRhabe isankenteza engqondweni yakhe.

Wahamba ke uSister Davis, ephethe iqweqwe ekujinga kulo usiba lokubhala ngesinye isandla, ngesinye ephekuza nje ngokungenanjongo. Kungekudala wafika kwigumbi leziigulana elalisaziwa ngokuba kukwa Ward F, gumbi elo elalinendumasi yobungozi. Nembonakalo kaward F yayicha-za ubungozi, kuba nangona izibane zazikhanyisile, yayingathi zezi kuthiwa ngoofinyafuthi, zisoloko zingathi ziyohluleka kwidabi lokulwa nobumnyama.

Kodwa eyonanto yayiphambili kwindumasi kaWard F yayiyile yokuba ezona ziigulana zazinezihelegu ezabanjelwa zona, zazigcinwa khona. Ngenxa yalendumasi, wonke ubani ongena kweligumbi lakwa-Ward F, kuquka oonesi, oogqirha kunye nonoogada, kwakufuneka bachule ukunyathela, futhi baqinisekise ukuba iziigulane zonke zibotshelelwe ezibhedini zazo. Nazo ke iziigulane zakwa-Ward F yayingabantu aba-soloko bezikhwebulile kwezinye iziigulane zamanye amagumbi, futhi ingabantu nabo abazibona bebakhulu kunabanye, beqhayisa ngento yokuba bona baziititshala, oogqirha, amagqwetha, ndibala ntoni na.

Okwangoku uWard F lo wayengagcwelanga, iibhedi ezininzi zingenamntu. Kwakukhe kwalithuba elide ke phofu kuhlala izigulane ezimbini kuphela apha kwaWard F, ezo inguKeith Mekweni kunye noSibabalwe Makhelwane. Kodwa kwiinyanga ezintathu ezidlulileyo, uKeith Mekweni yena wade wakhululwa, wanikezelwa kusapho lwakhe, washiyeka eyedwa njalo uSibabalwe, naye phofu ngenxa yokuba kungekho mkhondo wokuba luphi olwakhe usapho, kuba naloo Place of Hope Orphanage, eyayibhaliswe ezincwadini zesibhedlele njengekhaya lakhe yayingakulungelanga ukumamkela uSibabalwe njengelungu losapho. Ngoko ke isibhedlele sathabatha isigqibo sokumgcina kude kucace icala ngosapho lwakhe, okanye agcinwe unaphakade.

Emva kokukhululwa kukaKeith Mekweni, isibhedlele saye sagqiba ukumvumela uSibabalwe ukuba adibane nezinye izigulane, kuba oogqirha bethekelela ukuba ubungozi aweyengene enabo noko buthomalele. Kodwa ke naleyo zange ilunge kuba isibhedlele kwathi kanti asikakulungeli ukuwakhulula amakhonkco kuSibabalwe, kuba kusoyikiselwa ukuba hleze livuke ikakade lakhe, alimaze ezinye izigulane. Wagcinwa ke kwaWard F, eyinto esoloko ibotshiwe okanye idonyiwe ngezitofu.

Ngenxa yamava akhe ekulawuleni izigulane eziyingozi, uSister Davis yayinguye yedwa unesi ovumelekileyo ukuba asondele kuSibabalwe. Ngenxa yoko, uSister Davis wayesele eyiqhelile into yokoyikeka kukaWard F, yena ingamoyikisi. Ngaphandle koko, abanye abantu ababevumelekile ukusondela kuSibabalwe yayingoonogada.

Nangalemini ke, wathi uSister Davis akufika kwaWard F, wabulisa ngomdlakazi omkhulu, esithi, "Molo wethu Mnumzana Makhelwane! Uziva njani namhlanje?"

Ufika ke uSister Davis uSibabalwe ehleli phezu kwebhedi, ebotshiwe apha emilenzeni nasezandleni ngamakhonkco, nomlomo wakhe ugqunywe ngesigqumamlomo sofele olumdaka, olunemingxunya evumela ukuphefumla nokuthetha. USibabalwe wayenxibe impahla zakhe zonke zasesibhedlele, oko kukuthi wayenxibe isuti yebhulukhwe nehempe engwevu enemigca emhlophe, ebonakala ibumpatsha ngenxa yokuhlanjwa rhoqo ngamachiza okususa amachaphaza empahleni, kunye nezihlangu eziphecephece ezimnyama.

Nangona kwakusesibhedlele apha, kodwa imbonakalo yegumbi likaSibabalwe yayingahlukanga kuphele kweyegumbi lasetilongweni. Ibhedi yakhe yayenziwe ngentsimbi, yaze yondlulwa ngeengubo ezingwevu ezinomgca omhlophe emazantsi. Umnyango wegumbi wawutshixwa ngalo lonke ixesha, uvulwa kuphela xa kukho unesi okanye ugqirha ondwendweleyo. Phezulu edongeni kwakukho umabonakude, naye obotshwe ngocingo oluhlabayo ukwenzela ukuba angaphathwa zizigulane. Umabonakude lo ngalomzuzu wayebonisa inqaku leendaba, ekwakubonakala ukuba uSibabalwe uthabathekile lilo, kuba wayemana enqwala intloko yakhe. Nangona wayehlambile emhle, wayekhangeleka ediniwe, nobuso obu buthe khunubembe, kubonakala ukuba kukho okunzulu akucingayo, nakhathazekileyo ngako.

Uthe esakuva ilizwi aliqhelileyo likaSister Davis, waphendula uSibabalwe ngelizwi elikruqukileyo, esithi, "Mrs Davis ndiyakucela torho, xa undibiza yithi 'Sir' okanye uthi 'Your Excellency', kanti ilungile neyokuba uvele nje uthi 'Mr President'. Lento yokuba ungandihloniphi kuzakufuneka ndiyithathele amanyathelo! Soze kaloku ndideleleke ngoluhlobo!"

USister Davis wayeyiqhelile into yokuba izigulane zasePinelands Psychiatric Hospital, phantse zonke zazingabahloniphi onesi kunye noogqirha bazo. Ngoko ke ayizange imkhathaze lendlela athetha ngayo naye uSibabalwe. Futhi ke nangona wayengatsho, yayimcubhula ngentsini into yokuba rhoqo edibana naye, uSibabalwe, nowayesaziwa ngabasebenzi besibhedlele njengo 'Patient F01' wayesokolo efuna kuthiwe unguMongameli xa ebizwa.

Ngentlonipho ebaxiweyo, uSister Davis waphendula wathi, "Ndiyaxolisa Mongameli, bekunganjongo yam ukukudelela! Uziva njani ke namhle Mhlonipheki?"

"Uyandiphazamisa" waphendula uSibabalwe, ejonge edongeni, "Ndixakekile apha ndilungiselela intlanganiso yeCabinet yam" waqhubeka watsho, ngelizwi elinebhesi. Xa ummamele ungamboni wawungalonwabela kanobom ilizwi likaSibabalwe, elalide libenendyondyo.

"Uthini na apha kum! Lentlanganiso ilapha kuwe engqondweni?" wabuza uSister Davis, eqhula.

Akawuphendulanga lombuzo uSibabalwe, endaweni yoko waqhubeka ejonge edongeni, esenza ngathi akamboni ukuba uSister Davis ukhona apha egumbini kunye naye. Ebona ukuba akaphendulwa, uSister Davis waqhubeka esithi, "Kodwa Sibabalwe yintoni le ibangela ukuba ufune ukuba nguMongameli welizwe? Nditsho ke kuba ayinguwo namsebenzi obhadlileyo lowo. Awubhatali namali itheni, izigidi ezimbini zeranti qha ngonyaka! Yonke lemihla uhleli nje unehlokondiba labantu abarhuqeka emva kwakho, awukwazi nokuzonwaya! Ngaphezu koko kukho nezaphuselane ezifuna ukukunyusa amafu! Uzakuzithini iingxaki zabantu, nabantu abo abangenambulelo?"

Waguqula ubuso bakhe uSibabalwe, ejonga uSister Davis ezitumeni, futhi kubonakala ukuba uphathwe emanyeni ngulombuzo, wathi "Wazi ntoni wena? Ungunesi kuphela into oyiyo. Ndiyakucela, jongana neengxaki zabantu abagulayo, uliyekele kum ilizwe!"

"Shu! Hayi ke, kulungile Mr President!" watsho uSister Davis, ngelizwi elinempoxo, waqhubeka esithi, "Ungathi khange ndikulumkise ke. Khawundixelele ke kodwa, uncwase ukuba nguMongameli ngaluphi uhlobo? Nditsho ke kuba uvalelwe apha ePinelands Psychiatric Hospital. Ngapha koko, akukho sikhewu sabuMongameli welizwe okwangoku esilinde wena. Uzakuthini ke?"

Waphendula kwakhona uSibabalwe, enomsindo, wathi, "Okokuqala, andingoMongameli ofuna ukuba nguMongameli, ndinguMongameli! Umahluko nje kukuba andikho sesihlalweni sam, okwangoku. Xa selendisilungele isihlalo sam, esiyasidenge sizenza mna sizakushenxa, sithanda singathandi!"

"Uzakumenza njani ukuba ashenxe?" wabuza uSister Davis, kubonakala ukuba uyonwabele lencoko, futhi waqhubeka nemibuzo, "Khona, yinto ozakuyiqala phi into yokubuyela esihlalweni sakho Mr President?"

"Ndiyakubona Mrs Davis, ndikujonge kakuhle! Ucinga ukuba ndiyadlala. Awukholelwa ukuba ndingayenza lento? Ndizakukukubonisa kanti, umama yintombi! Wena, nazo zonke izaphuselane ezingandikholelwayo, ndizakunibonisa nonke! Futhi nonke nizakuthi kum 'Mongameli, mlawuli wezinto zonke kweli, Mhlonipheki', umlomo ugcwale! Yini le!" Watsho uSibabalwe, efuthekile.

"Kulungile ke, Mongameli! Mninintozonke! Asazi ukuba uncwase ukuyenza njani yonke lento, ngaphandle kokuba unenjongo zokuzimela" waphendula uSister Davis, ejonge uSibabalwe ngamehlo akhamnqisiweyo, engayazi ke phofu ukuba lento agqiba ukuyithetha malunga nokuzimela inomfutho ongakanani kuSibabalwe.

"Ungacingi ukuba andiyazi ukuba uzama ukwenzani Mrs Davis. Ufuna ndikuhlebele izicwangciso zam. Kanti ke ayizukusebenza loonto" watsho uSibabalwe, ngelizwi elidinekileyo.

"Hayi sendisitsho nje, akhonto. Mandikushiye ngoku Mongameli, ndiyakubona ukuba uphilile namhlanje. UDr Martins uzakungena kungekudala" watsho uSister Davis, ejika ejonga ngasemnyango.

"Yima, yima phambi kokuba uhambe. Masithi ke ndiyakuqasha ukuba ube ngumcebisi wam, ukuba ndingakwazi ukuphuma apha, ungacebisa ukuba ndilawule njani xa ndifika esihlalweni sam?" Wabuza uSibabalwe, ngelizwi elicengayo. Nangona iqhayiya lalingamvumi ukuba atsho, okusenyaniskweni yayikukuba wayeyonwabela naye incoko noSister Davis.

"Mh, okukuqala, ukuba ufuna ukuba nguMongameli welizwe kufuneka ube lilungu lombutho ophetheyo. Apha kweli ilizwe akekho umntu ovele anyuke nje abenguMongameli enganambutho umsekelayo. Ngoko ke, ukuba uqinisekile kule njongo yakho, ndicebisa ukuba useke owakho umbutho, okanye ungene kumbutho okhoyo onamandla okuphumelela unyulo" waphendula watsho uSister Davis.

"Hayi Mrs Davis, hayi, awundiva. Lento uyithethayo ayizikundincedisa mna" watsho uSibabalwe.

"Hayi bo, ngoba kutheni? Kuba ke asoze ubenguMongameli ngandlela yimbi!" wabuza uSister Davis, ekhwankqisiwe.

"Andinalo ixesha lobobubhanxa mna! Khawufane ucinge nje, ukwakha umbutho kufuna ukuba ndibe nento endikholelwa kuyo, futhi ndikwazi ukwenza abantu abaninzi ukuba nabo bakholelwe kuloo nto. Hayi bo, ndakuyigqiba nini into enjalo?!" waphendula watsho uSibabalwe, egxininisa.

"Hayi bo Sibabalwe! Uthetha ukuba akukho nanye into okholelwa kuyo ungumntu nje?" wabuza uSister Davis, ngomothuko, kodwa ecubhukile.

Waphendula uSibabalwe, ezilungisa oku komntu ozakuthetha into ebalulekileyo, "Er Mrs Davis, ndithembe xa ndisithi kuwe izinto endikholelwa kuzo azinakukulungela ukupapashwa nakwiyiphina imanifesto!"

"Nkosi yam! Kengoku xa ungazuxelela mntu ukuba wena ukholelwa entweni, uzakuba nguMongameli ngaluphi uhlobo?" wabuza uSister Davis.

"Ndingangena kaloku kumbutho okhoyo, ndikhawuleze ndinyuke amanqwanqwa awo. Ngalo ndlela akuzubakho mfuneko yokuba ndixele ukuba ndifuna kuthini. Ndizakwanela nje kukupapasha inkqubo zombutho lowo" waphendula watsho uSibabalwe.

"Sisimanga! Uthi uzakungena nje nakwiliphi isebe lombutho, kungakhathalisekile nokuba loo mbutho ukholelwa entweni, ukuba nje unawo amandla okuphumelela unyulo, kwanele!" watsho uSister Davis, ehleka.

"Undiva kakuhle. Futhi selendiyibonile ukuba yenziwa njani. Nam ndiyakwazi ukukhwaza 'Amandla', kwaye ndiyakwazi nokuthi 'Viva'. Ngaphezu koko ndiyakwazi ukucula, ndiyakwazi ukusina, nabantwana ndingabafunqula ndibancamise. Akukhonto inzima apha!" watsho uSibabalwe, kucaca ukuba, ukuba bekukho itafile phambi kwakhe ebeyakuyingomba ngamanqindi.

"Amen!" wakhuza watsho uSister Davis, eqhubeka, "Masithi ke ungenile waba nguMongameli, uza kwenza ntoni?"

"Into yokuqala yile yokuba ndizakukumema, ukwenzela ukuba utsho, futhi ndikuve usitsho ngokusemthethweni, usithi "Mongameli Makhelwane" xa undibizayo" waphendula uSibabalwe, eguquka ejonga edongeni, ntoleyo yayibonakalisa ukuba ugqibile ngalencoko.

Uthe esandula kuphuma kwigumbi likaSibabalwe, esanikina intloko yakhe kukungayikholelwa yonke lembudede kaSibabalwe, uSister Davis wahlangana no Dr Martins engena, eqala eyakhe imijikelo yezigulana.

"Unjani lomfo namhlanje nesi" wabuza uDr Martins.

"Hey hayi Doc, ligeza ruu eliya! Namhlanje uthi yena unguMongameli waseMzantsi Afrika!" waphendula watsho uSister Davis, ecubhukile yintsini.

INQAKU LESITHATHU

Ngethuba engena uDr Martins kwigumbi likaSibabalwe, ixesha yayiyintsimbi yesibhozo entloko, eli ke ilixesha lokufika kwenkoliso yabasebenzi basePinelands Psychiatric Hospital. Kwakuyiloongxolo ke yezihlangu ziqhwashuza kwimigangatho yamaplanga esibhedlele kungenwa kumagumbi ngamagumbi, abanye behleka isiqhazolo bebaliselana ngezintoyinto zempelaveki.

Ungene kwigumbi likaSibabalwe uDr Martins sele enikina intloko, emangalisiwe yinto ebithethwa ngu Sister Davis malunga namatshamba kaSibabalwe. Nangona wayenolwazi malunga nobungozi bukaPatient F01, futhi naye, phantse njengaye wonke umntu osebenza apha, ngaphandle kukaSister Davis, emoyika kancinane, wayeqala ukuva ukuba uSibabalwe uzibona enguMongameli, ntoleyo wayeyithatha njengebonisayo ukuba mhlawumbi uSibabalwe lo isebuthathaka impilo yakhe.

Rhoqo xa edibana noPatient F01, uDr Martins wayebanamanwele, maxawambi azive ngokungathi isigulane esi siphononga yena, endaweni yokuba ibenguye ophononga isigulane. Phofu kwayena uDr Martins aphinde azinqande ukuba izimvo zakhe ngesigulana zingagabadeli, ethingaziswa ke nayinto yokuba wayezazi ukuba usengumfundi wezobugqirha beengqondo eziphazamisekileyo phaya kuladyunivesiti yaseKapa, nowayezokubekwa kwesisibhedlele sasePinelands ukuze akwazi ukwenza unyaka wakhe wokugqibela.

Owona msebenzi wakhe apha ePinelands yayikukuvavan-
ya izigulane, ejonga indlela eziphefumla ngayo, ukubetha
kwentliziyo, inkangeleko yamehlo, uxinezelelo lwegazi,
kwakunye nezinye iimpawu ezonokuthi zibonise ukungaphili
kwesigulane. Ngaphezu koku, wayengayiboni njengento
ebalulekileyo ukuba nencoko engenye nezigulane, ngaphan-
dle nje kokubuza ukuba ziziva njani.

Naye ke ngalemini ungene kwigumbi likaPatient F01
njengesiqhelo, wafika uSibabalwe ehleli emngciphekweni
webhedi yakhe, kukhangeleka ngathi usemlindweni wanto
ithile, phofu amehlo akhe eqolosele umabonakude oxho-
nywe phezulu edongeni. Njengokuba engena kwigumbi
likaSibabalwe, waqaphela ukuba namhlanje umfo omkhulu
uthe ntsho umabonakude, akaboni nokuba kukho umntu
onguye ongenileyo. Wakhe wema uDr Martins, naye ebukele
lento ibukelwe nguSibabalwe kumabonakude, ekwakubon-
akala ukuba yinkqubo eyingxoxo malunga nokuxhwilwa
kombuso. Umlawuli walenkqubo yayilinenekazi eligama
linguLinda Lewis, enondwedwe awayencokola nalo, nelino-
buchwepheshe ngalomba.

Wavakala uLinda Lewis esithi, "Babukeli namhlanje
sizakuncokola ngomba osematheni, umba wokuxhwilwa
kukarhulumente ngabantu abanjongo ikukurhwaphiliza.
Sinenyhweba ke yokuhanjelwa nguNjingalwazi Sam Ngalo,
nozakuthi asihlalutyele lomba. Njingalwazi siyakwamkela
kwinqkubo yethu yanamhlanje. Gqabagqaba nje, yintoni
uxhwilo lukarhulumente?"

Wakhe wamamela uDr Martins xa lendedeba yakwaNgalo,
enobuso oburonte, negqume amehlo ayo ngeeglasi zokufunda,
isithi, "Eh enkosi Linda, ngokufutshane inje wena lento. Olu
lolona hlobo lukhulu lolwaphulo mthetho, apho izaphuselane
zizinika igunya lokubeka oogxa bazo kwizikhundla eziphe-
zulu zombuso, ukuze kwenzeke okuthandwa zizo endaweni
yokuba kwenzeke obekufanele ukuba kuyenzeka."

"Ingaba uyahlula njani kwinto yokuba abantu abathile bafake uxinzezelelo kwiinkokheli nakumacandelo karhulumente, befuna ukuba urhulemente abeke ezabo iimfuno phambili?" Wabuza uLinda.

Waphendula uNjingalwazi Ngalo ngelithi, "Eh, leyo into wena Linda, mhlawumbi ke ungade ungayithandi nje, kuba ithetha ukuba abantu abanemali banamandla okufikelela kurhulumente. Kodwa ke kunjalo, ayikho nxamnye nomthetho lonto, kuba ayiguquli zicwangciso zikarhulumente. Ayifani nale yokuba abantu bavele bazixhwithele urhulumente, kuba befuna ukukhuthuza iimali zabarhafi."

Kwesisithuba uDr Martins waye waqonda ukuba umamele ngokwaneleyo, makaqhubeke nomsebenzi wakhe, okanye alahlekelwe lixesha. Wabulisa nje kuSibabalwe, akalinda nampendulo, eyayingekho ke phofu, wakhawuleza waqhubeka novavanyo aqhele ukulenze.

Wathi akugqiba, "Eh Mr Makhelwane, ingathi konke kuhamba kakuhle, ndingatsho ndithi uphile qethe. Ndiyabona ukuba uzikhathalele. Qhubeka ke usenza njalo. Hey, tyhini uMrs Davis undixelela ukuba wena wenyulwe njengoMongameli welilizwe! Ingaba kunjalo nyani?"

"Kunjalo Doc! Futhi ndiyothuka ukuba ubungayazi lonto. Yazi ke lonto ukusukela ngoku, ukuba mna ndinguMongameli Sibabalwe Rodney Makhelwane!" waphendula watsho uSibabalwe, egxininisa.

"Xa kunjalo ke, mandingakulibazisi Mongameli. Ndiqinisekile ukuba imicimbi yelizwe ingxangile, ifuna ubukho bakho. Ndakukubona ngomso kusasa kwakhona, enkosi Mhlonipheki" watsho uDr Martins, enqwala ngesibaxo.

"Makubenjalo kanye Doc! Emizuzwini elishumi ndizakube ndiqalisa intlanganiso yesigqeba sabaphathiswa. Ndifuna ukulungiselela lonto nguku" watsho uSibabalwe, emhesha uDr Martins ukuba makaphume.

Eneneni kona uSibabalwe wayengamthandisisi ncam uDr Martins lo, emtyhola ngelithi ingathi uzenza ngcono, kuba rhoqo xa ezokumbona, akenzi ncoko itheni naye. Kodwa namhlanje waziva ekholiwe xa no Dr Martins embiza Mongameli. Uthe akuphuma egumbini lakhe uDr Martins, iingcinga zikaSibabalwe zabuyela kulancoko ebenayo ekuqaleni noSister Davis, efumanisa ukuba isanketheza engqonweni yakhe, kwaye kubonakala ukuba isamfixa. Nasemva kokuba esele amayeza okuthomalilisa umzimba, nawayeqhele ukumlalisa, namhlanje yayingathi awasebenzi, emana ekhuza yedwa esithi, "Tyhini Bawo uMrs Davis lo akandazi kakuhle!"

Lahamba lona ixesha, kwabetha intsimbi yesithathu emva kwemini, esambombozela uSibabalwe, eqhubeka nokuthetha yedwa esithi, "UMrs Davis ndizakumbonisa. Andenziwa njalo mna! NdinguSibabalwe Rodney Makhelwane, uMongameli waseMzantsi Afrika. Andinakudelelwa yinesi, intw' engenguye nogqirha!

Phakathi kokukumbombozela, uSibabalwe wayemane ezibhencabhenca, ngokungathi ulahlekelwe yinto, amehlo akhe ethande ukugxila emaqatheni, apho wayefakwe amakhonkco khona, aphinde agobe awaphathe lamakhonkco ngokungathi ukhangela indawo apho angaqinanga khona. Nangona wayengenakuwakhulula, wona amakhonkco la ayengaqiniswanga, ukwenzela ukuba abenako ukuhamba apha egumbini lakhe engakhange amtswebe.

Emva kweminyaka ehlala ebotshiwe, le meko yayisele iqhelekile kuye uSibabalwe, kangangokuba ngamanye amaxesha wayede alibale ukuba ubotshiwe. Kodwa zazikhona iimini ezithile apho wayekhe abenengxoxo etshisayo nesinye isigulane, afune ukugxanya, elibala ukuba amakhonkco la ayatsweba.

Umthetho wesibhedle wawunqonqozisa ukuba uSibabalwe nezinye izigulane ezinjengaye bahlale bebotshwe amaqatha kunye nezandla, baphinde maxawambi bafakwe neminqwazi eneentambo zofele eyenzelwe ukukhusela izigulane zingazibethekisi emadongeni. Ngaphezu koko, izigulane zazitofwa okanye zityiswe iipilisi ezenza ukuba umntu atyhafe ozele, angabinabundlobongela.

Wayiqaphela ke uSibabalwe into yokuba lenkqubo yayinezikhewu ezibalulekileyo. Umzekelo wayekhe ayibone into yokuba xa ethe wanikwa amayeza atheza amandla, amakhonkco la asezandleni ayakhululwa, futhi naleminqwazi basoloko beyithwele iyothulwa, umzuzwana nje phofu.

Nanamhlanje uthe akuvuka kubuthongo bakhe basemini, waqaphela ukuba izandla zakhe azibotshwanga, kwaye nomnqwazi akawuthwaliswanga, ingamaqatha kuphela abotshiweyo. "Tyhini, ingathi ingasebenza lento" watsho uSibabalwe, izandla zakhe ezingabotshwanga ezibhencabhenca, ubuso bakhe bunembonakalo yomntu okude ngengcinga. Phofu aphinde akhawuleze aphume kwezongcinga, ambombozele kwakho esithi, "Futhi unyanisile uMrs Davis lo, uyazi? Andinakuba nguMongameli ukuba andiqhweshi apha kulendimanga. Mandihambe suka! Le indelelo andizukuyinyamezela, ndizakumbonisa!"

Yayikokokuqala isenzeka into yokuba uSibabalwe ayivelele inkalo yokuqhwesha ePinelands Psychiatric Hospital okokoko wathi wavalelwa apha. Kwiingcinga zakhe zonke ayizange ikhe imfikele into yokuba azame ukuphuncuka. Nangoku ke lengcinga yayibonakala ngathi imothusile, kuba wavele wema nje esithubeni, ngathi ubethwe yinto, emana ethetha yedwa, ezingqinela ngelithi, "Ewe maan Sibabalwe, phuma apha!"

Eneneni kona, yena noKeith Mekweni babekhe bancokole ngezinto ababecwangcise ukuzenza mhla bakhululwa, uKeith Mekweni esithi yena unomdla wokutolikela abantu abangevayo, uSibabalwe yena esithi ufuna ukuba nguMongameli welizwe. Esisibini ke sasiye sigxekane kanobom ngezinjongo zaso, uKeith egxeka uSibabalwe ngokuba neenjongo ezibaxiweyo okwegeza, noSibabalwe egxeka uKeith ngokungabi nabhongo natshamba, futhi nokufuna ukwenza into angayaziyo, kuba nokokutolika athethangako yayibangathi ulinganisa iintshukumo zikaBruce Lee xa ekwenza! Babexabana ke ngalento, bade maxawambi bafune ukubambana ngezandla, ntonje banqandwe yinto yokuba babotshiwe!

Kodwa naxa kunjalo, ezincoko zabo uSibabalwe noKeith yayingengomayelenqe akuzimela, yayiminqweno namaphupha nje angatheni. Namhlanje kwakohlukile kunesiqhelo. Ingqondo kaSibabalwe yayibila isoma izama iqhinga lokupoqa, futhi inkqubo yesibhedlele yasuka yathi thaa yonke engqondweni yakhe, ngokungathi kudala ecinga ngokuqhwesha.

Wakhumbula umzekelo, nezinye ezinto ebezisenzeka apha esibhedlele kodwa engazinanzanga, zinto ezo ezifana namaxesha okuqala nokuphela kwemijikelo yonoogada, oonesi kunye nabasebenzi abancedisayo. Wakhumbula futhi ukuba uyawazi amagama onoogada bonke, kunye neencoko ababethi babenazo bengacinganga ukuba bamanyelwe, kwakunye namaxesha abo okutya. Kwathi qatha nento yokuba kanene mingaphi iminyango ekhokela kwaWard F, kwakunye neentsuku namaxesha okundwendwela koogqirha, futhi neendlela ezahlukileyo ekusetyenzwa ngazo phakathi evekini nangempelaveki.

Yamothusa into yokuba konke oku yinto egciniweyo nje apha engqondweni yakhe, ede akhumbule nento yokuba namaphela adakasayo kwesisibhedlele anamagama, kuquka nala mabini ayedakasa kweli lakhe gumbi, nawayewabiza uVunguleginya kunye noPhangayo! Futhi wakhumbula nendlela oonogada ababesebenza ngayo, ingakumbi indlela ababesiza ngayo kuye. Umzekelo, wayikhumbula into yokuba rhoqo besiza kuye babenayo indlela ekubaxayo ukukhuseleka kwabo, apho babede baqinisekise ukuba akekho mnye umntu oza kuye, koko babini nangaphezulu.

Wakhumbula futhi ukuba ngalo lonke ixesha babexhobe ngamagqudu oonogada, kwaye bekhangeleka bekulungele ukumgqebh' iduma nabanina okhe wangathi uyabagrogrisa.

Okubalulekileyo ke nangakumbi yayikukuba akhumbule ukuba, ngenxa yobungozi bezigulana zakwaWard F, unogada ngamnye osebenza kule ward wayenesitshixo esikwaziyo ukuyivula yonke iminyango yesibhedlele.

Kuyo yonke le minyaka ayichithe ekwesisibhedlele sasePine-lands Psychiatric, uSibabalwe wayesele eyamkele into yokuba lamakhonkco akhonxwe ngawo akasoze akhululwe, nangemini enye. Xa ebajongile oonagada besebenza kuye, babesoloko berhwaqele, bengafuni kwenza ncoko naye. Kodwa ke kunjalo, kwakukho unogada owayethanda ukukreqa kancinane kulenkqubo, igama lakhe lalinguMorgan Stuurman.

Ngokungafaniyo noogxa bakhe, uMorgan wayethanda ukusondela kakhulu xa esebenza kuSibabalwe. Wayengayinanze kangakanani nento yokuba akhatshwe ngomnye unogada, futhi engalindi nokuba uSibabalwe atyhafiswe ngamayeza kuqala phambi kokuba aqalise ukusebenza kuye. Ngasizathu sithile, uMorgan lo wayengayivumi ncam into yobungozi bukaSibabalwe, mhlawumbi ngokungazi, kuba kwakungekudala efikile kwisibhedlele esi, okanye ikukudelela nje.

Umzekelo, uMorgan Stuurman wayesondela kuSibabalwe, efuna ukuvavanya ukuqina okanye ubuwakuwaku bamakhonkco kaSibabalwe, aphinde amcofacofe nalapha ebusweni, kuba efuna ukuqinisekisa ukuba iindevu zikaSibabalwe kufuneka zichetywe kusini na. Wayiqaphela ke uSibabalwe nento yokuba uMorgan wayenomkhwa wokuwakhulula lamakhonkco asesandleni, isandla ngasinye ngexesha, ngethuba esinye isandla esibophelele ebhedini, kuba efuna ukuziphononga izandla ezi ngenjongo yokuqinisekisa ukuba azinazivubeko.

Lento ke uMorgan wayeyenziswa kukuba isibhedlele sasiyinqonqozisa into yokuba izigulane zingabinazimpawu zokuhlukumezeka, ezazithi apho zifumaneke khona iimpawu ezo, kutyholwe oonogada ngazo. Nezigulane ngokwazo zaziyazi ukuba akhona amathuba okukhululwa xa uthe watyhola oonogada ngempathombi, bubebubonakala ubungqina balonto. Maxa wambi izigulane zazide zizikrwempe ngokwazo ngamabom, emva koko zityhole oonogada.

Kodwa yena uMorgan, indlela awayesebenza ngayo yayahlukile kunabanye oonogada. Rhoqo yena esebenza, esinye isandla sikaSibabalwe wayesikhulula. Eyokuba kutheni uMorgan wayesophula imigaqo yokhuseleko ngoluhlobo, uSibabalwe wayengenalwazi. Inye nje into awayeyazi namhlanje, yayiyile yokuba naliphi ithuba alinikwa nguMorgan, uzakulisebenzisa. Wayesazi ukuba uMorgan nguye ophangeleyo namhlanje, kwaye wayezakutshayisa ngentsimbi yesixhenxe ngorhatya.

Emva kwezingcinga, nalento yokuba wayesithathile isigqibo ngazakukwenza, waziva epholile uSibabalwe. Wancuma yedwa, wanaba kakuhle phezukwebhedi, ezimisele ukuyonwabela inkqubo kamabonakude osedongeni, eyayibonisa ukuzingelwa kwempunzi yingwenkala. Waziva ekhwaza, "Bamba! Bamba kwedini, bamba loobhokhwe!" Eyokuba ke kwakutheni exhasa umbulali kulombodamo, akukho waziyo, ngaphandle kokuba ukubukela kwakhe lenkqubo kwamenza ukuba akhumbule izinto ezininzi ngoMorgan, ezifana nobungakanani bakhe, kuquka nokuthekelela ukuba yena noMorgan babelingana ngobude nobunzima bomzimba.

Kwathi kanye xa ixesha lisithi yimizuzu emihlanu phambi kwentsimbi yesixhenxe, wafika uMorgan Stuurman egumbini likaSibabalwe. Wayeligatyana lomfana, elineminyaka efikileyo phaya kumashumi amathathu anesihlanu. Ngalemini wayenxibe iyunifomu yoonogada balapha kwesisibhedlele sasePinelands iphelele. Oko kukuthi wayenxibe ibhulukhwe eluhlaza okwesibhakabhaka, ihempe emhlophe eneqhina elimnyama, izihlangu zohlobo lweBata Toughies ezimnyama, kunye nedyasi ekwamnyama nayo, waze wagqibela ngekepusi eluhlaza ngokufana nebhulukhwe.

Njengesiqhelo, uMorgan wangena egumbini likaSibabalwe ngokuzithemba, ebetha umlozi, negqudu lakhe lobunogada elijiwuzisa. Nanamhlanje ke, into yokuqala ayenzileyo uMorgan, engakhange abulise okanye akhuphe nelinjani ilizwi, kukukhulula esinye sezandla zikaSibabalwe emakhoncweni, emva koko wasondela kuSibabalwe ngendlela engalunanzanga ukhuseleko, waguqa phambi kwakhe kuba ezakuqinisa amakhonco asemaqatheni.

Uthe esaguqe njalo, umqolo wakhe ufulathele, weva ingalo ebilengalenga kaSibabalwe imrhintyela entanyeni. Wathi uMorgan esothuke yileyo, weva ukuba lengalo imrhintyeleyo, ngezigalo zegeza ezinezoso ezinkulu, iyayijija intamo le yakhe, kusetyenziswa umvingqo lo wengqiniba, oku kungathi yintlwathi xa ibambe ixhoba ngeembambo zayo, ekuthi rhoqo lishukuma ixhoba lizama ukuzisindisa, suke intlwathi iqinise uxinzelelo.

UMorgan wayekuloo meko apha, esithi xa eshukushukuma ezama ukuzikhulula, uSibabalwe ongeze uxinzelelo. Akuphelelanga apho, kuba emva nje kwemizuzwana elishumi emrhintyele ngezigalo, uSibabalwe wabuphequla ubuso bukaMorgan, bajonga kuye ngqo, waze ngophanyazo lombane, wamluma kubhongwane, ewafaka onke amazinyo akhe ngamandla engwenya. Akubanga thuba lide emva koku, savakala isandi sokugqabhuka kukaqhoqhoqho ngaxeshanye nokuqhawuka kwentamo kaMorgan. Ngemizuzwana nje enganeno kumashumi amathandathu, waye waphela lonomji, wabhubha uMorgan.

Esakuba anelisekile ukuba uMorgan ufile, kwaye ethekelela ukuba kushiyeke imizuzu embalwa kakhulu phambi kokuba kufike abanye oonogada, wagxabhagxabhisa uSibabalwe ephuthaphutha iipokotho zikaMorgan. Emva koko, kwisikhaxa sezitshixo zesibhedlele esasisesinqeni, ebhantini yebhulukhwe kaMorgan, wakhangela isitshixo samakhonkco, wathi akusifumana, wazikhulula ngaso.

Uthe akugqiba ukuzikhulula emakhamandeleni, wakhulula iyunifomu kaMorgan, wayinxiba ngokukhawuleza, eqaphela ukuba imlingana twatse. Emva koko uye wathatha isitshixo senqwelomafutha kaMorgan kunye nesipaji, waphuma eWard F, enxibe iindondo ezimnyama zikaMorgan, ebetha umlozi futhi ejiwuzisa igqudu likanogada ngesinye isandla, kanye ngoluhlobo uMorgan ebesenza ngalo, eqinisekile ukuba akukho bani uzakumbona ukuba uyaqhwesha.

Emva kokukhangela inqwelomafutha kaMorgan, ngoku-mana ecofa isitshixo sayo, uSibabalwe waye wayifumana in-qwelomafutha eluhlobo lweFord Escort. Wayivula, wangena kuyo ngomoya nje okhululekileyo, esazi ukuba kuzakuthatha ithutyana phambi kokuba abasebenzi balomjikelo wasebu-suku bafike kwaWard F.

Ngaphandle kwale yokuba abantu babemoyika kakade uWard F, kwakukho nezigulane ezintsha, ezisuka kwezinye izib-hedlele, nezazindlongondlongo kakhulu kwaye zifuna ukuba ibe zizo ekuphoswe iliso kuzo ngamanesi kunye noonogada. Ngokwesiqhelo lengxolo yezizigulane zintsha yayimcaphukisa uSibabalwe, kodwa namhlanje yayizakuba ligwiba lokuba azimele ngaphandle kwesiphazamiso.

Emva kwexeshana enyikinyelana nenqwelomafutha, eza-ma ukukhumbula ukuba kanene inqwelomafutha iqhutywa njani, uSibabalwe wade waphuma kummandla wesibhedlele, ethe chu ngeFord Escort, engangxamanga. Wayiqhuba inqwelo-mafutha ukusuka kwisitalato esimxinwa iPark Road, wan-gena ngeAlexandra Road, emva koko wajika ngasekunene engena kwindlela uM62 eyangakwidolophana yaseMowbray, ngokwenza njalo wajongana ngqo nezakhiwo zeyunivesithi yaseKapa ephantsi kwentaba yetafile.

Uthe xa ebona ezizakhiwo zaleyunivesithi, uSibabalwe wakhe wakhumbula okomzuzu iintsuku zamandulo, kungena engqondweni yakhe imifanekiso yeetitshala zaleyunivesithi. Wahlahlamba umzimba wakhe, enukiselwa ligazi nobutyadidi balomini. Wakhawuleza wazibhebhetha ezingcinga nalemib-ono, ethetha yedwa esithi, "Sibabalwe ulibanjwa eliqhweshileyo! Awunalo ixesha looQuwhe noFezela! Umsebenzi wakho ngoku kukubhekela ngakumbi kwisibhedlele sasePinelands, hayi enye into."

Watsho wawunyathela umcephe, yaxhuma iFord Escort yangathi iyabuva ubuhlungu bokunyathelwa ngufundaboy ongenalo nolwazi lokuba uyaphi kanye kanye. Eneneni into eyayinkenteza kuSibabalwe yayikukuba ayiqhube lenqwelomafutha iye apho ifuna ukuya khona, kude kuvele icebo.

Uthe xa efika kwigophe elikhomba indlela eya elokishini kwaLanga ekuthiwa yiBhunga Avenue, waphambuka, engena kwaLanga engabhungisanga. Nangona wayengazazi ukuba ungenela ntoni kwaLanga, uSibabalwe wayeyazi noko lelokishi, kwaye ingqondo yakhumbula ukuba mandulo le yayiyilokishi epholileyo engenasiphithiphithi, nangona nanjenga lokishi zonke kweli, yayineengaxi zokungacoceki kunye neendawo apho abantu babehlala ngokuxinana, ngakumbi emaholweni.

Wayeyazi futhi ukuba uLanga yilokishi enembali nendumasi, kuquka umngcelele wezikhalazo wango1962 nowawukhokelwe nguPhillip Kgosana, kunye nento yokuba imvumi yodumo uBrenda Fassie wayeyinzalelwane yalapha. Kodwa kunjalo, uSibabalwe wayeyikhumbula lelokishi njengethuleyo, ntoleyo eyayimnika ithemba lokuba angakwazi ukuzimela kuyo okwethutyana.

Nangona kudala, esengumfundi waseLanga High School, wayenabo abahlobo ababeyinzalelwane yalelokishi, uSibabalwe wayenesikrokro sokuba bangangafuni ukuzibandakanya naye namhlanje, kuba nabo babeyazi into awabenjelwa yona, neyabangela ukuba aduke iminyaka engaka, ngoko ke bangahlaba umkhosi xa bembona. Watsho wazixelela ukuba abahlobo bakhe bangaphambi abanokuba basekhona apha kwaLanga, namhlanje akazikubakhangela.

Waqhuba ke eyicothisa iFord Escort kwizitalato zakwa-Langa ezimxinwa, ukusuka ezantsi eBhunga Avenue, wenyuka ngeWashington Street ejonge phezulu ngasekupheleni kwelokishi ngaseZone 21, ekhangela indawo apho anokuthi akwazi ukunyamalala khona, apho wayeza kuphumla kwaye acinge icebo malunga namanyathelo alandelayo.

Kwakhona, uSibabalwe wayeyikhumbula nento yokuba apha kwaLanga kukho indawo ekuthiwa kuse 'zoni', apho kwakukho amaholo abizwa ngokuba kusezone 16, ezone 17, nasezone 18. Ezindawo zazibizwa ukuba kusemaholweni, kuba ngaphakathi kuzo kwakungekho ndawo esithelekileyo apho ubani nosapho lwakhe babenokuhlala khona bebodwa. Wonke umntu wayehlala esidlangalaleni, esenza nayiphi na into afuna ukuyenza phambi kwabanye abantu. Onke lamaholo ayedume ngokuxinana kwabantu, ntoleyo yayiphenjelelwa nangakumbi kukunqongophala kwezindlu.

Ekucingeni kwakhe uSibabalwe, waqonda ukuba kungalapha kwezizoni apho anokuthi afumane khona indawo yokulala namhlanje. Wayikhumbula nento yokuba besakhula, ngethuba ehlala ePlace of Hope Orphanage, babekhe beze emaholweni kwaLanga, kuba babekholelwa kwinto yokuba, ukuba uhlala elokishini kwaye funa ulwazi ngentlalo yasemaphandleni, lamaholo akwaLanga ayengakufundisa kabanzi ngoko. Nangona ubunyani balento babungekho kakhulu, babekholelwa nakwinto yokuba kwakusemaholweni apho umqombothi wawufumaneka khona. Kukwasemaholweni apho babekwazi ukubukela amagoduka esenza imixhentso yakwantu.

Enye into awaye wayikhumbula uSibabalwe yayikukuba phaya eZone 16 kwakukho inkonde awayethanda ukufikela kuyo nabahlobo bakhe xa beze ezoni, nangona wayengaqinisekanga ukuba isaphila. Lenkonde yayisaziwa nguye wonke umntu njengo 'Bawo uBhayi', bambi bembiza uXhegolakude, kuba ikhaya layo lalikude phesheya kweNciba. USibabalwe waqonda ukuba makakhe angene apha eZone 16, akhangele ukuba ubawo uBhayi usekhona na, ezixelela ukuba, ukuba kuthe kanti akasekho, uzakuzenza ngathi usisizalwane sakhe, esifuna nje indawo yokulala ngobubusuku banamhlanje kuphela.

Uthe akufika uSibabalwe eZone 16, wakhawulezisa ukubuzisa kumntu wokuqala adibene naye, lowo kuyindoda eseyikhulile, iqikeleleka kwiminyaka engamashumi asixhenxe ubudala, ngobukho bukaBawo uBhayi. Impendulo yelixhego, nelazazisa kuSibabalwe njengoNtsundu waseNgcobo kwilali yaseCwecweni, yakhawuleza ukuvela, isithi uXhegolakude selekuyiminyaka wasweleka, watsho ehamba uNtsundu, esithela kwenye yezindlu zaseZone 16.

Kungekudala, wathi uSibabalwe engekabuzisi ngobukho ngendawo yokulala, wabe naye ezibonela ukuba amaholo akwaLanga sele eguqukile kwimo yeenkomponi zamandulo awayezizo. Ngoku alungiselelwe iintsapho, kwaye ukuba akukho sapho alwaziyo, azalana nalo, nanokucela kulo indawo yokulala, kunzima ukuba uvele nje ungene ezoni ulale.

Labe liyaphela njalo elocebo lokufuna ukulala ezoni, sele esitsho naye uSibabalwe ukuba belife amanqe kakade. Wakhe wahlala umzuzwana kwinqwelomafutha, ecinga, emva koko wayiqhuba kwakhona inqwelomafutha, engena kwizitala-to zakwaLanga.

Ngoku yayisele iyiyure yonke eqhweshile kwisibhedlele sasePinelands, kwaye ethekelela ukuba iindaba ngokuqhwe-sha kwakhe kufanele ukuba selezithe ndii kwindawo zonke. Wavula unomathotholo okwinqwelomafutha, ngenjongo yokuqinisekisa oku. Kodwa ngethamsanqa okanye ngelishwa, kwakungekhonto imalunga noku ezindabeni zanamhlanje, okwangoku.

Nangona kunjalo, uSibabalwe wathekelela ukuba inokuba abasemagunyeni selebewufumene umzimba kaMorgan xa kungoku, kwaye kumele ukuba onke amasango aphumayo eKapa avaliwe, kwaye nonoondaba selebexelelwe ukuba benze isibhengezo malunga nokuqhwesha kwelinye lamageza asePinelands Psychiatric Hospital.

Kwakusele kumnyama phandle ngoku, ixesha libonisa ukuba kusemva kwentsimbi yesibhozo ngorhatya. Nezitalato zakwaLanga ezikhanyisa kaluzizi nazo zazisenza kubengathi kusezinzulwini zobusuku, ntoleyo phofu nayo yayimncedisa uSibabalwe kwiphulo lakhe lokuzimela.

USibabalwe wakhe wayabula ngemoto esuka eZone 16 wade wayokufika ngakwisikhululo sebhasi sakwaLanga. Wafika kukho uluhlu lweebhasi eziphuma kwimizi ngemizi, kuquka uBlueline, uChilwans, uMotale noElite, zirhangqwe ludederhu lwetaxi, zonke zifolele ukuthutha abantu abasinge ezilalini. Wakhe wamisa apha uSibabalwe, ebukele lenqule-qhu yamagoduka, ekhangeleka enomdla ingakumbi kubantu ababekhwaza besazisa abakhweli ngeebhasi kunye nalapho ziyakhona, besithi, "Masambeni! Masigodukeni bethuna! eGcuwa! Masambeni! eNgcobo emaseleni, Siyahamba! eMthatha emthatheni!"

Emva kokumisa inqwelomafutha kudekufuphi nenye yezibhasi, le iyeyakwaBlueline, uSibabalwe uye wasondela kufutshane, eqaphela ukuba phambi kokuba induluke lebha-si, umqhubi wayo wayewagxidika, efuna ukujonga okokugq-ibela ukuba ibhasi ikulungele ukuhamba kusini na. Eyonanto etsale amehlo kaSibabalwe malunga nalomqhubi yayikukuba egxidika nje, ngesinye isandla wayephethe ingxowa ebonaka-la isindeka yimali eqokelwelwe kubakhweli, kanti kwesinye isandla wayephethe ixwebhu elinamagama abakhweli.

Engakhange abonakalise zimpawo zakuyicinga lonto, uSibabalwe waziva enomdla kakhulu kule mali ipheth-we ngulomqhubi. Wambukela ehamba, enyalasa ecaleni kwalebhasi ngokungathi ngumnikazi wayo, waze wathi nje ukuba asondele kufuphi naye, wamkhwaza esithi, "Driver, uxolo, ndicela ukubuza, nisenayo indawo ebhasini? Nam ndifuna ukukhwela."

"Oh kulungile mfowethu. Le ibhasi iya eGcuwa. Uya kwelo-cala nawe?" Wabuza watsho umqhubi webhasi, ngomdla.

"Ewe, yimalini?" wabuza uSibabalwe esondela, ekhupha isipaji sikaMorgan, esenza ngathi uzakukhupha imali.

"Hayi thina sibiza amaxabiso aphantsi apha kakhulu, yiR300 nje kuphela" waphendula umqhubi webhasi, naye esondela kuSibabalwe.

Wathatha nje amanyathelo ambalwa phambi kokuba iingalo zikaSibabalwe zifikelele kuye, emva koko, ngesaquphe esidibene nophanyazo, wagaxeleka kwizigalo zikaSibabalwe umqhubi webhasi. Wathi esithi uyashukuma uzama ukuzisindisa, yajijwa intamo yakhe nguSibabalwe, oku kungathi kukhanywa isihluzo sevanya. Ngemizuzwana nje engephi, savakala isandi sokuqhawuka kwentamo, wanaba uqaqaqa kumqhubi webhasi.

Akuba egqibile, ebona ukuba kuphelile ngomqhubi, uSibabalwe wajonga phezulu ebhasini, efuna ukuqinisekisa ukuba akukho mkhweli umbukeleyo. Emva koko uSibabalwe wathatha ingxowa yemali ebiphethwe ngumqhubi, wayigaxela emagxeni akhe, waze wamtyhalela phantsi kwebhasi yena umqhubi lowo.

Uthe akugqiba, wabuyela kwinqwelomafutha yakhe uSibabalwe, wemka, engakhange ayicinge nakancinane into yokuba umbulelele ntoni umqhubi webhasi. Uthe akufika ngase Zone 26 esemdeni phakathi kwelokishi yakwaLanga kunye nelokishi yaseBonteheuwel, wayimisa inqwelomafutha. Ngoku ingqondo yakhe yayimxelela ukuba kufuneka ahlukane nenqwelomafutha kaMorgan, kwaye nezimpahla zobunogada zikaMorgan nazo kwakufuneka azitshintshe.

Ngalo lonke eloxesha wayemana ethetha yedwa, esithi, "Kufuneka ndiguqule inkangeleko yam ngokukhawuleza. Ukusukela ngoku, ndide ndiziguqule, kufuneka ndihlale ebumnyameni."

Uthe akube ezixelele oku uSibabalwe, wabangathi uzifake amafutha. Wababuqinisa ukuwunyathela umcephe kwinqwelomafutha, eyishiya ilokishi yakwaLanga. Wangena kwisitalato iVanguard Drive, ejonge elokishini yaseBonteheu-wel. Ngalo lonke elixhesha, intloko yayibhekabheka, amehlo etshawuza, ekhangela indawo anokuthi ayishiye kuyo in-qwelomafutha kaMorgan.

Uthe uSibabalwe esabhekabheka njalo, wabona igquba lezixhi-photi zamakhwenkwe elalinokuba ngaphaya kwesithandathu, athe akulijonga waqonda ukuba nangona isengamagatyana lamakhwenkwe, babelingana naye ngesithomo nangemizim-ba. USibabalwe waye wayimisa inqwelomafutha, eqaphela ukuba lamakhwenknwe ayedlala amadayisi phantsi kwepali yombane. Wayiqhuba kancinane inqwelomafutha, eyisonde-za kufutshane nalamakhwenkwe, eqaphela kwakhona ukuba onke intetho yawo sisiBhulu, futhi abanye kuwo ayetshaya intsangu ngomlomo webhotile, kusisisi nje phantsi kwe-pali yombane.

Uthe akubona ukuba esondele ngokwaneleyo uSibabalwe, wakhe wahlala umzuzwana kwinqwelomafutha ejonge lamakhwenkwe, emva koko wagoqogoqoza apha kwin-qwelomafutha ngaphakathi, eqaphela ukuba apha ngasemva kukho ingxowa yemidlalo ebhalwe 'Adidas'. Wayitsalela kuye lengxowa, waze wayivula. Ngaphakathi kuyo kwakukho impahla yokunxiba, nathe uSibabalwe wathekelela ukuba uMorgan wayenxiba yona xa ephuma emsebenzini. Emva koko uyewakhupha isipaji kunye nesazisi sikaMorgan ebezigcinwe apha embindini wemoto, wazifaka kulengxowa kaMorgan, equka nalaa ngxowa isindekayo yomqhubi webhasi yakwaB-luelines.

Emva koko uyewakhulula ibhatyi le ayinxibileyo kaMor-gan, wosula ngayo indawo zonke acinga ukuba zingane-minwe yakhe, waze akugqiba wathatha umpu kaMorgan owawugcinwe enxilini yemoto, wawosula nawo, nangona wawungenaminwe yakhe, kuba engakhange awusebenzise, wawuphosa ngemva kwisikrotyana esidibanisa umphakathi kunye nesilayisho senqwelomafutha.

Akugqiba, engakhange acingento ingenye, uSibabalwe waye waphuma kwinqwelomafutha, exwaye ingxowa ka-Morgan, wasondela kulamakhwenkwe, wathi akuba kufuphi wakhwaza ngesiBhulu esophukileyo, "*Broers! Weet julle hoe 'n kar om te stuur?*"

Othuka onke lamakhwenkwe kukuva ilizwi lomntu ongathi ubhekisa kubo, kuba iingqondo zabo zazijonge kulomdlalo babewenza, bengayithathele ngqalelo eyenzakayo kufuphi nabo. Wawajonga lamakhwenkwe uSibabalwe, ebona ukuba nabo awaqinisekanga ngeenjongo anokuba unazo ngawo, ingakumbi ngenxa yokuba wayesanxibe iimpahla zikaMorgan, eziphantse zifane neempahla zamapolisa.

Athe lamakhwenkwe engekaziqokeleli iingqondo zawo, waphinda uSibabalwe wathi kuwo, "*Kyk hier, gee my jou klere, en sal ek julle my jalopie gee. Stem julle saam?*"

Wathi engekabeva ukuba bayavuma na, uSibabalwe waphosa isitshixo senqwelomafutha kubo, futhi omnye wabo wasiganga. Kanye lo usigangileyo isitshixo senqwelomafutha, nangona wayebhidekile, akazange acinge kabini, wazikhulula impahla zakhe, washiyeka nje nempahla yangaphantsi, akugqiba waziphosela impahla ezo azikhululileyo kuSibabalwe.

"*Ek soek die underbroek ook!*" Watsho uSibabalwe, engabonisi kuyinakana into yokuba esi sicelo sakhe siyothusa.

Nayo lenkwenkwe igange isitshixo yakhe yathingaza, umbuzo ubhaliwe ebusweni bayo - "Haz'uba Bawo ligeza elivelaphi ke ngoku eli!"

Kodwa lenkwenkwe yabuya yafikelwa yingqondo ethi, ixabiso lelihlazo yinqwelomafutha! Ayiphindanga icinge nto ingenye ke, yamkhulula usiyatya wayo, ngokomyalelo weligeza, yamphosela kwicala likaSibabalwe, yashiyeka ime ize yona. Naye uSibabalwe akaphozisa maseko, wazikhulula zonke iimpahla zakhe, washiyeka eme ze brutsu!

Yavakala ithetha yodwa enye yalamakhwenkwe isithi, "*Nou het ons 'n show!*"

Emva kokuba egqibile ukukhulula, uSibabalwe waziqokele-
la zonke ezimpahla zakhe agqiba ukuzikhulula, waziphosela
kulenkwenkwe ime ize yaseBonteheuwel. Kungekudala, bob-
abini uSibabalwe nalenkwenkwe baqalisa ukunxiba impahla
zabo zemboleko, ingulowo enxiba usiyatya womnye! Emva
koko, uSibabalwe akaphindanga abuze mbuzo wumbi, wasu-
ka wabeleka ingxowa yakhe, waguquka, wahamba, esinge
apho ebevela khona, KwaLanga, emana enyalasa ngokun-
gathi kukho into emrhawuzelelayo phantsi kwebhulukhwe!

Ashiyeka ekhwankqisiwe amakhwenkwe aseBonteheuwel.
Enye yawo yabuza ngesiBhulu sakowayo, "*En nou? uintlik
watte maalegheid is hierdie?!*"

Yaphendula le ibime ngaze inkwenkwe, nayo ngesiBhulu,
futhi ijingisa izitshixo zenqwelomafutha ngetshamba, isithi,
"*Nee my broer maan, los dit! Ons het 'n jalopie nou, verstaan
jy? Laat ons waai!*"

INQAKU LESINE

Wemka uSibabalwe, ehamba ngenyawo, ethwele ingxowa kaMorgan emqolo, engazazi nokuba uyaphi, efathula nje okwegeza lihamba kuba kuhambeka, eshiya amakhwenkwe aseBonteheuwel exhumaxhuma kukuzibona sele enomnyobo wemoto, futhi engayinanze nganto eyokuba inqwelomafutha le ivelaphi, okanye bona bazakwenza ntoni ngayo. Ewe kona, lamakhwenkwe akhe athatha ithuba ehleka ugxa wabo ngokuthi akhulule ame ngaze, aphinde anxibe impahla yangaphantsi yomnye umntu. Yaziphindezele lenkwenkwe ihlekwayo ngokuthi igrogrise nabani othe wahleka kwakhona, ngokungakhweliswa emotweni!

Emva kokuba eguqule isinxibo sakhe uSibabalwe, ngoku enxibe ibhulukhwe yohlobo lwedangari ekrazuke emadolweni, nezihlangu zokubaleka, iiteki ukutsho, ezazimhlophe ngendalo kodwa ngobuxelegu benkwenkwe yaseBonteheuwel zazisezimthubi ngenkangeleko, kwakunye nesikipa esinamabala amhlophe nabomvu, wayekhangeleka njengomntu waselokishini inene, ebutsotsirha. Nendlela le ahamba ngayo yatsho yatshintsha kunaleya yasesibhedlele, apho wayeqhele ukuhamba ngathi uyachwechwa kuba ebaleka ukutswetywa ngamakhonkco. Ngoku xa ehamba wayekhangeleka ngathi iinyawo zinezixhumisi, esenza lanto kuthiwa kukubhampa.

"Hayi ke, ndahlukene nenqwelomafutha kaMorgan ngoku. Into ekufuneka ndiyenze kukukufumana indawo yokulala.

67

Phaya estandini kwaLanga ndiqinisekile ukuba ukhona umntu onokundinceda, makhe ndiye khona" watsho uSibabalwe, ethetha yedwa.

Imozulu ngelixesha yayingentle kwaphela, kubanda, umoya wasebusika waseKapa uvuthuza, ingathi ingqele le uyayisasaza. USibabalwe wayevile kunomathotholo ukuba iintaba zaseKapa, kuquka nentaba yetafile, zazilele ikhephu, ekwakubonakala ukuba lilo eli linefuthe lalengqele. Kodwa nangona kwakubanda kunjalo, uSibabalwe wayengayiva yena lengqele.

Nangona wayekhangeleka ezukile, igazi lakhe lalitshisa, kwaye oku kwesilwanyana esizingela ebusuku, umzimba wakhe wawuziva ngathi ufuna ukubaleka. Wahamba ke egajazela, ebile xhopho, kubanda kunjalo, wade wayofika kwisikhululo seebhasi kwaLanga, nalapho kwiyure nje ezimbalwa ezidlulileyo wayebulele khona umqhubi webhasi yakwaBlueline.

Ixesha ngoku kwakusemva nje kwentsimbi yeshumi elinanye, kushiyeke kancinane ukuba kubesezinzulwini zobusuku. USibabalwe waqaphela ukuba isikhululo seebhasi sakwaLanga sasiphithizela, kungekho ntlobo yenqwelomafutha yamapolisa engekhoyo, zonke zidanyazisa izibane eziluhlaza, kukho nkqu nenqwelomafutha yokucima iziqhushumbi, kuyo yonke lenquleqhu kuphenywa umkhondo malunga nokubulawa komqhubi webhasi.

KuSibabalwe lombono wawuthetha into enye, ethi umzimba womqhubi ebewufihle phantsi kwebhasi, ufunyenwe, phofu uSibabalwe yena engenasazela ngalonto. Eqaphela ukuba kukho iqela labahlali bakwaLanga, abaphuma kwizindlu ezikufutshane nesikhululo esi, ababukele lenquleqhu budebucala, uSibabalwe naye uye wasondela kubo, wabangowenani, wabukela. Wababona abakhweli bebhasi, belusizana, bambi befixekile ngumsindo wokubambezeleka ngoluhlobo. Bonke babefolisiwe ngamapolisa ecaleni kwebhasi, imithwalo yabo ivuliwe kukhangelwa umkhondo wesigebenga.

Ngaphandle nje kwalentshukumo yamapolisa, kwakungek-honto ingenye eyenzekayo kwisikhululo sebhasi sakwaLan-ga. Noninzi lwabantu ababezokubukela, babesele bebuyela ezindlwini zabo, selekushiyeke imbinana nje engafuni kulala. Ngaphandle koko, yonke le indawo inesikhululo sebhasi yayisele ikhala ibhungane, kwaye zonke ibhasi ezaziphuma kwesisikhululo zazisele zimkile, kushiyeke nje le yeshwangu-sha yakwaBlueline, eyayibanjwe ngamapolisa.

Nevenkile yakwaNabe, ekuyiyona inkulu kwesisikhululo, yayisele ivalile, kuthulekile nje ecaleni kwayo, ngaphandle kwabantu abangenamakhaya, nababezincokolela nje ecaleni komlilo wenkuni. USibabalwe, nowayesele ehamba emathun-zini endawo zabathengisi basestandini xa kuvuliwe, wason-dela kweliqela labantu abothe umlilo, sele ezenza ogodola kanobom, kuba phofu ejonge ukusithela apha, ngaxeshanye aqhubeke abukele amapolisa ade agqibe ngophando lwawo kwibhasi ekufutshane yakwaBlueline.

Ababantu babebonwa nguSibabalwe, ababengenakhaya babebathandathu, bonke ingamadoda asele ekhulile. Babenxibe iindidi ngendidi zempahla, kuquka iibhatyi needyasi ezinde nezikrazukileyo, iminqwazi yewulu, izihlangu ezinzima ezi-fana neegambutsi kunye namariva, kwaye begqume iintamo zabo ngezikhafu. Bambukela uSibabalwe xa esondela kubo, bonke bamjonga bethingaza futhi benoloyiko. Bakhe bathula umzuzwana, ingulowo engafuni kuqala ncoko nalomntu ban-gamqhelanga, onxibe cekeceke ngathi ligeza kulengqele!

Kodwa ke nangona babengamqondi ncam uSibabalwe lo, ababhaduli aba zange bamthintele ukuba angasondeli emlilweni wabo. Naye uSibabalwe waye wacwezela nje, eb-onisa ukuba akafuni nto ingenye ngaphandle kokotha umlilo, nowawukhangeleka ushushu kamnandi. Akazange abulise okanye abe ebuza mbuzo, wafika nje wazikhethela indawo azakuma kuyo ecaleni kwalo mlilo, waze wazolula izandla zakhe phezu kwamadangatye, ngendlela enesibaxo.

Emva kwethuba elide behleli ecaleni komlilo bengathethi, baye besombuluka abatata bangenakhaya, kwabonakala ukuba noko abakholelwa ukuba uSibabalwe lo uyingozi kubo, batsho baqala ukuncokola bodwa. Eyonanto babeyoyika kakhulu ngoSibabalwe kukuphangwa kwezinto zabo, ezifana neengubo kunye neenkuni ababeziphiwe ngabantu balapha kwaLanga kwakunye neecawe ezikufutshane, ntoleyo eyayiqhelekile, isenziwa yimigewu nayo engenamakhaya, eyayibathathela neemali abazifumene ekungqibeni.

Phakathi kwababhaduli aba kwakukho umfo owayemde, ebuqina kodwa engelilo ncam ixhego, enenwele kunye neendevu ezinde, ekwakubonakala futhi ukuba ikama zayigqibela ngonoquku. Lomfo waye wasondela kuSibabalwe, wafika wema nje akathetha. NoSibabalwe naye wamjonga, wabhekela kancinane, naye akathetha, kodwa wamjongisisa lomfo, eqaphela ngakumbi ukuba wayekhangeleka ngathi ubomi obu khange bumphathe kakuhle. Nangona wayekhangeleka ngathi uneminyaka elishumi elinesixhenxe, iminyaka yakhe yokwenene yayinganeno kumashumi amathandathu.

Emva kokuzilungisa ecaleni kukaSibabalwe, lomfo wade wathetha esithi, "Eh ntoyakuthi, ndiyabulisa. Igama lam nguZolile into kaMhlengaphi. NdinguMfene, uLisa, uJambase, uHlathi. Xa undibiza ungathi nje Hlathi okanye ke ukuba ukholwa sisimanjemanje ungathi Ta Zet. Naleyo ndiyayithanda, indenza ndizive ndimtsha."

Phambi kokuba uSibabalwe aphendule, waqhubeka uHlathi ebuza ngelithi, "Ingaba unawo umdiza apha kuwe? Ndlela le ndinqanqatheke ngayo!"

Waphendula uSibabalwe ngelizwi eliphantsi esithi, "Hayi. Anditshayi." Nangona wayeyicinga into yokumnika uHlathi lomdiza awucelayo, kuba kulaa ngxowa kaMorgan yayikhona imidiza yePeter Stuyvesant, engqondweni yakhe kwafika into ethi uHlathi makawusebenzele kuqala lomdiza phambi kokuba awufumane.

"Hayi kodwa awukhangeleki uluhlobo lomntu otshayayo. Besendibuza nje" watsho uHlathi, ekhupha kwiipokotho zedyasi yakhe, inxili eyayinecuba lenqawe elibizwa ukuba yiBoxer, waze wakhupha nephepha alikrazule kwincwadi yemfonomfono efumaneka kwindawo zokutsala umnxeba, waqhubeka ke ebopha izoli, ngeminwe ebonakala ukuba ngumsebenzi ewuqhelileyo lo.

Emva koko wayibasela izoli yakhe, wampakuza, wawaphaka-misa amehlo akhe wajonga kuSibabalwe esithi, "Awukhangeleki njengathi ungumntu okumele ukuba ulapha esitalatweni."

"Utsho na Hlathi? Ubona ntoni" wabuza uSibabalwe, ngomdla.

Waphendula uHlathi, ejonge uSibabalwe ngamehlo akhangelayo, wathi, "Ukhangeleka ucocekile kakhulu mfon-dini. Ude unuka isephu, leya iluhlaza yona. Ndiqinisekile ukuba phantsi kwezobhulukhwe uzinxibileyo unaye nosiyatya! Undikhumbuza imini yam yokuqala apha esitalatweni."

Wahleka uSibabalwe kancinane, ehlekiswa yilendawo kasiyatya, waphendula wathi, "Igama lam ndinguSibabalwe."

Waphelela ekuchazeni igama lakhe uSibabalwe, akedlula ukuchaza ukuba ifani yakhe yona ithini. Ukusuka apho wayiguqula incoko, eyisusa kwinto efuna ukuthetha ngaye, wabuza, ejonge kulabhasi imiswe ngamapolisa, "Khawutsho mfondini, kuqhubeka ntoni phaya?"

"Phaya? Hayi nam andazi. Ndiva ukuba geza lithile li-bulele umqhubi webhasi, lamtshovela ngaphantsi kwebhasi, lakugqiba lathatha yonke imali ebihlawulwe ngabakhweli, ethekelelwa kwi R100 000 yonke, labaleka nayo! Wakhe wayiva into enjalo? Futhi eyonanto ingaqhelekanga ngakum-bi yile yokuba endaweni yokuba umqhubi webhasi ahlatywe okanye adutyulwe njengesiqhelo, ukrwitshiwe!" Waphendula watsho uHlathi, kubonakala ngathi ngenene imothusile lento.

USibabalwe wamjonga uHlathi njengokuba ethetha nje, futhi ebona ukuba, ukuba uHlathi ebenokumbona lomntu wenze lento imbi kangaka ebeyakumenzela inkawu ngen-ja inene!

Nale incoko uSibabalwe waye wagqiba ukuba ayiguqule, ngokuthi, "Er Hlathi, njengokuba ndikumamele nje, futhi nd-ikujongile, nawe awukhangeleki njengomntu okumele ukuba ulapha. Ithini into ngawe?"

"Mhh, utsho kanjani" wabuza uHlathi.

Waphendula uSibabalwe ngelithi, "Nditsho kuba indlela le uthetha ngayo isulungekile, okungathi ungumntu oyileyo esikolweni, futhi wahlala."

Wahleka uHlathi kancinane nje, waphendula wathi, "Ungadeli umqulu iiyadi ungazibalanga! Ndiyile esikolweni, futhi ndasigqiba sonke!"

"Nyhani? Uphume kweliphi ibanga?" wabuza uSib-abalwe ngomdla.

"Ndinezidanga Mhlekazi, uyeva? Izidanga! Nengqokelela yezifundo ezimfutshane." Waphendula uHlathi, itshamba lifuna ukupoqa, waqhubeka, ubuso bakhe bubonakala bukhathazekile, esithi, "Ndandiyi Town Clerk, ndaphinda ndanguceba, ndade ndabanguye noMayor!

Wangenelela uSibabalwe ebuza, "Ngoku? Kwaze kwathini?"

"Kwenzeka ubomi ngokwabo mfondini. Ndakhutshwa ngosomvana, yangathi andiyonto. Yavela nje yahlala imigewu yavota, ivotela ukundikhupha esikhundleni, kungekho nethontsi lesizathu, ngaphandle nje kokuba kwakubuywa elunyulweni, kukho iinkokheli ezintsha ezazifuna inguqu" waphendula uHlathi.

"Kwakuphi apho?" wabuza uSibabalwe.

Phambi kokuba aphendule, uHlathi wakhe wathula umzuzu, etsala kanobom kwizoli yakhe, emva koko wathi, "Emva ekhaya, kwicouncil kamasipala waseMthatha. Yayilixesha lokuba kutye omnye umntu. Ndandingumqobo, ngoko ke ndasuswa. Kwenziwa unomgogwana wophando, olwafumanisa ukuba mna ndihlise ngomlenze imali zikamasipala. Naloo nkundla ndabhenela kuyo nayo yathi ndinetyala! Ububhanxa bejaji! Ndalahlekelwa yinto yonke emva koko – umzi wam, zonke iinqwelomafutha zam, nomfazi wawuqhawula umtshato, ethatha nabantwana bethu. Ndithetha nawe nje ndiphuma entolongweni, emva kokudontsa iminyaka esibhozo. Ndimke eMthatha ukuzokutsho apha eKapa kulenyanga idlulileyo, ndicinga ukuba ndiza kwindawo apho ndinokukhe ndizifihle khona, ndifumane nomsebenzi. Kodwa okwangoku yonke lonto isengumzabalazo. Ubunzima endibufumanayo busekubeni mna ndimdala, kwaye izinga lentswelangqesho kubantu abatsha liphakame kakhulu. Akukho ndawo ifuna ukuqesha inkonde engangam."

Kwakhona uHlathi watsala umsi omkhulu kwizoli yakhe. USibabalwe waqaphela ukuba amehlo kaHlathi achiphiza iinyembezi ethetha nje, nangona wayezama ukuzifihla. Eyona nto yayimthunuka ngamandla yayiyile yokuba namhlanje kwakukokokuqala ethetha ngembali yakhe okokoko wathi wafika eKapa, kwaye uSibabalwe yayingumntu wokuqala ukubonakalisa umdla kwibali lakhe.

Futhi waziva ekholwa yinto eboniswa nguSibabalwe yokubonisa umdla omkhulu ngento yonke eyenzakayo kuye. Abanye abantu, ingakumbi lomqela wayehleli nawo apha kwesisikhululo sebhasi sakwaLanga, yayizinkonde ezazingenamdla konke konke kwimbali yomnye umntu, zijonge nje ukuphuma nokutshona kwelanga imihla ngemihla.

Omnye wezinkonde, umfo owayesaziwa kuphela njengo Bawo uJoni, nobekade eyimamele lencoko kaHlathi noSibabalwe, futhi ebona ukuba imkhathazile uHlathi, wasondela kuHlathi wampampatha emagxeni, kodwa akathetha.

"Enkosi *Baw'* uJoni. Noko ndizakulunga wena, akhonto" watsho uHlathi ngelibulelayo kuBawo uJoni.

USibabalwe wakhe wamjonga uHlathi, ekhangeleka engayikhathalelanga into yokuthunukwa kwakhe ziinkumbulo zakhe. Eneneni uSibabalwe wayengakwazi yena ukuthetha ngezakhe iinkumbulo ngohlobo oluthunuka umphefumlo, futhi engayazi neyokuba yenziwa yintoni into yokuba umntu athi emdala acuntsule kulento yabantwana, engakhange abe kanti ubethiwe.

Emva kokuba ebona ukuba uHlathi noko uthomalele, uSibabalwe wabuza ngelithi, "Ke ngoku, akukho neesentana nje owakwaziyo ukuzigcinela yona?"

"Mfondini! Ndiyayazi kona into yokuba kwakumele ndizigcinele ubugcwabalalana bukamhlakaxakeka. Kodwa inyaniso yile yokuba imali ndandiyithsifiliza nje, ndingananze ngomso. Ndandingazange ndiyicinge into yokuba ndingaphelelwa ngumsebenzi. Phi ke, andisusa wona amaxhalanga, akandisusa nje esihlalweni, andiphuca umphefumlo ngokwawo!" Waphendula watsho uHlathi, ekhangeleka enomsindo.

"Hey! Zinjalo ke izinto zepolitiki ndiyakuxelela!" wakhuza esitsho uSibabalwe, watsho wayiguqula kwakhona incoko le, esithi, "Kodwa ke kunjalo, nam ndinomdla wokuzibandakanya nemiba yepolitiki."

"Hayi ntoyakuthi ndingakuxelela nje ngomoya okhululekileyo, ukuzibandakanya nepolitiki ayilocebiso endingalinika nditsho notshaba lwam! Kodwa umdala ungaka nje, hamba uyozivela." Waphendula watsho uHlathi.

"Ndiyakuva, futhi ke njengokuba bendikumamele uthetha, ndiyayiqonda into ebangela ukuba ucinge ngolohlobo. Kodwa le yinto endicinga ukuba ingandihambela lula mna" watsho uSibabalwe, evakala ukuba uzimisele kulento ayithethayo.

"Hayi ke, njengoba ndisitsho, umdala xa ungaka" waphendula uHlathi.

"Khawutsho ke kodwa Hlathi, apha eMzantsi Afrika leliphi iqela lepolitiki eliqinileyo kunamanye" wabuza uSibabalwe.

UHlathi wakhe wamjonga uSibabalwe, ekhwankqisiwe ngulombuzo. Ngelingeni waphendula ngelithi, "Mh, ndingathi kuxhomekeke ekubeni ukuqina oku uthetha ngako kuthetha ukuthini."

"Undivile Hlathi, musa ukundisokolisa mfondini. Ngokuqina ndithetha ngobukhulu bamanani, namandla okuphumelela unyulo. Kokuphi okunye ukuqina okwaziyo?" waphendula watsho uSibabalwe

Wakhe wahleka kancinane uHlathi phambi kokuba aphendule, esithi, "Amanye amaqela aqinile kuba enemali eninzi, amanye aqinile kuba emele, kwaye ekhusela izimvo zabantu abanamandla elizweni, ukanti amanye aqinile kuba enabalandeli abaninzi, ntoleyo ethi inike ingqiniseko yokuba rhoqo kukho unyulo ayakuliphumelela. Ndiyawuva ke kodwa umbuzo wakho. Apha eMzantsi Afrika yiADM kuphela eqinileyo."

"I-ADM?" wabuza uSibabalwe.

"Ewe. Ndithetha nge African Democratic Movement. Ngumbutho omkhulu lowo, onabalandeli abaninzi" waphendula uHlathi.

"Mh! Ndiyabona. Ungandixelela ntoni ngale ADM? Ngumbutho onjani?" wabuza uSibabalwe.

"Kutheni na mfondini, wangathi ubukhe wahlala ithuba elide phantsi kwelitye? Ungathini ukungayazi iADM?" Wabuza uHlathi.

"Phendula umbuzo Hlathi mfondini, sundibuza" waphendula uSibabalwe.

"Hey, hayi mfondini unzima lombuzo! Kodwa ke ndingayicacisa ngoluhlobo – iADM le ngokokuba yona izichaza, imele izimvo zabo bonke abantu baseMzantsi Afrika, ngendlela onokuthi uyifanise necawe evumela wonke ubani phantsi komnquba wayo. Xa uyijongile ke ngokwakho, uyabona ukuba ingumbutho osondeleyo kwizimvo zoongxowankulu, nemigomo yawo yoqoqosho iphuhlisa ukwenziwa kwengeniso ngoosomashishini, nangona amalungelo abasebenzi nawo iwakhusela." Waphendula watsho uHlathi.

"Ndiyabona, enkosi Hlathi. Yintoni enye onokundixelela yona ngaleADM?" wabuza uSibabalwe.

"Pewu, zininzi izinto endinokukuxelela ngeADM!" watsho uHlathi.

"Ezifana nantoni?" wabuza uSibabalwe.

"Libali elide kakhulu eli mfondini. Mhlawumbi into ezakunceda kukuba wena undibuze umbuzo ngento nganye, mna ndiphendule ke lonto, endaweni yokuba ndityatyadule nje" waphendula watsho uHlathi.

"Kulungile ke, masithi ukuba mna ndifuna ukuba yinkokheli yalombutho, ungacebisa ukuba ndenze ntoni?" wabuza uSibabalwe, ejonge uHlathi ntsho emehlweni.

UHlathi naye wabangathi uyakuva ukuhlaba kwamehlo kaSibabalwe, wakhe washukushukuma ekhangeleka engonwabanga, wade waphendula ekugqibeleni ngelizwi elinempoxo engaphuhliswanga, esithi "Ndikuva ngathi uthi wena ufuna nje ukungena embuthweni, ukhokele. Awunalo ixesha lokuba ube uqala esebeni, unyuke ke emva kweminyaka, ungene kumanqanaba angentla. Ufuna ukuya ngqo entloko, kuqalwa nje!"

"Ewe wethu ndingayenza ingxenye yaloo nto. Kodwa andifuni kungabonakali. Ndifuna ukukhokela, kwakamsinya.

Kwakhona uHlathi wakhe wamjonga uSibabalwe, kubonakala ukuba uzibuza imibuzo engaphendulekiyo ngaphakathi. Ekugqibeleni wabuza esithi, "Khawutsho ke phofu, lungakanani ulwazi lwakho malunga nembali yezopolitiko yelilizwe?"

"Eneneni, andazi kwanto. Kodwa ndiqinisekile ukuba ndingakulungisa oko ngokukhawuleza ukuba kunyanzelekile. Ndicinga ukuba inye kuphela into efunekayo nebalulekileyo, yile yokuba kufuneka ube ungummi waseMzantsi Afrika" waphendula uSibabalwe.

"Yho!" watsho uHlathi ngomothuko, waqhubeka, "Hayi ke ukuba kunjalo, inoba wena uyakuba ngusopolitiki wokuqala ukukhokela engenazimvo zicacisiweyo zopolitiko! Andizange ndimbone mna umntu engena kwipolitiki ngathi ungena kwinqwelomafutha, avele angene, aqhube!"

"Kanti ke Hlathi mna andinaxesha lakwenza intshumayelo ngezimvo zam, ndibe ndisithi abantu mabandikholelwe ukuze bandivotele. Ndifuna umbutho osele unazo izimvo zawo, ndingene nje mna ndikhokele. Ayikho nzima lento!" watsho uSibabalwe.

Waqhwaba izandla zakhe uHlathi, ekhwankqisiwe. Engumntu nje, nangamava anawo, wayengazange ayibone into yokungenwa kwepoliki ngathi kungenwa emsebenzi-ni, kungakhange kubekho mbonakalo yabutsha ntliziyo! UHlathi wamjonga kwakhona uSibabalwe, esazibuza kwak-hona uthotho lwemibuzo engenampendulo.

Ekugqibeleni wathi, "Ukuba ke ufuna ukwenza njalo, kungafuneka ukuba ube kanti uligeza, eliphambene ruu! Xa ndisitsho, ndithetha ukuba amandla ekufuneka ubenawo ngawomntu onempambano engaphaya kokuqonda!"

Wahleka uSibabalwe, ehlekela phantsi. Engqondweni yakhe kwathi qatha uSister Davis wase Pinelands Psychiatric Hospital owayengakholelwa zimbono zakhe, njengoHlathi lo. Emva kokuthula umzuzwana, uSibabalwe, wathi, "Hlathi yiyeke yonke enye into. Ndiphendule nje kule – ndingangena njani kumbutho wezopolitiko, ndinyuke ngokukhawuleza ndiwukhokele loo mbutho?"

"Yima ke, makhe ndikubuze lombuzo kuqala. Ikhona nje into oyaziyo ngezopolitiko, nokuba inye nje kuphela?" wabuza uHlathi.

"Lufuneka entwenini olo lwazi?" Wabuza uSibabalwe.

"Ndiyabona!" watsho uHlathi, enikina intloko, engakholel-wa, waqhubeka esithi, "Mna ukuba bendinguwe, ndingenza ngoluhlobo. Okokuqala, ndicebisa ukuba uzinike ithuba ufunde ngako konke okungezopolitiko nembali yelilizwe, ukwenzela ukuba ube nolwazi olumbaxa malunga neengxoxo zepolitiki esekhe zakho ngaphambili, kunye nendlela imo yepolitiki yakhiwe ngayo kwelilizwe. Ndiyayazi ke ukuba konke oku kufundwa eyunivesithi, ixesha elide, kodwa ibalulekile into yokuba ube nolwazi ngako.

Okwesibini, ukuba ke ufuna ukuthatha indlela enqumlayo, njengokuba ndikumamele, nantsi into endingacebisa ukuba uyenze: Thabatha ubulungu beADM ngokukhawuleza. Njengokuba besenditshilo, lo ngumbutho othi rhoqo uliphumelele naluphi na unyulo kweli ngomyinge ongaphaya kwamashumi amathandathu ekhulwini, kwaye nguwo ophetheyo kuwo onke amaphondo eli. Enye into ke yile yokuba ixabiso lobulungu kwimibutho yonke kweli lizwe liphakathi kweR10 kunye neR14. Kodwa ke i-ADM yona ibiza ngaphantsi kunamanye amaqela, kuphela nje yiR8. Emva kokuthabatha ubulungu, kufuneka uzimisele kwinto yokuba zonke iintlanganiso zombutho uzakubakhona kuzo. Kwakhona, kufuneka ubeyingxenye yako konke okwenzeka esebeni lakho, uthathe inxaxheba kwiingxoxo zonke eziqhubekayo esebeni, ubhale futhi upapashe amanqaku ngamasolotya ezongxoxo kumaphephandaba ombutho onke, futhi ubhale neencwadi eziya kubahleli bamaphephandaba, nakoonomathotholo ubekhona uncedise ekuphenduleni imibuzo yabaphulaphili. Enye into kufuneka uzimisele kwinto yokuba amagama abantu uzakuwakhumbula, uzazi iintsapho zomntu ngamnye nezinto ezibakhathazayo, umntu ngamnye, kwaye uzidine ngokunika ingxelo kumntu ngamnye onengxaki, malunga nokwenziwayo ukukhawulelana naloongxaki, ngumbutho nangurhulumente. Yonke ke lento uyenziswa kukuba ufuna ukuba xa kukho unyulo lwesikhokelo, kungabikho bani othandabuzayo ngokonyula wena. Konke ke oku sisiqalo nje."

"Oh wow! Kukhona okunye?" wabuza uSibabalwe.

Waphendula uHlathi, kubonakala ukuba iyamvuyisa into yokuba abengathi ungutitshala welityendyana, "Kuninzi okunye, ngakumbi nangakumbi. Le ndigqiba ukukuxelela ngayo yindlela enyulu nemsulwa. Zikhona nezinye ezingacocekanga ncam. Umzekelo, umbutho ofana neADM, kuba ingumbutho omkhulu, unesifo seyantlukwano engapheliyo. Kufuneka uzazi zonke ke izinto ezibangela iyantlukwano, namaqela angaphakathi aphikisanayo, ukwazi ukubanendlela yokuwathelekisa ngamanye amaxesha, nokuwadibanisa xa kukho imfuneko yoko. Futhi, nangona ufuna ukukhokela, kufuneka ungayithi pahaha lonto, kuba yinto engenziwayo leyo kwiADM. Indlela yokukhankasela isikhokelo yile yokuba kufuneka ugajaze, uhambele phambili kwinto yonke, futhi ukwazi ukuba lilungisa uphinde ubesisingcoli. Enye into yile yokuba kufuneka ubenenkampani oshishina ngayo, kuba into ezakwenzeka yile yokuba, ngokuya ukhula, negama lakho lisibanendumasi, nabantu abanamandla, ingakumbi izityebi, zizakufuna ukusondela kuwe, zikunike imali, ngenjongo yokuba amashishini abo ukwazi ukuwabonelela xa kukho ukhuphiswano lweethenda.

"Khawume Hlathi, bendiba iithenda zinikwa abantu abaphumelele kukhuphiswano, emva kokuba bethe bazigqatsela umsebenzi osukube upapashiwe. Okanye ndiyaphazama?" wabuza uSibabalwe

"Hayi awuphazami kanti. Wonke umntu ucinga njalo. Kodwa ke eneneni okwenzekayo kona kukuba, ukuba ufuna ukukhokela, kwaye uyabonakala ukuba unabalandeli abanokuyifezekisa loonto, ababantu bazakukuxhasa ngemali, uninzi lwabo ngabantu abafuna ukuba ubancedise baphumelele kumakhuphiswano eethenda. Kuninzi ukungcola okusetyenziswayo ukufezekisa oku, kuquka nokubulala" waphendula watsho uHlathi.

"Shu! Undincedile Hlathi. Bendingayazi yonke lento. Ke ngoku khawutsho, akumelanga ukuba ndibe nezinto endizixabisileyo nezixatyiswe luluntu? Umzekelo, kufuneka ndibenomfazi ukuze ndikhokele?" wabuza uSibabalwe. Nangona wayeyibuza bucayi lento, uSibabalwe wafikelwa yinkumbulo yokuba engumntu nje akazange abenanto yakwenza nabantu basetyhini, futhi engenanjongo zoko konke konke.

Futhi watsho wakhumbula esona sizathu esabangela ukuba abulale ootitshala baseyunivesithi yaseKapa, ingakumbi umkhuba owenziwa nguProfessor Victor Mallow, nongomnye wezititshala, ngokuthi amhlukumeze, emdlwengula eoffisini yakhe. Uthe akucinga ngoku, uSibabalwe wakhawuleza wayinikina intloko yakhe, efuna ukulibala ngalengcingane kwakamsinya.

Kule minyaka yonke ayichithe eseluvalelweni, wayesithi xa efikilwa zingcinga eziloluhlobo azive enomsindo omkhulu. Umbono kaProfessor Mallow, emnyanzela ukuba ashiyeke ekupheleni kweklasi, athi besakuba bebodwa amcofacofe kwindawo zangaphantsi, yayimenza ukuba afune ukuyinqumla futhi ayihlafune intloko yakhe!

Ngale mini uSibabalwe wade wafikelela kwisigqibo sokumbulala uProfessor Mallow, wayecwangcise ukuba uzakumhambela eofisini yakhe. Kodwa ngelishwa wafika engekho eofisini, koko ehleli nezinye iititshala. Wonke ke umntu owayesendlini ngelo xesha wachatshazelwa ligazi.

Lengcingane kaSibabalwe iphazanyiswe nguHlathi ephendula lombuzo ukhokelele uSibabalwe kwezingcinga, esithi, "Apha eMzantsi Afrika ayibalulekanga kakhulu into yokuba inkokheli ibenomfazi, nangona kubalulekile kuba izinto zakho zabucala uzilawule kakuhle. Kodwa ngokwenene nangenyaniso, iimbono zakho, iinkolelo zakho, nezinto ozithandayo azisosithintelo kwiminqweno onayo ngokukhokela. Zibalulekile zona, kuba xa kusiliwa amadabi ezopolitiko lonke udaka luyaphoswa emntwini. Ukuba uyaphumelela kulamadabi, nokuba umdaka kangakani na, uzakuba yinkokheli."

"Enkosi Hlathi, hayi ndicacelwe ngoku. Phofu, inkangeleko yomntu yona ibalulekile?" wabuza uSibabalwe.

Waphendula uHlathi, empakuza enye izoli yakhe, wathi, "Enye yezinto eyenza umtsalane kwiADM yile yokuba ivulelekile kumntu wonke, kuquka zonke iintlanga ezikhoyo kweli. Ithi ke lento, inkangeleko yakho, ingakumbi uhlanga olulo, ayisosithintelo. Kodwa ngenxa yembali esiphuma kuyo yokucinezelwa komntu omnyama, ibalulekile into yokuba ukwazi ukuthetha nabantu abamnyama, futhi uvakale ukuba ulwazi lwakho lunobunzulu, nendlela othetha ngayo ingabi ngathi kuthetha umlungu. Ithi ke lonto kufuneka ufunde ukuba kuthethwa njani embuthweni, uzazi zonke izikhwazo zombutho, futhi uzazi zonke iingoma zombutho. Into ebaluleileyo kukuba kufuneka ukhangeleke ngathi usekhaya xa usembuthweni.

"Hey ndiyabona, enkosi kwakhona Hlathi", watsho uSibabalwe.

"Wamkelekile mhlobam" watsho uHlathi, esemfuthweni, waqhubeka esithi, "Yiyo ke lento bendisithi imbonakalo le yakho impuluswa kakhulu. Kufuneka ukhangeleke rhabaxa, intoleyo ezakukwenza ukhangeleke umnye namahlwempu. Ndinaye umntu endimaziyo ukuba uyakwazi ukumlungisa umntu akhangeleke ngoluhlobo afuna ngalo. Igama lakhe nguDr Robert Schoeman. Uyazenza ke nezinye izinto endingenakho ukuzichaza ukuba uzenza njani, ezifana nezazisi, kunye nokuguqula ubuso bomntu bufane namntu wumbi. Uyabiza ke futhi!"

"Hey Hlathi, ininzi into oyaziyo mfondini! Lo Dr Robert Schoeman umazelaphi yena?" wabuza uSibabalwe.

"Mh! Esinye sezizathu esibangele ukuba ndiphume entolongweni ndize eKapa, ndandifuna umntu ozakundilungisa, ndikwazi ukubuyela kundalashe wam kungekho mntu uqapheleyo. Ngelishwa andizange ndibenayo imali eyaneleyo efunekayo, kuba le ndedeba yayifuna ukuba ndikhuphe iR20 000 esandleni, ndabe ndingenayo kwale yokujika imali!" waphendula uHlathi

Lencoko kaSibabalwe noHlathi yaye yaqhubeka kwade kwasa gede, uHlathi emana ebopha izoli emva kwenye. Onke amanye amaxhego la nawo ebekhona kuqala lencoko, futhi nabo begalela pha naphaya, ayesele ekobude ubuthongo. Ebomini bakhe, uHlathi wayeqala ngqa ukuba nencoko eloluhlobo nomnye umntu, apho kwakuthetha yena phantse ngalo lonke ixesha, ubusuku bonke! Waqaphela futhi ukuba uSibabalwe yingcungela ekwaziyo ukucofa amaqhosha omntu, amenze abeyimpempe ekhala okokoko, kodwa yena engenzi galelo litheni encokweni.

Kwathi kubetha intsimbi yesine ekuseni, babe besancokola, inguHlathi othethayo, uSibabalwe emamele, engaphoswa nalo nalinye igama eliphuma kuHlathi. Bobabini abazange bayiqaphele into yokuba kusile, imini entsha iqalile. KwakungoMvulo ngoku, kubanda. Abantu abasebenza kwesisikhulolo sebhasi, bethengisa oni noni, babeqalisa nabo ukufika, bemanxadanxada bemilisela amaqonga okuthengisa.

Nabakhweli beetaxi, beleqa kwiziphaluka zonke zaseKapa, kuquka indawo ezifana nooMowbray, Rondebosch, Athlone nezinye, babeqalisa ukufolela ukukhwela izithuthi zabo. Ukanti nabahamba ngenyawo babebonakala bexhabashile, bambi beleqa ukukhwela uloliwe esitishini sakwaLanga.

Ngamanye amagama, yonke ilokishi yakwaLanga yayiswambuluka ilungiselela ukuxhabasha ngokwesiqhelo. Nalamaxhego ebelele nawo avuka aqokelela izinto zawo, asishiya isikhululo sebhasi, esiyokukhwahlaza into yokutya, eshiya uSibabalwe noHlathi besancokola ngasemlilweni.

Umlilo lo wawuvutha ngamandla, uHlathi ewuhlalele ngokuwuphembelela ngeenkuni ezaziyinyanda ekufutshane. Nabathengisi nabo babeqalisa eyabo imililo abapheka kuyo izidlo abazithengisayo. Iqonga elalibizwa ukuba kukwaTshisanyama, elalingekho kude kulomlilo kaHlathi noSibabalwe, nalo laqalisa owalo umlilo. Kungekudala, sonke isikhululo sebhasi sasithiwe wambu livumba lenyama eyojiwayo. Ngaxeshanye, nevenkile yakwaNabe nayo yawavula amasango ayo, kwabe selekufika iiloli ezizise isonka, ubisi, iziselo nakunye konke okufunekayo evenkileni ngosuku.

Kungekudala bafika nabathengisa amaphepha esitalatweni, bephethe iindidi ngendidi zamaphepha, kuquka iCape Times, The Argus, the Star, neSowetan. UHlathi wayekuthanda kakhulu ukufunda amaphepha, kwaye wayesoloko esenza isicelo sokuba amaphepha onakeleyo angalahlwa, koko awanikwe. Zonke ezintwana zithengisa amaphepha zazisele zimazi, kwaye zifika selezimlungiselele.

Nanamhlanje, inkwenkwana ethengisa amaphepha, egama layo yayingu 'Cat', yathi yakumbona uHlathi emi ngasemlilweni, yamphosela iphephandaba iCape Times, ikhwaza isithi, "Cava mntomdala, nd'zak'phathela amanye later." UHlathi waliganga iphepha eliphoswe nguCat, ebulela esithi, "Enkosi Cat mfowethu!"

Lento yokufika kweliphepha yabangathi ibanike enye into yokwenza, kuba uHlathi noSibabalwe bangunguthelana phezu kwalo, inguHlathi otyhilayo, uSibabalwe emi emva kwakhe. Wamane etyhila uHlathi, naye engayazi nokuba ukhangela ntoni. Kodwa uthe akufika kwikhasi lesithathu, wabonakala umzimba wakhe ushwabana ngumothuko. Wayejonge umfanekiso osephepheni, nawo ojonge ngqo kuye. Lowo yayingumfanekiso kaSibabalwe, unombhalo phantsi kwawo othi, "Isigulane sengqondo, siyafunwa ngamapolisa malunga nokuqhwesha kunye nokubulawa kukonogada."

UHlathi waqala wayiqaphela into yokuba uSibabalwe ume emvakwakhe, kwaye naye ufunda elikhasi, wamva futhi ukuba uphefumlela phezulu. Wavele wanedyudyu uHlathi, wawuva umchamo uzehlela, wayiguqula intloko yakhe kancinane ezama ukujonga uSibabalwe, engathethi, kodwa amehlo ecela inceba.

Akazange ayigqibe loontshukumo, kuba wathi engekazi nokuba kuqhubeka ntoni, yabe intamo yakhe sele igaxeleke kumvingqo wengqiniba kaSibabalwe, ekhanywa. Kungekudala, wabhubha. Uthe akubona ukuba uHlathi akasaphili, uSibabalwe wathatha isikhuni esikhulu, wenza ngaso umngxunya omkhulu esizikithini somlilo. Emva koko wakhe wabhekabheka, efuna ukuqiniseka ukuba akukho mntu umjongileyo. Nangona kwakusele kuyokozela ngabantu kwesikhululo, kwakusemnyama, ilanga lingekaphumi.

Waqonda ukuba akukho mntu ombonayo, kungenjalo ngesele kukho isikhalo. USibabalwe wajonga phantsi, eqwalasela umzimba kaHlathi, ubuso bakhe bungabonakilisi velwano nakuzisola. Ukusukela apho, wasuka wawufunqula umzimba kaHlathi, wawuphosa kumngxunya osesizikithini somlilo. Akugqiba wathatha yonke lenyanda yenkuni esecaleni komlilo, wayiphosa emlilweni, ewugquma ngolohlobo umzimba kaHlathi, futhi ethekelela ukuba ivumba lokutsha kukaHlathi alizukwahluka kwelavumba laseTshisanyama!

Akhula amadangatya omlilo, kwaye ethubeni wavakala uqhaqhaza usitsha umzimba kaHlathi. Emva koko, ekhumbula eminye yemiba kulancoko yakhe noHlathi, uSibabalwe wabuzisa ngetaxi eya eBellville, wathi akuyifumana wangena kumlindo wabakhweli, belinde ukuba igcwale itaxi. Wavakala omnye wabakhweli ezibuzela nje engabhekisi mntwini, "Yinyamani kodwa Nkosi yam le yojiwa eTshisanyama namhlanje? Ivumba layo ndisuke andalazi!"

INQAKU LESIHLANU

"Tyhini Thiza! Ndicinga ukuba ndim ndodwa lo uvakalelwa kakubi lelivumba. Hay' abantu baseTshisanyama ingathi bangxamile namhlanje, sozuve! Inoba bagalele ntoni?" watsho nomnye umkhweli, engqina. USibabalwe wayiva lencoko yesisibini, nje kuba indlebe ilisela, kodwa akayinanza nganto, ukusuka apho wazibethelela ezakhe iimpundu kwisihlalo esingasemva etaxini, elinde ukugcwala kwetaxi.

Wahlala etaxini apho uSibabalwe, ebukele umlilo kaHlathi uvutha wodwa, nabantu besihla benyuka ecaleni kwawo, bengawuhoyanga, kwaye kungekho namnye umntu okrokrela unyawo lwemfene ngalo mlilo. Lento ke yayisenziwa nakukuba yayimininzi ngoku imililo eyenziwa ngabathengisi abafikayo, futhi eminye yawo ingaphezulu kwalo kaHlathi.

Kwalile ngentsimbi yesithandathu kusasa, yagcwala itaxi eya eBellville, emva koko yanduluka, ishiya isikhululo sebhasi sakwaLanga ngemva, ntoleyo eyathi yamvuyisa uSibabalwe. Wakhe wazibuza ukuba ingaba mhlawumbi kuzakuthatha ixesha elingakanani ukuba bayifumane intsalela yomzimba kaHlathi. Phofu kwayena wakhawuleza wayikhupha loongcinga engqondweni yakhe, ezixelela ukuba into ebalulekileyo kuye ngoku linyathelo lakhe elilandelayo, hayi imicimbi enokwenza noHlathi ongasekhoyo.

Nangona igazi lalisabila, nezibilini zisephezulu, uSibabalwe waziva ediniwe. Oko ebeqhweshe ePinelands Psychiatric

Hospital ngorhatya layizolo wayengakhange abenathuba lokuphumla. Uthe xa iphuma apha kwaLanga itaxi, wavala amehlo ezama ukuba akhe athi ngqwa, kodwa abeza ubuthongo. Ukusuka apho, ingqondo yakhe yangathi ngunomathotholo ebalisa ibali, yayiqala phantsi incoko abenayo ngalentseni kunye nomfi uHlathi.

Kwa ukubalapha etaxini eya eBellville ngalentsasa kwakusukela kulencoko yakhe noHlathi, kuba uthe uHlathi xa yena Sibabalwe efuna ukuqhakamishelana noDr Robert Schoeman, aze akhwele itaxi eya eBellville, athi akufika apho, aphinde athathe enye itaxi eyakwidolophana yaseHermanus, ekwisithili saseOverberg.

Eneneni oluhambo lusuka kwaLwanga ukuya eBellville lwalungelude kangakanani, yayizikilometers nje ezilishumi elinesithathu, futhi luthatha imizuzu engadlulanga kumashumi amathathu. Kodwa ke kuSibabalwe ixesha wayengalikhathalelanga nokuba liyacotha okanye liyakhawuleza, ezimisele nje kwinto enye yokuba nasiphi isicwangciso asenzileyo sizakufezeka.

Ledolophana yaseHermunus wayengayizibuli, kuba besengabafundi beyunivesithi babekhe bahilizele khona, besiya ikakhulu elwandle. Nangona wayengasaqinisekanga nje, kodwa wayegqibele esazi ukuba xa ubani esiya eHermanus, uhamba ngeyakhe inqwelomafutha, akhwele itaxi, okanye akhwele ibhasi yakwaRailway. Inqwelomafutha ke yona wayengenayo, njengoko naleyo wayeyixuthe kuMorgan waphisa ngayo kumakhwenkwe edayisi aseBonteheuwel! Wazixelela ukuba uzakukhwela ehamba kuqala phakathi kwebhasi netaxi.

Yahamba itaxi yade yafika eBellville, yathi chu ukuya ngakwisikhululo sikaloliwe, uSibabalwe ebukele ngomdla xa itaxi idlula kwizakhiwo zesixeko saseBellville. Ilanga laliseliqala ukuphuma ngoku, kodwa kubonakala ukuba kuyabanda, kuba iqabaka yayilele, kwaye nemithi ibonakala ishukuma ngenxa yomoya ovuthuzayo.

Emva kwethuba ityhutyha kwizitalato zaseBellville, yade yemisa itaxi ngasesitishini sikaloliwe. USibabalwe nabanye abakhweli behlika, phofu inguye yedwa uSibabalwe obonakala engangxamanga. Bonke abanye abakhweli babeleqeka. Emva kokuba ehlikile eteksini, uSibabalwe wakhe wabhekabheka eziva elahlekile. Kungekudala ke kodwa wakhawuleza ukuzilungisa, ezixelela futhi ukuba unexesha elininzi ezandleni zakhe.

Into yokuqala awagqiba ukuyenza emva nje kokuphuma eteksini uSibabalwe, kukukhangela indawo ethengisa impahla, kuba ezi azinxibileyo zazisezibonakala ukuba ziyakhalaza, futhi engazi nokuba sisazela na okanye yintoni, kuba zazinuka ukutsha. Wayefuna ke nokucheba iinwele zakhe, akugqiba akhengele indawo ethengisa ukutya.

USibabalwe, waqaphela ukuba kwakufutshane nesitishi esi sikaloliwe kwakukho udederhu lwevenkile, ingakumbi kwisitalato iVoortrekker, uninzi lwazo lusavaliwe, nangona ezithengisa ukutya zazisele zivuliwe. Wathatha isigqibo ke sokuba indlela yokulinda ukuba kude kuvulwe ezivenkileni kukuba afumane iphephandaba ukuze achithe ixesha efunda lona.

Akalibazisanga ke uSibabalwe, wawawanqa amaphepha awayethengiswa esitalatweni, yinkwenkwana ephantse ilingane noCat lo wayephisa ngamaphepha akrazukileyo kuHlathi. Phofu kwasengqondweni yakhe wayesele enombono walaCape Times ibifundwa nguHlathi, futhi efuna ukuqonda ukuba elanqaku ingaba likhona na kwamanye amaphepha. Ephethe lonqwaba yamaphepha, uSibabalwe wangena kwindawo yokutyela yakwaWimpy eyayikufutshane, wazikhethela itafile esemva, ecaleni kwefestile, akugqiba wawasasaza amaphepha phezu kwetafile, okungathi ufuna ukuwafunda onke ngaxeshanye.

Uwafundile ke uSibabalwe lamaphepha onke, phofu ebhubhuzela nje phezukwawo, esithi ekweli, abe ekwelinye. Akubanga kudala, kwamcacela ukuba onke amaphephand-aba anamhlanje, kuquka nawesiBhulu, ooRapport nooDie Burger, abalisa ibali elinye – elimalunga nokuqhwesha kwesigulane esiyingozi kakhulu, esigama laso ingu Sibabalwe Rodney Makhelwane, siqhwesha kwisibhedlele iPinelands Psychiatric Hospital, eyibalisa futhi nento yokubulawa ngol-unya konogada uMorgan Stuurman, ephetha ngokulumkisa uluntu ngokubanzi ukuba lubaze indlebe namehlo, kodwa lilumke lingasondeli kwesisigulane.

Kwakulamaphepha lalikhona inqaku elibalisa ngomqhubi webhasi yakwaBluelines esikhululweni sebhasi sakwaLanga, nothe wafunyanwa ekrwitshiwe, kusolwa isigwinta okanye izigwinta ezingaziwayo, mcimbi lowo ophantsi kophan-do lwamapolisa.

Wawawafunda lamaphepha uSibabalwe, engabonisi zimpawu zokuba unento ayaziyo ngelinqaku liphambili kuwo. Uthe akugqiba, ngokupholileyo wawaqokelela amaphepha akhe, wawabeka ecaleni. Emva koko wabiza intombazanana ence-disayo, wacela ukuziselwa ukutya, ebiza oku kanye kubhalwe kwiqweqwe elalibekwe phezu kwaletafile yakhe. Wacacisa phofu ukuba yena ufuna isonka sakhe sibemdaka, amaqanda ajingiswe nje kancinane phezu komlilo, afakelwe nembinana yemicwe yenyama yehagu eqhotsiweyo, egxininisa kanobom ukuba konke oku makuhambe nekomityi yekofu.

Akugqiba ukutya, uSibabalwe uye wayibiza kwakhona lentombazanana incedisa apha, wayibuza esithi, "Yewethu khawutsho, unolwazi malunga nezinto ezikhwelwayo ezi-ya eHermanus?"

Yaphendula lentwazana isithi, "Ewe bhuti, ikhona ibhasi eya eCaledon, edlula eKleinmond, eHawston naseHermanus. Iphuma ngentsimbi yeshumi· elinanye entloko yonke imihla.

Zikhona ke neetaxi, nangona ke zona zonke ziphuma sekur-hatyele."

"Ndiyabulela sisi, enkosi kakhulu" watsho uSibabalwe, ejonga ixesha kwiwotshi eyayisedongeni, watsho ethatha isigqibo sokuba uzakukhwela ibhasi. Emva koko, uSibabalwe wacela ukunikwa ixabiso lokukutya ebekuthengile, waze wahlawula, edibanisa nesipho esithe xhaxhe ngokungaqhelekanga, sipho eso sayishiya intombazanana leyo imayamayaza incuma yodwa.

Emva kokuba egqibile ukuhlawulela ukutya, uye waphakama elungiselela ukuphuma, kuba eleqa ukukhangela indawo yokucheba indevu nenwele. Uthe xa ephuma, kwaqala inqaku lendaba kunomathotholo walapha eWimpy, owayevulelwe kwisitishi iRadio Good Hope, umsasazi waso wavakala esithi, "Esizifumana ngoku zithi kwaLanga esikhululweni sebhasi kufunyenwe umzimba otshe wanqqongqa. Amapolisa asaphanda."

Ezindaba ziphuma kulonomathotholo zamenza waxhabasha uSibabalwe, exhalele ukuba ezimpahla azinxibileyo zizakumntama ukuba akakhawulezi ukuzitshintsha. Ngethamsanqa uthe ephuma eWimpy wabe embona umntu ocheba iintloko zabantu, kwaye ekwalapha kwesisitalato sinye, futhi ngqo phambi komnyango lo waseWimpy. Uthe akufika kulendoda ingumchebi, neyayinembonakalo yokuba ngummi welinye lalamazwe asembindini weAfrika, wayalela ukuba achetywe inkqayi, futhi nobuso benziwe bubempuluswa.

Uthe akugqitywa ukuchetywa, weva kubetha impepho ebandayo entloko, watsho wakhumbula ukuba kwa ukuhlamba oku yinto ekusele kulithuba eyigqibele. Ngethamsanqa isikhululo saseBellville sasinayo indawo yokuhlamba ehlawulisayo, wangena kuyo engaphozisanga maseko.

Esangweni lalendawo, neyayinoluhlu leminyango apho ubani nobani babezivalela khona bahlambe ngamanzi ashushu nahla phezulu ngathi yimvula, kwakukho isixishimba sendoda eyayingunogada, neyayithwele ipompom ephantse yabugquma bonke ubuso, inxibe uDlamini wedyasi kunye neegambutsi. Lendoda yathi xa ibona uSibabalwe engena, yammisa isithi, "Yima ntoyakuthi, whogayi. Kungenwa ngemali apha. Akuhlanjwa nje ngathi kusemzini wakho. Beka iR10 yakho apha kuqala."

"Oh ndiyabona, nantsi ke eyam imali" watsho uSibabalwe, enika lendoda iR100 yonke.

"Tyhini kuthe kanti uyindoda mfondini! Enkosi nantsika, ungumni?" Yabuza lendoda, incume olukaBlankethe lona.

"Hayi Mhlekazi, masiyiyeke incoko, ndibungxama" waphendula uSibabalwe.

"Xa kunjalo mandikuyeke ke ntoyakuthi, ngena phaya. Zonke izinto zokuhlamba zikhona apho" yatsho lindoda, imbonisa uSibabalwe ukuba angene phi.

Emva kwemizuzu ethi mayifike phaya kumashumi amabini, wagqiba uSibabalwe ukuhlamba, waphuma eziva ukuba uhlaziyekile. Wathi akujonga ixesha kwiwotshi enkulu yesitishi wabona ukuba ngoku yimizuzu emihlanu emva kwentsimbi yeshumi. Wazixelela ukuba noko liselihle, futhi angakwazi ukwenza nje into yokugqibela phambi kokuba asondele ebhasini, eyayizakuphuma entloko ngentsimbi yeshumi elinanye. Oko kokuthi kwakufuneka efumene ivenkile ethengisa impahla.

Akubanga kudala ephumile kwindawo yokuhlamba, uSibabalwe wazibona iivenkile zempahla, kwaye zingumtyangampo phantse kuso sonke esi sitalato saseVoortrekker. Wangena kwenye yazo, ebizwa ukuba yiPillay Station Outfitters eyayithengisa iindidi ngendidi zempahla zamadoda, kuquka iibhulukhwe zohlobo lweBrentwood, iihempe zohlobo lweViyella, iindidi ngendidi zeebhatyi, nokunye.

Kungekudala, uSibabalwe waphuma kwaPillay Station Outfitters engumntu omtsha kraca, enxibe ibhulukhwe yohlobo lwedangari yakwaLee, izihlangu zakwaAdidas, kunye nebhatyi eluhlobo lwesilamba sakwaLondon Fog.

Umnumzana Sanjay Pillay, nowayengumnikazi wevenkile, nowayesaziwa ngokubacebisa abathengi kwivenkile yakhe ngemabakuthenge, esoloko esithi konke akuthengisayo ukuthengisa ngexabiso elishunqulweyo, wayebonakala encumile, esazi ukuba lenkangeleko intle kangaka kuSibabalwe iphembelelwe nguye.

Naye uSibabalwe uthe akuzijonga esipilini, wazingca ngathi ungumjita waselokishini! Wacela kuMnumzana Pillay ingxowa yokufaka zonke impahla ezi ebengene ezinxibile. Emzuzwini ephumile kwaPillay Station Outfitters, lengxowa yeplastic inempahla zakhe ezindala wayilahla kumgqomo okufutshane.

Malunga necala emva kwentsimbi yeshumi, uSibabalwe wagqiba konke ebecwangcise ukukwenza esitishini sikaloliwe saseBellville. Wayetyile, echebile, ehlambile, nempahla ebeyinxibile eyitshintshile. Futhi wayikhumbula ngakumbi ingcebiso kaHlathi ethi phantse zonke iinkokheli zeADM zithanda ukucheba inkqayi nokunxiba ihempe emhlophe yohlobo lwaseCuba. Ngelishwa ke umnumzana Pillay wayengenayo lehempe yaseCuba namhlanje.

Wathi uSibabalwe xa ehamba esiya ngakwindawo ekukhwelelwa kuyo iibhasi, kwathi qatha into ebithethwe nguHlathi, ethi kufuneka aye eHermanus ephethe iifoto zesazisi zibembini. Wakhawuleza wangena kumzi wamachiza okufutshane nalapho iifoto zesazisi zazithathwa khona, kungekudala wabe ugqibile.

USibabalwe wafika ebhasini kushiyeke imizuzu elishumi phambi kokuba induluke ukuya eHermanus. Emva kwemizuzu embalwa ethenge itikiti, wangena ebhasini, wahlala kwisihlalo esingemva. Ngentsimbi yeshumi elinanye, yanduluka ibhasi emdaka yakwaRailway, enemigangatho emibini, isinge eSomerset West, eGrabouw, eBotrivier, eKleinmond, eHawston, eMount Pleasant, naseHermanus, emva koko ijike iyekulala eCaledon. Apha ebhasini uSibabalwe yayinguye yedwa ontetho isisiXhosa. Bonke abanye abakhweli yayingabantu bebala nabantetho isisiBhulu. Yayixokozela ke ibhasi ziincoko ngeencoko zabakhweli ezingesiBhulu, ingu 'het' no 'ge', uSibabalwe emamele nje ngendlebe enye kodwa engananze ncoko yamntu.

Phofu yena uSibabalwe wayezakuhlika eMount Pleasant, kude kufuphi naseHermanus, apho wayenezicwangciso zokudibana nenene elithile elingumnumzana Edward Prins, nangona ezi zicwangciso ezenze yedwa engakhange aqhaka-mishelane noEdward Prins lo, engazi futhi nokuba uzakufika ekhona kusini na. Into awayeyazi, ngokuxelelwa nguHlathi, yeyokuba uEdward Prins uhlala eMount Pleasant, wayifumana ke ne dilesi yakhe kwakuHlathi lowo. Kowa ke kunjalo, uSibabalwe wayezimisele ukuba, ukuba ufike ingekho lend-edeba yakwaPrins, uzakuyilinda, nokuba iphi.

Ngokuva kwakhe kulaa ncoko yakhe noHlathi, uMr Prins yayingumntu oneziphiwo eziliqela. Phambi kokuba abengu-makhi wezindlu nomlobi wentlanzi, lo anguye ngoku, nothi aphinde abe yingcungela yokuguqula imbonakalo yomntu, wayeqale wangugqirha wotyando, enagama limbi. Wakhiqwa ke kuluhlu loogqirha emva kokuba kufunyaniswe ukuba usebenza budedengu.

USibabalwe naye walikhumbula ibali elalikhe layindumasi kumaphephandaba aseKapa, logqirha othile ekwakusithiwa ngu 'Dr Robert Schoeman', owayeyingcungela kutyando oluguqula inkangeleko yomntu, engumntu wokuqala ophuma kwidolo-phana yaseGraaff Reinet onesiphiwo esiloluhlobo. Wakhumbula ingakumbi into yokuba logqirha wayethandwa kakhulu luluntu, esoloko esezindabeni ngokubuyisela abantu abatshileyo kwimbonakalo yabo yamandulo. Kodwa kwenzeka ukuba logqirha ethubeni abekwe izityholo zokungaziphathi kakuhle emsebenzi-ni, zityholo ezo zaziquka nokuphatha izidumbu zabantu ngokun-genantlonipho, emva koko iMedical Association of South Africa yamkhiqa kuluhlu loogqirha baseMzantsi Afrika.

Ukuligqibela kwakhe uSibabalwe elibali, phambi kokuba avalelwe ePinelands Psychiatric Hospital, kwakuvakala ukuba uDr Schoeman uhlala kwiimeko ezimaxongo kwidolophu yaseWorcester kwingingqi yaseBolani. Kodwa ke ngoku, ngokomlomo kaHlathi, uDr Robert Schoeman wayesele waliguqula igama lakhe langu Edward Prins, ohlala kwa 13 Aalwyn Street, eMount Pleasant, neyilokishi yabebala ekude kufuphi nedolophu yaseHermanus.

USibabalwe waye wazibeka ecaleni ezingcinga, wolula imilenze yakhe ezixelela ukuba uzakulonwabela olu hambo lwalebhasi. Eneneni wayibukela ibhasi ingena kumajiko-jiko amahle kakhulu ekuthiwa yiSir Lowry's Pass, idlula kwisithabathaba seentaba zeHottentots-Holland eziphakathi kweedolophana zaseSomerset West kunye neElgin Valley. Emva koko wavala amehlo akhe, efuna akhe athi ngqwa.

Wavuka emva kweyure ezimbini, xa kanye ibhasi idlula ngakwidolophana yaseOnrus River, sele ijonge kwesakhe istophu eMount Pleasant. Ngoku ixesha kwakuyimizuzu embalwa phambi kwentsimbi yesibini emva kwemini. USibabalwe waqaphela ukuba kuyabanda kakhulu, kangangokuba wathi xa ejonga ngefestile kwiintaba zaseOlifantsberg ezazikude kufuphi nendlela, wabona ukuba zilele ikhephu.

Kungekudala yafika ibhasi kaSibabalwe kwindawo yo-kumisa eMount Pleasant. Waphakama uSibabalwe, wakhe wazolula iingalo, walungisa nempahla zakhe ezazisele zish-wabene kukuhlala phantsi ithuba elide, emva koko wohlika ebhasini. Wakhe waziva ebulahleka umzuzwana, ekhumbula ukuba akanaso isalathisindawo saseMount Pleasant, ntoleyo eyanyanzelisa ukuba abuzise ngomzi kaEdward Prins nangona wayengekho mdleni wakuthetha namntu.

Wabona ukuba ngaphesheya kwendlela kukho ivenkile ethengisa phantse zonke izinto, kwaye ecaleni kwayo kukho indawo yentselo ebizwa ukuba yi Meintjies Tavern. Waqonda ukuba makaqale evenkile, athenge iphepha lokubhala kunye nemvulophu, nangona wayenqwenela ukuba aziphiwe ezizinto endaweni yokuba athenge incwadi enamaphepha okubhala yonke. Ngelishwa ke, umnikazi venkile wayengaphisi nganto namhlanje!

Emva koko uSibabalwe waye wangena kulendawo yentselo yakwaMeintjies Tavern. Ixesha ngoku kwakuyimizuzu nje embalwa phambi kokuba kubethe intsimbi yesithathu emva kwemini. Nangona lalibonakala ifuthe lokuba lomzi uqhele ukugcwala ume ngembambo, ubona nje kwangothotho lwezitulo neetafile, okwangoku kwakungekabikho bantu. Ngaphakathi kwakukhanyiswe ngezibane ezibonisa luzizi, nezazibhenyebhenyeza okwezibane zasedisco, kukhala nengoma kaOom Hansie ethi 'ons doen die Kaapse dans.'

USibabalwe wangena nje akabuza, wahlala kwitafile esecaleni kwefestile, ebonisayo phandle, akugqiba wakhupha lancwadana inamaphepha okubhala ebegqiba ukuyithenga, wakrweceza okungaziwayo. Akugqiba walisonga iphepha kakuhle walifika emvulophini. Umnikazi wetavern, umnumzana Fred Meintjies, ufafa lomfo osukileyo egadeni, onentshebe ezinde nezinamaqhina, wasondela efuna ukwazi ukuba angamnceda ngantoni na uSibabalwe. Waphendula naye uSibabalwe ngelithi okwangoku ufuna nje ikomityi yekofu.

Emva koko, uSibabalwe waphinda wayikhupha lencwadi ebeyibhala, efuna ukuqinisekisa ukuba ifundeka ngoluhlobo wayefuna ifundeke ngalo. Eneneni incwadi le yayifundeka ngoluhlobo:

"*Molo Dr Schoeman.*

Andiyikholelwa into yokuba nguwe ngenene lo! Lo kanye wayesebenza eGroote Schuur Hospital! Yho! Yho! Yho! Ukuba imimoya ibithetha, ibiyakubalisa ngezidumbu eziqunduluzileyo kulaantlango yaseKaroo! Hayi phofu, mandingayenzi ibende. Mna ndingumhlobo kaZolile Mhlengaphi,

nokwangumhlobo wam nawe, abambiza uHlathi,
mhlawumbi ke mandithi, ongasekhoyo uHlathi.
Dibana nam apha eMount Pleasant, eMeintjies
Tavern. Ndizakukuxelela konke ngezimanga
zaseKaroo, nangento kaMhlengaphi.

Ozithobileyo.

Sibabalwe."

Akuba egqibile, futhi ezanelisile ukuba lencwadi ibhalwe
kanye ngoluhlobo alifunayo, lothusayo, walubeka phantsi
usiba lwakhe, encumile ebusweni. Emva koko wayivala
imvolophu, wabhala igama likaEdward Prins ngaphandle,
kunye nedilesi yakhe. Akugqiba, waphakama uSibabalwe,
wakhweba uFred, wathi kuye, "Jonga ndisaphuma kancinane,
ndiyabuya ngoku. Khawutsho, ingaba indawoni iAalwyn
Street xa ulapha?"

UFred wakhe wamjonga nje phambi kokuphendula, wan-
dula wathetha ngesiBhulu esithi, *"Jonk, ek gee nie om oor*
waar jy wil gaan nie – so lank as jy eers my betaal. Verstaan
jy?! En ja, Aalwyn Straat is hierdie kant af!"

USibabalwe naye wabona ukuba lendedeba ayifuni ngxoxo,
ifuna imali yayo ezandleni ngoku hayi kudala, watsho ebeka
imali yephepha eyiR50 engakhange abuze nokuba iyimalini na
lookomityi yekofu, akugqiba waphuma ngomnyango. Uthe akufi-
ka phandle wathi chu ukuya kwisitalato esinedilesi kaEdward
Prins. Ngokolwazi aweyelufumene kuHlathi, uEdward Prins
wayehlala yedwa kwindlu enamagumbi amabini nje kuphela.

Kungekudala wafika kwisitalato iAalwyn esasimxinwa,
kubonakala ukuba akuhambi zinqwelomafutha zininzi
kuso. Kwimizuzwana embalwa, wabe sele ewubona umzi
kaEdward, kwaye wabona ukuba akukho mntu, kuba isango
lesitiya kunye nomnyango wangaphambili wawutshixiwe.

Waqonda ukuba, kuba uEdward engumakhi wezindlu inokuba usesemsebenzini. Kananjalo waqaphela ukuba apha esangweni lesitiya kukho ibhokisi yokufaka iincwadi zeposi. Akalibazisanga uSibabalwe, wakhupha laancwadi ebeyibhala ekwaFred eTavern, kwipokotho yakhe yebhatyi, wayifaka kulebhokisi yeposi, emva koko wajika ephinda indlela eya etavern.

Uthe kungekudala efikile etavern uSibabalwe, uFred wasondela kuye, wathi, "*Ah, jy's al terug ek sien. Wat wil jy hê?*"

Waphendula uSibabalwe esithi, "Ndifuna ikofu esisitshoqolo, enkosi Fred." Wabona futhi ukuba uFred akayithandi lento yomntu ogwinkcana nekofu utywala bukhona. Kodwa wayebona ukuba uSibabalwe akanayo imbonakalo yenxila.

Wazihlalela uSibabalwe, emane erhabula ikofu yakhe, amehlo ewabaze ngasendleleni, elinde ngomonde ukufika kukaEdward Prins. Wayeqinisekile ukuba uzakuthi akuyifunda laancwadi amshiyele yona othuke, abenonxunguphalo, afune ukuzozibonela lomntu unolwazi olululoluhlob ngaye.

Akuzange kube kudala, malunga necala emva kwentsimbi yesithandathu sekurhatyele, uSibabalwe wayibona ivela inqwelomafutha eluhlobo lweToyota Hilux, ibhaliwe kumacala omabini umbhalo othi, 'Edward Prins Construction'. Wabona kwangesantya ehamba ngaso ukuba uEdward Prins uyifumene incwadi yakhe!

Wabukela uSibabalwe xa uEdward eyimisa inqwelomafutha, ephantse kuyishiya iziqhoboshi engazibophanga kangangendlela awayengxamele ngayo ukungena ngaphakathi etavern. Njengokuba emjongile nje, uSibabalwe wathekelela ukuba uEdward Prins anganeminyaka engangamashumi amahlanu anesihlanu ubudala. Wayenisithomo esifutshane, futhi umzimba wakhe ucekece, enxibe impahla emdaka ebonakalayo ukuba yeyomntu osebenza ngodaka imini yonke. Nobuso bakhe babugqunywe luthuli lwesamente, kubonaka

ukuba uxhwile nje incwadi ebhokisini yeposi, waleqeka uku-
za etavern, engakhange adibane namanzi kuqala.

Kodwa ke nangona ubuso babugqunywe luthuli, kwaku-
bonakala ukuba uEdward Prins wothukile, kwaye unomsin-
do ngaxeshanye.

USibabalwe wambukela Edward Prins ephuma kwinqwelo-
mafutha yakhe exhabashile. Xa efika emnyango wakha wema
umzuzwana amehlo ekhangakhangela. Uthe akubona
uSibabalwe emkhweba wasondela, efinge iintshiyi. Wathi
engekabulisi okanye ahlale phantsi, wabuza esithi, "Nguwe
lentothoviyane indithumele laancwadi? Uzama ukuthini?
Ungubani?"

USibabalwe akangxama ukuphendula, koko wamkhom-
bisa ukuba ahlale phantsi, ngaxeshanye esithi, "Ndiyabulisa
Mnumzana Prins, ndiyavuya ukuba uzile. Ndiyakuqinisekisa
ukuba akukho mfuneko yokuba ube nomsindo. Ndiyakucela,
hlala phantsi. Ufuna ndikuthengele ntoni?"

UEdward Prins, ekhangeleka ethingaza, watsala isitulo
wahlala phantsi, ebuza, "Ufuna ntoni kum?"

Kwakhona, uSibabalwe akazange akhawuleze ukuphen-
dula, koko waye wabiza uFred, wathi kuye, "Fred, ndicela
usizisele iziselo. Sizakuhlala kweziya tafile ziphandle. Mna
ndifuna ipassion fruit edityaniswe nelemonade. Wena
Mnumzana Prins, ingaba ibhiya ikulungele?"

UEdward Prins wanqwala intloko, esithi "Khawulezisa nd-
ingxamile!"

Akugqiba ukucela iziselo kuFred, uSibabalwe wathi,
"Masihambe siyohlala phaya phandle. Iindonga zinendlebe."

Bathi bakufika phandle, uSibabalwe wakhe wamjonga
uEdward Prins, engaqhwanyazi. Nangona wayenenkangeleko
edlakadlaka, lonto yayiqhatha nje abangaziyo. Yayikhona yona
intsobi yomntu onentsiba zakhe. Emva kwethuba kuthulekile,
uSibabalwe wathi, "Mhlekazi, ndifuna uncedo kwakho."

Waphendula uEdward ngeliphoxayo, "Ndingakwakhela eyakho indlu nawe, ukuba nje ungandinika iplani yakho."

"Hayi ke andithethi ngolo uhlobo loncedo" waphendula uSibabalwe ehleka.

"Awukandixeleli ukuba ungubani" wamqhawula uEdward.

"Ukuba ndingubani akubalulekanga kuwe. Eyonanto ibalulekileyo yile yokuba ndifuna ukuguqula inkangeleko yam, ndibenesazisi esitsha. Oonokrawuzana bathi ngumsebenzi okwaziyo ukuwenza lowo." Waphendula watsho uSibabalwe. Wathi engekaphenduli uEdward wabe ekhupha kwipokotho yebhatyi yakhe imvulophu efufumeleyo, igcwele yimali, waqhubeka wathi, "Le yiR10 000, yincasa nje, ininzi emva."

Wayijonga lemvulophu uEdward engathethi, kodwa esinye isandla esibeke phezu kwayo. Wabuza, "Yintoni ekwenza ukuba ucinge ukuba ndiyakwazi ukuyenza lento uyifunayo?"

"Ukuba ubungakwazi ukuyenza lento ubungazukuzihlupha ngokuza kulentlanganiso. Ndiyakulumkisa ke Mnumzana Prins, gxebe Dr Robert Schoeman, ndiyayazi ukuba uyifundile incwadi yam, kwaye uyayazi ukuba ithetha ukuthini. Musa ukuzenza umntwana, ubuthe ungxamile." Waphendula watsho uSibabalwe, ngelizwi elirhabaxa, eqhubeka futhi ngelithi, "Ndiyayazi ukuba uyayidinga imali. Apha ndizokufuna uncedo lwakho. Andizanga nabungozi, ngaphandle ke kokuba uyandinyanzela."

Eneneni uSibabalwe wayesazi, ngokuxelelwa nguHlathi, ukuba uDr Schoeman wayenabantu abaninzi abathe basweleka phantsi kotyando lwakhe olungekho mthethweni, nozidumbu zabo zingcwatywe entlango yaseKaroo. USibabalwe wayenoluhlu lwamagama alinikwe nguHlathi, nangona wayenganqweneli ukuba baphikisane noEdward kude kunyanzeleke ukuba nololwazi aluveze.

UEdward wakhe wamathidala, ebonakala ngathi uxakwe yemakayenze. Ethubeni wathi, "Lemali ayonelanga. Ingxenye yemali endiyifunayo phambi kokuba siqale, yiR25 000, enye iR25 000 ndiyifuna xa sigqibile."

"Kulungile ke Mnumzana Prins, nantsi enye imali" watsho uSibabalwe ekhupha enye imvulophu, waqhubeka esithi, "Siyavumelana ukuba enye imali ke uyakuyifumana emva komsebenzi. Ndicinga ukuba sigqibile okwanamhlanje. Masidibane ngomso kwangelixesha ukuze siqalise lomsebenzi."

"Andivumi Mhlekazi. Andifuni ube ungundingasithebeni apha ithuba elide, uzakundibizela amehlo. Ndithi masiyit-shaye isaqhuma. Masisebenze ngokuhlwa nje. KungoMvulo namhlanje, kufuneka ube uphilile NgoLwesihlanu." Watsho uEdward, eqhubeka, "okunye endizakufuna yimifanekiso yesazisi emibini, nangona yona ayingxamisekanga."

"Oh hayi ke, kulungile xa usitsho. Masiye. Imifanekiso uyakuyifumana phakathi kwenye yezimvulophu ndikunike zona" watsho uSibabalwe, ebiza uFred ukuba azokulanda imali yakhe yeziselo.

Emva koko, uSibabalwe noEdward baphakama bangena kwinqwelomafutha, besiya emzini kaEdward.

Emva kwemizuzu emithathu, bafika kwa 13 Aalwyn Street. UEdward wawavula amasango akwakhe, wayimisa inqwelo-mafutha ngaphakathi, bohlika.

USibabalwe wakhe wayijonga lendlu kaEdward. Yayikhangeleka ifana nezinye izindlu zelokishi, nangona yona incinane kunezindlu ezinamagumbi amane. Kodwa uthe akungena ngaphakathi, uSibabalwe wabona ukuba inkange-leko yalendlu ingamqhatha umntu, kuba xa befika bangena ngomnyango wangaphambili, badlulela ekhitshini, baphuma baya kwibala elingasemva eligcwele ingca eyagqityelwa kudala ukuchetywa, uSibabalwe emangele ukuba kutheni ingathi indlu bayayishiya nje.

Kodwa kunjalo, uSibabalwe wabukela xa uEdward ephakamisa into ekhangeleka ngathi sisiciko sedrain, kanti ngumnyango lo, okhokelela kwindlu engaphantsi komhlaba.

Uthe akugqiba ukuwuvula lomnyango, uEdward wakhweba uSibabalwe ukuba bangene. Bangena ke, uSibabalwe elandela uEdward, behamba ngamanqwanqwa ehlayo. Kwakumnyama ekuqaleni, kodwa wathi uSibabalwe esamangele ukuba izibane ziphi na kulomzi, wakhanyisa uEdward ngokuthi acofe edongeni.

"Yhoo! Ye maan kunje kanti apha! Inoba yakuthatha ixesha elingakanani ukwakha lendlu?!" Wabuza uSibabalwe ekhwankqisiwe.

"Inoba yinto ephaya kwiminyaka emithathu. Ndandiyithele chu ukuyakha" waphendula uEdward, evula nomtshini wokwenza kubeshushu endlini.

USibabalwe wakhe wayijonga lendlu, ebambe ongezantsi, efikelwa nayinto ethi kuqhelekile apha. Kwakusesibhedlele! UDr Schoeman wazokhela igumbi elifana twatse negumbi lezigulana ezigula kakhulu. Emadongeni kwakukho iindawo zokuxhoma amayeza, zigcwele ziindidi ngendidi zamachiza, kukwakho nezixhobo ezifana nobuxhakaxha beecomputer, izipopoli mzimba, izitshetshe zokutyanda, nezinxibo zobugqirha kuquka idyasi emhlophe kunye nesixhobo sokuva ukubetha kwentliziyo.

Esizikithini salendlu kwakukho ibhedi enomqamelelo futhi igqunywe ngelaphu elimhlophe necofwa ngomtshini ukuze yehle okanye inyuke. Lebhedi yayixhagwe ngumatshini omkhulu onezibane ezikhanya kakhulu, kwakunye netafile yentsimbi, phezu kwayo kubekwe isitya esinezitshetshe zokutyanda, iinaliti zokutofa kunye namabhandiji.

"Hayi ke silapha ngoku Mhlekazi. Khulula zonke iimpahla zakho, ukhwele ebhedini, uzigqume umzimba ngelaphu eli. Ungakhathazeki, akubandi apha. Ndizakuqala ndenze uvavanyo. Ndilinde ndihlambe kodwa kuqala" watsho uEdward.

"Uvavanyo? Olwantoni?" Wabuza uSibabalwe.

"Ndizakujonga izinto ezimbalwa, ezifana nokuqina nokuthamba kwefele lobuso bakho, ubume bethambo lobuso bakho, nemeko yempilo yakho ngokubanzi" waphendu-la uEdward.

Emva koku, uSibabalwe akazange abuze mbuzo wumbi. Waye wazikhulula iimpahla zakhe njengoko eyalelwe nguEd-ward, emva koko wangqengqa phezu kwebhedi. Oku ke kwatsho kwamnika nethuba lokubukela uEdward ephuma kwindawo yokuhlamba, eguquka ekubeni lidlakadlaka elakha izindlu, esibayingqwayingqwayi yogqirha onxibe idyasi em-hlophe waxwaya nodondolo lomzimba, lento amakhumsha athi sis'stethoscope.

Kulenkangeleko yobugqirha, uEdward waye wasondela kuSibababalwe, wacofacofa ngezandla ubuso bakhe, engathethi. Emva koko uye wakhanyisa isibane esikhulu esikufutshane neb-hedi le kaSibabalwe, waphinda wabuphononga ubuso buka-Sibabalwe, ede maxa wambi ampeculule amehlo, amkhamisise nomlomo. Emva koko wamcofacofa ngodondolo olu lomzimba aluxwaye entanyeni, emane esithi, "Phefumla".

Uthe akugqiba lonke oluvavanyo lwakhe, watsala isitya sentsimbi esikufutshane, esinezitshetshe neenaliti. Wathetha yedwa uSibabalwe esithi, "Tyhini Thiza! Kukuthini ukuba uHlathi angandixeleli ukuba ligeza eli andizise kulo!"

Kodwa ke kunjalo, uSibabalwe akazange aphikise nto. Waye wabukela uEdward efaka iyeza angaliziyo kwinaliti yokutofa, akugqiba wasondela kuye, wamtofa entanyeni, zacima izibane kuSibabalwe.

Emva koko, akazange ayazi uSibabalwe ukuba kwenzeke ntoni kuye emva kokuba etofiwe nguEdward. Uthe ukothuka kwakhe, waqaphela ukuba ubuso bakhe bubhijelwe ngeendidi zendidi zamabhandeji, kusikwe nje imingxunya emincinane emehlweni, emlonyeni nasezindlebeni. Ngelixesha abona oku wayeyedwa apha endlini, futhi wakhe waphathwa luvalo, kodwa waphinda wazilungisa.

Wakhe wazama ukujonga indlu le yonke, kodwa wafuma-nisa ukuba kubuhlungu ukujika ubuso, nobabuvakala ngathi buzakuqhekeka. Waqaphela ke kodwa ukuba apha ecaleni kwebhedi kubekwe iplate enokutya kunye nesiselo, ntoleyo eyamenza ukuba athomalale, luhle novalo.

USibabalwe wayengalazi ukuba lithini ixesha ngoku, kodwa wayethekelela ukuba kungoLwesibini emva kwemini. Eneneni emva kweyure ephaphamile, wafika uEdward, evela emsebenzini, wafika uSibabalwe ehleli ebhedini. Phambi kokuba abuxele ubukho bakhe, uEdward wakhe wema, wamjonga uSibabalwe. Wayengakhangeleki ngathi uva iintlungu, okanye kukho nto ingenye engahambi kakuhle ngaye.

Wakhe wafikelwa nanguSatana wokuba avele amcime igama ngawo lomzuzu loSibabalwe ndini, kuphele nya ngaye. Kodwa wazinqanda, ethetha yedwa esithi, "Robert, ungugqirha into oyiyo!" watsho ekhumbula ukuba nangona babebaninzi abantu abathe basweleka phantsi kwesandla sakhe, konke oko kwakuyingozi, hayi ngabom.

Enikina intloko ngelizama ukugxotha ezingcinga zimdaka, wangena endlini uEdward esithi, "Uziva njani namhlanje?"

"Ingathi ndizakophuka ndibe ngamaqhekeza!" Waphendula uSibabalwe.

"Ngalamabhandeji ndikubophe ngawo, nalamafutha ndikuqabe wona la enza uzive ngolohlobo. Yonke lonto izakuphela kungekudala. Khululeka, ubuso bakho ndizakubutyhila kusasa NgoLwesihlanu. Okwangoku ndisaxakeke ngamaphepha akho esazisi." Watsho uEdward.

"Kuhle ke Doc" watsho uSibabalwe.

Waqhubeka uEdward esithi, "Okunye ke emandikuthethe koku, ndikwenzele amalungiselelo malunga nendlela ozakuchacha ngayo. NgoLwesihlanu ndizakukukhwelisa ndikuse esitishini eBotriver. Ukusuka apho ke uzakuthabatha ibhasi eyaEgoli. Phaya ke ndinomhlobo wam ongasekhoyo, uAmandla Khumalo, onomkhukhu kwilokishi yaseSwaneville, kude kufuphi nedolophu yaseKrugersdorp. Loomkhukhu awuhlali mntu ngoku. NgoLwesihlanu ke xa uhamba ndizakukunika izitshixo zawo, uze uthi xa ufika khona, uphumle uzinike ithuba lokuchacha ngokupheleleyo. Xa sele amanxeba akho epholile, ungazibonela ukuba ufuna ukwenzani ngomkhukhu kaAmandla. Mna ngeloxesha ndiyakuba selendingafumaneki konke konke. Ukuba kuye kwakho into engahambi kakuhle, uyakuyilungisa ngokwakho. Ndiyayigxininisa into yokuba ungaphindi ubuyele apha kwakhona, futhi ungathumeli mntu kum. Ndigqibile ngoku ngemisebenzi eloluhlobo. Ndiyathemba ukuba siyavana?"

"Hayi ndiyakuva Mhlekazi. Khawutsho ke kodwa, uAmandla lo yena kwenzeka ntoni kuye?" Wabuza uSibabalwe.

"Kuhle ke xa sivana. UAmandla yena wasilela ukundixelela ukuba igazi lakhe alidibani nalamayeza ndiwasebenzisa apha, akwalunga nto ke..." watsho uEdward, esishiya engasigqibanga isivakalisi.

Wothuka akuva oku uSibabalwe, wakhe wanedyudyu umzuzwana, ethukisa ngaphakathi esithi, "Tyhini Bawo lothikoloshe unguEdward akandibuzanga mna ukuba angandilungela na lamayeza akhe!" Kodwa wakhawuleza wazixelela ukuba into yokuba abe kanti usaphila nangoku ithetha ukuba akukho nkathazo.

USibabalwe wakhe wayinambitha nale yokuba kusithiwa NgoLwesihlanu uyaEgoli. Engumntu nje wayengaze alibeke elakhe inyawo kwandonga ziyaduma. Kodwa waziva eyamkela lonto, ingakumbi kuba yayimenzela lula, ngohlobo lokuba wayengazukuzisokolisa ngokucinga kuba enzeni xa ephuma kwaEdward Prins.

USibabalwe wahlala kwaEdward intsuku zonke phakathi koLwesibini noLwesihlanu, echacha kuhle. Wayengenaso nesithukuthezi, kuba apha emini, xa uEdward engekho esemsebenzini, wayemamela ingxolo neencoko zabamelwane, ababesoloko bethethela phezulu. Nangona isitalato esi sasithule, futhi simenza akwazi ukuphumla, ikakade lobulokishi apha eMount Pleasant lalizibonakalisa nalo. Ehleli kulobhedi yesigulane, uSibabalwe wayeziva zonke iindaba zalelokishi, kuquka umalume osandula kuphuma entolongweni yaseCaledon, ummi waseNgilane olunywe ngukrebe ngaseGansbaai, uqhankqalazo olucwangciswe ngabahlali belokishi yaseZwelihle, umama ongcangcazelayo kukusela ngokugqithileyo utywala iOom Tas, umlilo ongalawulekiyo eFernkloof Nature Reserve, ukubanjwa kwabantu ngaseHawston bethengisa iabhaloni ngokungekho mthethweni, isiqendu esitsha sikaSewende Laan, nokuxhoma kwamaxabiso aseSpar!

Ngaphandle nje kokudineka zezincoko, njengokuba intsuku zihamba, uSibabalwe waziva ukuba uye echacha, nobuso buyekile ukuqina, nangona wayengenalwazi malunga nokwenziweyo ebusweni bakhe, kuba engekaziboni esipilini. Wayenethemba nje lokuba logqirhambumbulu unguEdward Prins angathi kanti umenze wafana nerhorho!

Wade wafika uLwesihlanu obekade exelwa. Ekuseni ngentsimbi yesithandathu, wangena uEdward sele esithi, "Hayi ke, masikukhulele Mhlekazi." Wabe selethabatha isikere esikufutshane. Ngobunono wawanqunqa amabhandeji kaSibabalwe uEdward. Kungekudala wavakala uEdward esithi, "Nako ke, nguwe lo, umtsha kraca!" watsho enika uSibabalwe isipili.

Wazijonga uSibabalwe, uncumo lukhula, wathi, "Hayi ke siyathetha ke ngoku! Izakundincedisa lento kakhulu, enkosi Doc, ugqwesile lo umsebenzi!

"Ndiyavuya xa usitsho Mhlekazi. Andikafuni ke kodwa ukuba ubuveze ubuso bakho, ingakumbi kulengqele iphandl'apha. Ndikuthengele umnqwazi oyipompom, izakukunceda kakhulu" watsho uEdward.

Wathi engekaphenduli uSibabalwe, wathi, "Nasi isazisi sakho esitsha. Ezafoto ubundinike zona khange kubekho mfuneko yazo."

"Hayibo, ngoba? Usebenzise ezikabani?" Wabuza uSibabalwe emangele.

"Ndiye ndafumanisa ukuba ubume bobuso bakho bufanatwatse nobuso ebesele ndinabo ezincwadini, ndabe ndinazo neefoto zabo. Yinto ekhe yenzeka leyo ngamnye amaxesha. Ndiyakuthembisa ukuba akukho mfuneko yokuba uzazi zonke iinkcukacha ngalomba" watsho uEdward.

Wathula naye uSibabalwe, eqonda ukuba ingxoxo ayizikusa mntu ndawo. Ubuso bakhe babuguquliwe bafaniswa nalomntu usezincwadini zikaEdward Prins!

Waqhubeka uEdward esithi, "Igama lakho elitsha nguAmandla Wellington Khumalo. Linkqaye ke mhlekazi, lihlale encamini yolwimi lwakho. Nasi nesetifikethi sakho sokuzalwa. Awukhange undixelele ke ukuba uzelwe ngowuphi unyaka. Ndizicingele nje ukuba mandithi wazalwa nge30 ka July kunyaka ka1953. Nantsi ne layisenisi yakho yokuqhuba. Zonke ke ezizinto ndikunika zona selezibhalisiwe kwincwadi zikarhulumente. Siyaphuma ngentsimbi yesixhenxe, ndicebisa ukuba ube uhlamba. Impahla zakho ziphaya phambi kwendawo le uzakuhlamba kuyo. Imali yam ndiyayifuna ke ngoku."

"Kulungile Doc, enkosi. Imali yakho iphaya ebhegini yam. Thatha iimvulophu zibembini. Ndisayohlamba ngoku." Watsho uSibabalwe.

"Kulungile ke Mnumzana Khumalo! Lungisa sihambe. Yima ke, nantsi enye into ndiyilibala, ngokwesiqhelo xa uthe watyandwa kuye kufuneke ukuba ufumane uqeqesho lokolula izihlunu zomzimba wakho, lento kuthiwa yifiziyotheraphi. Kodwa ngenxa yokuba ungazukwazi ukwenza lonto wena, kukho imithambo yokolula ubuso bakho endizakukubonisa yona apha endleleni. Ilula kakhulu." Watsho uEdward.

"Enkosi Doc" watsho uSibabalwe.

Emva kwemizuzu engamashumi amabini, ixesha lisithi yintsimbi yesixhenxe entloko, uSibabalwe kunye noEdward bayishiya iMount Pleasant beleqa esitishini eBotriver. Endleleni kwakupholile, kungekho zinqwelomafutha zininzi kuhola wendlela uR43 osuka eHermanus usiya eBotriver, kuba kwakusekusasa.

Ngecala emva kwentsimbi yesixhenxe uSibabalwe noEdward bafika esitishini eBotriver, apho uSibabalwe wayeza kukhwela ibhasi eya Egoli, neyayizakuphuma ngentsimbi yeshumi. Isitishi saseBotriver sasingekho sikhulu, sinezakhiwo nje ezimbini, esinye sisetyenziswa njengendawo yokuthengisa amatikiti, esinye kugcinwa kuso iposi nemithwalo ezokulayishwa ebhasini. Sasicocekile ke isitishi esi, kubonakala ukuba sikhathalelekile.

Ngalentsasa bafika ngayo uSibabalwe noEdward kwakungekabikho mntu esitishini, kuba abasebenzi babengekafiki, nabanye abakhweli bengekafiki nabo.

Wayimisa inqwelomafutha uEdward, yaba nguSibabalwe ophuma kuqala esithi, "Ja sifikile, enkosi Doc."

Zange aphendule uEdward, ingqondo yakhe sele icinga ngabasebenzi bakhe ekufuneka aleqe ukuyobathatha elokishini yaseZwelihle. Naye uEdward waphuma kwinqwelomafutha, efuna ukuthatha ingxowa kaSibabalwe eyayingemva kwinqwelomafutha, ezakukhupha ezamvulophu zimbini uSibabalwe ebethetha ngazo.

Uthe esagobile uEdward, ezama ukutsala lengxowa, neyayibambeke phantsi kwevili elililalela, uSibabalwe wasondela kuye, wathabatha intsimbi eluhlobo lwe tomahawk, walayisha ngayo enqentsu kuEdward, ngamandlakazi egeza. Akazange abesaphakama uEdward kokokugoba ebekwenzile. Wasuka umzimba walityokololo, wawa phantsi ecaleni kwenqwelomafutha, wathi natya, ebhubhile.

USibabalwe wawuphakamisa umzimba kaEdward wawufaka kwinqwelomafutha ngasemva. Akugqiba wathatha ingxowa yakhe, le ibifunwa nguEdward. Emva koko, uSibabalwe wangena naye kwinqwelomafutha, wayiqhuba kancinane ejikeleza isitishi esi, ekhangela indawo anokuyishiya kuyo inqwelomafutha. Emva kwethutyana uye wabona indawo eneemoto ezigxokogxoko zesitishi, waqonda ukuba nale kaEdward inqwelomafutha uzakuyishiya phakathi kwalamagxokogxoko.

Uthe akugqiba wathi chu, ebuyela esitishini, ezakulinda ibhasi eya eGoli, engakhangeleki ngathi kukhonto imbi nel-isikizi ayenzileyo.

Kungakhange kube kudala, baqalisa ukufika abasebenzi be-sitishi saseBotriver, kufika kuqala aba bacocayo. Wababukela uSibabalwe befika, benxiba izinxibo zabo zokusebenza, bequbula imitshayelo namalaphu. Kungekudala neofisi yamatikiti yavulwa, uSibabalwe wangena wathenga elakhe eliya ePark Station eGoli. Emva koko walindela ixesha lokunduluka kwebhasi.

Ngecala emva kwentsimbi yethoba yafika ibhasi kaSib-abalwe esitishini, kwacaca futhi ukuba izokulanda yena yed-wa apha eBotriver, kuba kwakungekho mkhweli ungomnye. Ngaphandle koko, enye into eyayizakulayishwa kulebhasi yiposi yengingqi yaseOverberg, nayo eya eGoli neziphaluka.

USibabalwe ngesiqhelo uthe akungena ebhasini waqonda kwisihlalo esisemva, nathe akaphozisa maseko ukusiguqula sibe yindawo yokulala. Waqaphela ukuba ikhona imbinana yabakhweli ebhasini, kodwa wazimisela kwinto yokuba kweli ityeli akafuni kuba nancoko namntu kulebhasi. Phofu nabakhweli ngokwabo benza ngathi abomboni lomfo ungena ngathi uxwaye impazamo, kuba ubuso ebugqume ngepom-pom, ingakumbi xa bembona ezilungiselela indawo yokuhlala emva webhasi, endaweni yokubaxhomisa.

Ngentsimbi yeshumi entloko yaphuma ibhasi esitishini saseBotriver. USibabalwe, ehleli ecaleni kwefestile, wayibo-na landawo afihle kuyo isithuthi sikaEdward, wamangala ukuba kuzakuthatha ithuba elingakanani abasemagunyeni bayibone. Yaphuma ibhasi eBotriver, ihamba ngendlela uR43 ijonge kwidolophu yase Villiersdorp. Wawavala amehlo akhe uSibabalwe phantsi kwepompom yakhe, efuna ukuzikisa ukucinga ngezintoyinto.

INQAKU LESITHANDATHU

Ithe ukufika kwayo ibhasi kwidolophu yaseLaingsburg, yakhe yemisa, abakhweli bavunyelwa ukuba bakhe bolule imilenze. USibabalwe naye uthathe elithuba wazithengela amaphephandaba. Uthe engena nje ebhasini ebuya evenkileni, wawanabela amaphepha ehleli emva ebhasini, enomdla wokuva ukuba amaphepha athini ngaye mva nje. Uthe esakubona ukuba akukhonto ingaye kula anamhlanje amaphepha, umdla wakhe waguqukela kwindaba ezingopolitiko.

Waqaphela izinto ezininzi, ingakumbi into yokuba uMongameli welizwe usezindabeni rhoqo, akukhathaliseki nokuba wenza ntoni. Wayiqaphela ngomdla omkhulu nento yokuba kulamaphepha onke kuyakhalazwa ngabantu. Abanye bakhalezela ukungabinamanzi, umbane, ugutyulo lwelindle, imeko emaxongo yeendlela, ukunqaba kwamayeza kuzo zonke izibhedlele, iikliniki ezikude, amaxabiso angafikelelekiyo ezivenkileni, izinga lokunqongophala kwezindlu nokwanda kwemikhukhu, izinga eliphezulu lobugebenga, intswela ngqesho ephezulu ingakumbi kulutsha, kunye nezinga elixhomileyo lokuyotywa ziziyobisi. Wade wavakala ezibuza uSibabalwe, "Hey madoda! Kanti esisibhanxa sizenza uMongameli endaweni yam senza ntoni ngezingxaki zingaka?"

Waqhubeka efunda, eqaphela ukuba iindaba zamanye amazwe zibushokoxeka kula wanamhlanje amaphepha, ngaphandle nje kwamanqaku ayimbinana malunga neOlympics

zaseBarcelona, ukunyulwa kukaBill Clinton njengeRhu-
luneli yaseArkansas, nezinye izinto ezingenamdla kangako.
Wawafunda uSibabalwe lamaphepha, ewathele chu, wambi
ewaphinda, ukuhamba kwexesha, nokwebhasi engakuva.

Wothuka ekuseni ngoMgqibelo, xa umqhubi webhasi,
nowayezazise njengo Kobus Maree, esenza isibhengezo
sokuba ibhasi ifikile kwisikhululo saseGoli esaziwa ngokuba
kusePark Station, eyalela ukuba wonke umntu aqokelele
okwakhe ehle.

Wagxidika naye uSibabalwe apha, eziva ediniwe, nobuso
buvakala bundindisholo. Ngaphandle koko, wayeziva ephilile,
nexesha lokuphumla ebhasini wayelifumene ngokwaneleyo.
Kuyo yonke lendlela isuka eBotriver wayengakhange aphaz-
anyiswe ngumntu, nangona ke yayikhona imingqandandana
eyayisela utywala, ifuna ukuncokola nomntu wonke. Nayo ke
lo mingqandandana yayisithi xa ijonge uSibabalwe enxibe ip-
ompom, ibuye umva, icingela ukuba lomfo uxwaye impazamo.

USibabalwe ekunye noEdward Prins, babeyivelele inkalo
yokuba uzakuyichaza njani into yobuso bakhe, ukuba kuthe
ngasizathu sithile kwanyanzeleka ukuba ayikhulule ibhalak-
lava. Bacebisana ngelithi uSibabalwe kufuneka athi, ubuso
bakhe bunekhwekhwe, elenziwa kokuthile umzimba wakhe
ongakufuniyo, kwaye elikhwekhwe liyosulela.

USibabalwe uthe egqiba nje ukwehla ebhasini weva ukuba
kubanda enye indidi eGoli. Nangona wayengakhange eve
ezindabeni, wayethekelela ukuba izinga lokubanda lingezan-
tsi kwesihlanu kwisikali sikaCelsius. Phofu yamnceda into
yokunxiba ibhalaklava, sele ekhangeleka ngathi uyihlaka-
niphele lengqele yaseGoli. Wababukela nabanye abakhweli
beyivula ngokungxama imithwalo yabo bekhangela ooD-
lamini babo!

Emva kokuba ehlikile ebhasini, uSibabalwe wakhawuleza
wakhangela iitaxi eziya ngaseKagiso, apho wayezakufumana
eziya eSwaneville. Kodwa phambi kokuba aphume esikhu-

lulweni waqonda ukuba makaqale abuzise ngoololiwe abaya eKrugersdorp. Emva kokulaqaza ekhangela, wabona indawo apho imibuzo yabakhweli iphendulwayo khona, wasondela. Uthe akufika kulendawo, lambuza igqiyazana elisebenza apha, egama layo linguDineo Mokoena, "*Nka go thusa ka eng, abuti?*"

USibabalwe wayengasithethi iSetswana, kodwa waqajisa ukuba elinenekazi limbuza ukuba lingamnceda ngantoni. Waphendula esithi, "Uxolo dadewethu, ingaba ukhona ululiwe oya eKrugersdorp, uphuma ngabani ixesha?"

Esakuva ukuba bonke oololiwe abaya eKrugersdorp naseRandfontein baphuma rhoqo ngeyure, bephumela kumgangatho 13 osezantsi, uSibabalwe wagqiba kwelokuba akhe afumane into etyiwayo kuqala, kuba enyanisweni ebengakhange atye oko emke eBotriver ngezolo. Wayenexhala ke futhi lokuba kulomkhukhu ayakuwo kaAmandla wayengazi nokuba uzakifika kukho ntoni na etyiwayo, ntoleyo eyamenza ukuba asele ethenga izinto ezimbalwa ezingafuneka xa efika eSwaneville, kuquka nempahla zokunxiba ezifana neebhulukhwe, izikipa, iijezi ezishushu kunye nempahla yangaphantsi.

Kwalile ngecala emva kwentsimbi yeshumi, uSibabalwe wasondela kumgangatho 13, kuba efuna ukulinda ululiwe ophuma ngentsimbi yeshumi elinanye. Eneneni kwathi xa kubetha ixesha lakhe, wafika ululiwe, wakhwela uSibabalwe. Uhambo olu lwaluzakuthatha nje imizuzu emalunga namashumi amabini anesihlanu. Wabukela uSibabalwe ehleli ngasefestileni, ululiwe ethe echu kakuhle edlula iindawo ngendawo zesixeko saseGoli, kuquka indawo zamashishini, indawo apho kuhlala khona izinhanha, kunye neelokishi.

Nangona wayengengomntu ofane athabatheke zizinto ezinobunewunewu, uSibabalwe waziva elincoma igalelo elenziwe ngabantu ekwakhiweni kwedolophu yaseGoli. Konke ukusuka embindini weGoli ngokwalo ukuya kwiziphaluka ezifana nedolophana yaseRoodepoort, ukuyokutsho ngendawo yamashishini iChamdor, uloliwe yayingathi uhamba kwisixeko esinye esidibeneyo, kungekho ndawo kungakhiwanga kuyo.

Kwelinye icala ke kodwa, uSibabalwe wayenolwazi ngento yokuba ngaphaya kobubunewunewu kwakukho ingxaki ezininzi nekunzima ukuzilungisa, ingakumbi ukungalingani kwentlalo yomntu ontsundu neyomhlophe. Wayezimisele ke urheme ukuba yena njengoMongameli uzakuyilungisa lengxaki! Kodwa kwayena waphinda wazibuza ukuba uzakukwazi na phofu. Lombuzo wamenza ukuba azimisele ukwenza icebo elililo malunga nendlela azakuthi alungise eli lizwe xa enguMongameli!

Kuthe xa ixesha lisithi licala emva kwentsimbi yeshumi elinambini emini emaqanda, wafika uloliwe kaSibabalwe es-ikhululweni saseChamdor, kude kufuphi nelokishi yaseKagi-so, nalapho wayezakuhlika khona. Kufutshane nesisikhululo esi kwakukho indawo ekumisa kuyo iitaxi eziya kwindawo ngendawo ezikufutshane naseChamdor, kuquka iKagiso, iMunsienville, isibhedlele saseLeratong kunye neSwaneville, apho uSibabalwe wayesiya khona.

Kwangokukhawuleza uSibabalwe wayifumana itaxi eya eSwaneville, wahlala ngaphambili ecaleni komqhubi. Wathi kuba engafuni kwa ukuthetha, wadlulisa umbhalo omfut-shane kumqhubi, owawubonisa ukuba ufuna ukwehlika xa itaxi ifika ngakwa 871 Nocawe Street, eSwaneville. Nomqhubi wanqwala, eyiqonda into yokuba abanye babakhweli bakhe ngabantu abangafuni kwaziwa, kuba ebona nebhalaklava le ithwelwe nguSibabalwe, watsho futhi wayaleza kumntu wonke osetaxini ukuba imali yetshintshi uzakuyibala ngok-wakhe namhlanje!

Kuthe xa kubetha intsimbi yokuqala emva kwemini, yafika itaxi kaSibabalwe eSwaneville, futhi umqhubi wayizisa ngqo phambi kwendlu e871 Nocawe Street. Emva kokuba imisile, umqhubi, nogama lakhe yayinguBhiza, elityendyana nje elineminyaka engafikanga kumashumi amabini anesihlanu, ngokokuthekelela kukaSibabalwe, wathetha ngesitsotsi esithi, *"Sesfikile Grootie, usungang' gay' inyuku yami ke manje."*

NoSibabalwe noko njengamfana, oluhlobo lokuthetha wayelwazi nangona lwalahlukile kolwaseKapa, wakhupha imali efunwayo, akugqiba wathatha umgodlwana wakhe waphuma eteksini, engakhange athethe namntu ngomlomo.

Kungekudala, uBhiza wemka netaxi yakhe, eshiya uSibabalwe emile phambi kwamasango omzi wakwa 871 esitalatweni iNocawe. Wakhe wema uSibabalwe, ewujongile lomzi, ngaxeshanye engafuni ibonwe into yokuba akawazi. Waqaphela ukuba umzi lo awukho mkhulu, ethekelela ukuba unamagumbi amabini kuphela, kodwa urhanqgwe ngamatyotyombe abonakala emathathu ukuya kwisine.

Wavakala ethetha yedwa uSibabalwe, "Hey ingathi izaku-ba yingxaki ke ngoku lento! Ndizakuyazelaphi ukuba leliphi ityotyombe likaAmandla apha xa engaka?"

Kodwa wathi esazibuza, kwavela inkwenkwana ethi mayibe neminyaka elishumi elinesihlanu, iphuma kwelinye lalamatyoty-ombe, kubonakala ukuba xa ibona yena ibona umntu ecinga ukuba iyamazi, kuba yavela seyikhwaza isithi "Hola Ta-Power! Heita Grootman! Uvela phi?! Kunini sakugqibela!"

Naye uSibabalwe uthe xa ebona ukuba lentwana iyamazi, wazekwa mzekweni esithi, "Eish eish ntwana yam, lide ibali! mfowethu! Nceda undiphathise lomthwalo wam."

Lenkwenkwana yakhe yamjonga uSibabalwe, ingathi kuk-ho engaqinisekanga ngako, ekugqibeleni yathi, "Hey kodwa ikhona maan into etshintshileyo ngawe Bra! Ivoice yakho isounda strange!"

USibabalwe wancuma nje akaphendula. Yayimvuyisa into yokuba lentwana ibe ngathi iyamazi, kuba lonto yayithetha ukuba uEdward Prins, gxebe uDr Robert Schoeman wenze umsebenzi okwizinga eliphezulu kwinzame yakhe yokuguqu-la uSibabalwe abe nguAmandla!

Wade waphendula uSibabalwe esithi, "Ag ndidiniwe eyona nto ingamandla, akukhonto ingalunganga ngam. Nceda ke ufake zonke ezizinto kulandlu yam, nasi isitshixo."

Hayi ke, nenkwenkwana yasithatha isitshixo yaya apho yazi ukuba sivula khona, ngalo lonke eloxesha uSibabalwe ejongile, eqaphela ukuba lentwana yayikuqhelile ukuvula lendlu. Mhlawumbi yayingumhlobo kaAmandla bethu, wazibuza, kodwa evuyiswa yile yokuba lentwana imbonisile apho amele kuya khona.

Ithe lentwana isagqiba ukuvula kwelityotyombe likaAmandla, uSibabalwe weva ngelizwi lowesifazana nalo liphuma kwelinye lalamatyotyombe, likhwaza lentwana lisithi, "Hey wena Mpumelelo! Kanti ungumnt' onjani! Ungathini ukushiya istovu sivutha nje sodwa?"

Isakuva ikhwazwa ngoluhlobo, lentwana yawulahla phantsi umthwalo kaSibabalwe, yaphuma ixhabashile. Waqajisela uSibabalwe ukuba mayibe ngumama wayo lentwana lo ukhwazayo, wafunda ke futhi ukuba igama layo nguMpumelelo, ntoleyo yamncedisa ekubeni angaphindi alibuze igama layo lentwana, kwakhona!

Ukuphuma kukaMpumelelo engxamile, esabela ukubizwa ngumama wakhe kwamshiya uSibabalwe emi yedwa, kwityotyombe lakhe. Wakhe wamathidala umzuzwana, efuna into angayaziyo, kodwa engabonisi ukuba uyakuthakazelela ukubalapha. Wakhe wema, wayijonga lendlu, kungekho solotya aliphosayo. Ngokuba ebona, kulendlu kwakukho imbinana yempahla yendlu, kuquka ibhedi yentsimbi enomatrasi osisiphonji, elingene umntu omnye, kwaye yayingondlulwanga, nangona wayezibona iingubo namashiti zisongiwe zabekwa phezu kwebhedi le. Kwelinye icala lendlu kwakukho itafile encinci, phezukwayo kukho iprimus stove, iimbiza zakwaHarts, izitya kunye neekomityi.

Ecaleni kwebhedi kwakukho isigcinimpahla sentsimbi esifana nezasehostele zasemgodini, phofu wathi naxa esivula

esisigcinimpahla wabona ukuba kujinga impahla yokuseben-
za emgodini, ezifana neeoverolo, igumbhutsi, nomakarabha,
ntoleyo yayicacisa ukuba uAmandla wayengumsebenzi
wasemgodini. Apha phantsi umgangatho yayingowesamente,
ugqunywe ngetapeti ethi mayibe luhlaza ngombala.

USibabalwe uthe akuzanelisa ngobume balendlu, wachola
umthwalo wakhe obulahlwe nguMpumelelo phantsi, wakh-
upha impahla zakhe, elungiselela ukuzifaka apha kwesisig-
cinimpahla sinempahla kaAmandla. Wayengacwangcisanga
kwenzanto ingenye emva koko, efuna nje ukuvula umtyhi
kulendlu, ukuze akwazi ukulala.

Waqaphela ke futhi ukuba akukho ndawo yokuhlamba
apha, kwaye kungekho nendawo yokuzithuma. Emva kwe-
cango kwakukho ipheyile, awathi wathekelela ukuba uA-
mandla wayelisebenzisela ukuhlamba. Indawo yokuzithuma
yona wayiqonda ukuba iphandle, futhi isetyenziswa ngabo
bonke abanamatyotyombe kulomzi, ingumnikazi mzi yedwa
onazo zonke ezimfuno phakathi endlini.

Ngelingeni uSibabalwe wagqiba ekubeni yonke into ngel-
ityotyombe likaAmandla yamkelekile kuye, watsho ezixelela
ukuba nayiphi na into efuna ukulungiswa uzakuyijonga
ngomso emva kokuba ephumle ngokwaneleyo. Into eyayip-
hambili kuye kukuba osule ubuso bakhe, athambise amachiza
ebewanikwe nguEdward, emva koko angene ezingubeni.

Apha ecangweni lesigcinimpahla kwakukho isipili, athe
uSibabalwe wazijonga kuso. Wakhe wazijonga, ezibhencab-
henca, ebucofa ubuso bakhe, kubonakala ukuba nangona
kusendindisholo, kodwa noko buyaphola. Waziva ethetha
yedwa esithi, "Hayi ke Amandla, sikwesakho namhlanje,
makhe sibone ke ukuba uphila kanjani!" Watsho esenza
lamithambo ebexelelwe ngayo nguEdward.

Uthe kanye xa ezakulala uSibabalwe, weva kunkqonkqoz-
wa emnyango. Wathi esathingaza, kuba ebezixelele ukuba
yena akananto imdibanisa nabamelwane, kwangena ineneka-

zi elisisidudla, linxibe idyasi yasebusuku, kubonakala futhi ukuba aliyiqhelanga into yokunkqonkqoza lingavulelwa. Lo ke yayinguNomaswazi Khoza, ebizwa uMakhoza ngumntu wonke. Apha kulomzi kwakukwakhe, kwaye wayebonakala ukuba ufixekile ngumsindo, kuba wathi engena nje wabe esithi, "Hey wena menemene ndini lebhedengu! Iphi imali yam? Ndifuna imali yam yonke ngoku, okanye uphume uphele kwam, ngabo obubusuku!"

"Yimalini iyonke mama?" Wabuza uSibabalwe, epholile. Lombuzo wakhe wambhida uMakhoza, kuba ebelindele imfazwe noAmandla Khumalo, hayi into yokuba asuke abuzwe iisum!

"Hayi kaloku Amandla, jonga bhuti, musa ukuzenza isibhanxa! Imali yam ndiyifuna yonke, ingamawaka amabini agcweleyo. Andifuni mabali, uyandiva?" Watsho uMakhoza.

"Kulungile wethu mama, ndiyaxolisa kakhulu. Bendikhe ndabambeka zezinye izinto. Bamba nantsi imali yakho" watsho uSibabalwe ekhupha imali esisikhaxa seeponti ezilushumi, engayibalanga, futhi kubonakala ukuba ingaphaya kwamawaka amabini.

Uthe nje ukuba uSibabalwe asolule isandla, uMakhoza wayixhwila loomali esandleni sikaSibabalwe, kucacile ukuba uxhalele ukuba uSibabalwe angabi sayibala. Emva koko wangxola, ngomsindo obonakalayo ukuba uyanyanzeliswa, esithi, "Nazo nje, uzuphinde! Ndiyakubona ukuba ucing'ba ndandizodlala kweliGoli! Uzuphinde nje ungandiniki imali, uzakuwukhomba umzi onotywala!" Wagqwashula waphuma uMakhoza, eshiya uSibabalwe enikina intloko, ebuyela ebhedini.

Emva kwalombodamo noMakhoza, uSibabalwe wahlala etyotyombeni likaAmandla, iintsuku zahamba engaphazanyiswa mntu. Wayephuma nje ngeloxesha xa kukho into efunisa ukuba aye phandle, nalapho ephuma ngorhatya.

Kwalile kusuku lwesithoba ezivalele etyotyombeni, uSibabalwe weva kukhwazwa phandle esitalatweni, kusetyenziswa umboko wokukhwaza. Wathi xa ejonga ixesha, wafumanisa ukuba kuyimizuzwana nje phambi kwentsimbi yesibini emva kwemini, kwaye kwakungeCawe. "Mhlawumbi kubizwa intlanganiso yeCawe" watsho uSibabalwe ezithethela.

Wathi makakhe ajonge ngefestile le yetyotyombe, eyayilapha ecaleni kwebhedi le angqengqe kuyo. Wabona ukuba kukho inqwelomafutha eyibhaki eluhlobo lweDatsun kwaye phezu kophahla lwayo kuxhonywe imiboko emikhulu emibini. Ngaphakathi kulenqwelomafutha kwakuhleli amanenekazi amabini, elinye liqhuba, ngelixesha elinye lithetha embokweni, lisithi:

"Maqabane! Niyacelwa ukuba nize entlanganiseni yabahlali ngalemvakwemini, phaya eholweni. Umcimbi ophambili ngamalungiselelo entlanganiso yonyaka yeADM, kwakunye neminye imicimbi edla umzi."

Wathi akuva igama elithi ADM waxhuma uSibabalwe ebhedini! Wamamela kakuhle, esiva ukuba lentlanganiso izakuqala ngentsimbi yesithandathu malanga, iqhubekela phaya eSwaneville Sports Complex. Wayengayazi nokuba yindawo ephi leyo, wayezimisele nje kwinto ethi le intlanganiso ayizikumphosa.

Wakhawuleza wahlamba, wanxiba impahla ecocekileyo, ibhulukhwe eyijini, iskipa, ijezi kunye neteki. Akugqiba waphuma phandle, wakhwaza uMpumelelo, owayedlala apha phakathi kwalamatyotyombe. Akusondela uMpumelelo, uSibabalwe wathi kuye, "Hey Mpush, iphi lentlanganiso kuthethwa ngayo apha?"

Waphendula uMpumelelo ngelithi, "Ise Complex Grootie." Watsho ekhomba nje ngokungacacisiyo.

USibabalwe waqaphela ukuba uMpumelelo ulindele ukuba abe uyayazi 'iComplex'! Waqonda ukuba makangabi sabuza kwakho. Wazixelela ukuba uzakuya ngakweli cala umnwe kaMpumelelo ubukhomba khona, aphinde abuzise kwabanye abantu.

Eneneni kwathi kanti esisakhiwo sineholo loluntu lwaseSwaneville sikumgama ongekude kutheni ukusuka kwisitalato saseNocawe. USibabalwe wahamba into ephaya kwishumi lemizuzu emva kokuba ebuzisile emntwini ukuba iholo lindawoni. Wafika kusashiyeke iyure ezimbini zonke phambi kokuba intlanganiso iqale, phofu wafika selebekhona abantu abambalwa nabo abeze kulentlanganiso yanamhlan-je. Kodwa ke wazixelela ukuba elixesha uzakulisebenzisa ngokuthi afunde amaphepha angeCawe, nawayewabona ethengiswa kufutshane neholo eli.

Uthe esaqala ukufunda elinye lalamaphepha, wakhawule-za walibona inqaku elibalisa ngokufunyanwa komzimba owonakeleyo kwisikhululo saseBotriver. Inqaku laliqhubeka lisithi kukrokreleka ukuba lo ngumzimba womakhi wezindlu, nothe wabalixhoba lokukhuthuzwa imali ebeyiphethele ukuhlawula imivuzo yeveki yabasebenzi bakhe.

Ngecala emva kwentsimbi yesihlanu, iholo yaseSwaneville yayisele igcwele ime ngembambo, kwaye besangena ngakumbi abantu. Abantu abaninzi babehleli kwizitulo zeplastiki, abanye bemi ngenyawo ngasemva, ukanti abanye babesihla benyuka, bevuma amagwijo omzabalazo. USibabalwe yena wayekweli qela lihleli phantsi, elinde ngomonde ukuqa-la kwentlanganiso.

Ekungeneni kweholo kwakukho amanenekazi amabini, ehleli emva kwetafilana egqunywe ngelaphu elinemibala yeADM, kwaye nabo babenxibe izikipa zeADM, bebhalisa abantu abangenayo eholweni, futhi benikezela nangamaphe-pha obulungu beADM. Nangaphakathi, entla kwakukho iqonga lezithethi, nalo ligqunwe ngeziziba zeADM.

Emva nje kweshumi lemizuzu ibethile intsimbi yesithandathu, yaqala intlanganiso yabahlali baseSwaneville. Ilungu eliphezulu leADM, elaziwa ngoComrade Sakhiwo, lakhwela eqongeni, laqala ngokwenza imikhwazo yeADM, lisithi, "Viva ADM viva! Phantsi ngongqondo bugqwirha phantsi! Emva koko uComrade Sakhiwo wasiphakamisela phezulu isandla, ngelicela inzolo.

Kuthe kwakuthuleka, wathi, "Enkosi maqabane. Masingabi sachitha xesha. Nangona sinomba omnye kuphela kwiagenda yethu, nditsho ke lomba wokuziswa kwenkonzo eziphucukileyo apha kulelokishi yethu. Ininzi ke into ethethisayo ngalomcimbi, nefuna ukuba sizinike ixesha elaneleyo. Siyifumene nembalelwano evela kunobhala wengingqi, ethi zonke iintlanganiso zonyaka zeADM apha kulengingqi yethu zihlehlisiwe, ngenxa yokuba inkqubo yokuqinisekisa ubulungu bamalungu ayikagqitywa. Kungesosizathu ke nibona sinomba omnye kuphela kwiagenda yethu namhlanje. Ngoko ke, namhlanje sizakuvulela umphakathi waseSwaneville ukuba wenze iziphakamiso zawo malunga nezinto ekufuneka zenziwe ngokukhawuleza ukukhawulelana nophuhliso lwale ndawo. Siyenza ke lento sinenjongo yokuba sibenecebo lomphakathi elinye. Ndiyabona ukuba izandla seleziphakamile. Ndiyakubona Cde Zikhona."

Eneneni waphakama uCde Zikhona, imbishimbishi emfutshane enesisu esikhulu esinesipejeje, eyokozela zizinxibo nemibala yeADM, wasondela embokweni wathi, "Enkosi sihlalo. Ngokwenene apha eSwaneville sinengxaki hayi nje. Zonke izitalato zethu zinemingxunya, azihambeki. Kuphela iintsuku amanzi engekho. Hayi maan iyafuna sikhe siyiphakamele lento, ingakumbi thina malungu eADM! Nenkunkuma ihlala iiveki ingaqokelelwa!

Emva koCde Zikhona, wonke umntu waphakamisa isandla efolele ukuthetha, bonke bephindaphinda into enye, ubugxwayiba beenkonzo eSwaneville. Yaqhubeka lentlanganiso ixesha elide, uCde Sakhiwo nabancedisi bakhe bethule, bethatha amanqaku, futhi bekhomba naye nabanina ofuna ukuthetha.

Ngalo lonke elixesha, uSibabalwe wayemamele ngomdla kuye wonke umntu othethayo, ekwakuthekeleleka ukuba bangaphaya kwamashumi amathathu abantu asele bethethile, bonke bekhala nangento yokuba isikhokelo seADM asiqhakamishelani kakuhle nabantu, kuba kwaneentlanganiso ezimila kunje zazinqabile, nomsebenzi wesebe le ADM eSwaneville wawungaphathekanga kakuhle.

Ngalo lonke elixesha umntu wonke ethetha, uSibabalwe wayebhala phantsi yonke into ayivayo, eqaphela ingakumbi amagama abo bonke abathe baphakama bathetha, kwakunye nazo zonke izinto ababeziveza. Kwathi kwakucaca ukuba wonke umntu uthethile, kuba kungasekho zandla ziphakamayo, waphakama uCde Sakhiwo wathi, "Eh maqabane, ingathi sifikelele esiphelweni sentlanganiso yethu ngoku, kuba ke ndiyabona ukuba akusekho zandla zifuna ukuthetha. Phambi kokuba ndiyivale ndizakwenza isishwankathelo, ukuze izigqibo zethu zicace."

Uthe uCde Sakhiwo engekagqibi ukuthetha, waphakama uSibabalwe, wathetha futhi engekanikwa nemvume, wathi, "Eh maqabane, igama lam ndinguAmandla Khumalo, ndihlala e871 eNocawe. Ndiphakamela ukuxhasa onke lamaqabane ebethetha apha. Ezizinto bebezichaphazela azinakuqatshelwa nje, zishwankathelwe. Ezizinto zifuna kusetyenzwe ngazo, ngoku, hayi ngomso. Apha besingazelanga ukuba sithethe nje sakugqiba sigoduke. Besingezanga apha ukuzokuthulula iimbilini zethu zesithi sakugqiba siyokulila ezindlwini zethu. Besize apha kuba sifuna ukufuthelana ngomalibelinye. Ukuba ukuthetha ibikukuphela kwento esifuna ukuyenza ngesisuke sahlala ezindlwini zethu sabukela uThe Bold and the Beautiful. Asinalo ixesha lokulinda ukuba imozulu ibentle. Izidingo zomphakathi waseSwaneville zifuna ukuhoywa ngoku, ngokuhlwa nje! Ndifuna ukuniva nisitsho emva kwam, ndithi masiphakameni ngokuhlwa nje, nini?"

Kwatsho umntu wonke ngaxeshanye, "Ngokuhlwa nje!"

USibabalwe wawuva umfutho wabantu eholweni, waqhubeka esithi, "Ngoko ke maqabane ndivumeleni ndinibuze. Nithi izindlu nizifuna nini, namhlanje okanye ngomso?"

Yabuya impendulo kumntu wonke eholweni ngaxeshanye, "Namhlanje!"

Waqhubeka uSibabalwe, "Nithi lemingxunya ikwezi ndlela zethu mayingcitywe nini? Ngomso okanye namhlanje?"

Yabuya kwakho impendulo yabahlali, "Namhlanje!"

Waqhubeka kwakho uSibabalwe, "Lombane ungekhoyo, ezizikolo zingekhoyo, ezikliniki zingekhoyo, nithi ezizinto mazibekho nini? Ngomso okanye namhlanje?"

Yabuya kwakho impendulo yabahlali isithi, "Namhlanje!"

Waqhubeka uSibabalwe, "Ukuba ke kunjalo, phendulani lo umbuzo, xa niphuma apha niyaphi? Ebhedini okanye esitalatweni?"

Yabuya kwakho impendulo yabahlali ngodlwabevu, "Esitalatweni!"

Ngelixesha kwakusekucace nakuthathatha ukuba uCde Amandla uwutsalele kuye umdla wabantu, wamenza usihlalo, uCde Sakhiwo akabisabonakala. Iholo lonke laliduma, kuvunywa ingoma eqanjwe buphuthuphuthu, ethi, "Sikhokele Cde Amandla!".

Waphinda waphakama uSibabalwe, kwakhona engalindanga kukhonjwa, wathi, "Maqabane, masimbonise lorhulumente ukuba thina asingomaxhoba. Xa sibeka iimfuno zethu asingqibi, asiceli malizo, kwaye asifuni kukakazwa njengabantwana. Imeko yethu yokuhlupheka ayisiphucanga inkululeko yethu. Namhlanje ndifuna ukuba simbonise urhulumente ukuba nathi sinawo amandla. Xa siphuma apha kweliholo, masiqubule imihlakulo sidibe yonke lemingxunya isezitalatweni zethu. Masenze amaqela ngamaqela, iqela ngalinye lihlasele isitalato salo. Ngomso xa kuvukwayo, abantu kufuneka bawubone umsebenzi esiwenzileyo. Abo, phakathi kwenu, banoqhakamishelwano noonondaba, baxeleleni beze eSwaneville bazobona umsebenzi wabantu. Ukuba siyakwazi ukuyenza lento, kuzakuba lula ukuba simameleke kwabasemagunyeni. Masiyeni ntozakuthi. Qubulani imihlakulo, iipeki kunye neehamile. Abanesamente mabeze nayo. Emsebenzini maqabane!"

Uthe nje ukuba agqibe ukuthetha uSibabalwe, yahlokoma yonke indlu, yangathi kuwa amaqhekez' engqele kanti zizandla ziyaqhwatywa. Yangamakhwelo ngapha, ngaphaya yangamayeyeye, kukhala u'Viva Cde Amandla!' Usihlalo, uCde Sakhiwo wakhawuleza wayifunda imozulu eholweni, waphakama wathi, "Maqabane, kuyacaca ukuba isigqibo esisithathayo namhlanje sesithi, xa sisonke kweliholo masingeneni entsimini ngokuhlwa nje. Futhi siyawuxhasa umbono kaCde Amandla othi masisekeni amaqela, ukuze iqela ngalinye lihlasele isitalato salo. Sithi ke, namhlanje akulalwa, kuba yonke lento sithi mayenzeke ngokuhlwa nje, kuse yenzekile!"

Baqhwab' izandla abahlali, bevumelana nesishwankathelo sesigqibo. Wavakala uCde Sakhiwo, ethetha ecaleni ebhekisa kugxa wakhe awayehleli naye etafile, wathi "Hey mfondini ingathi siqhutywa ngamageza ngoku straight! Ngowasendimangeni lo umsebenzi!"

Ethubeni baye baphuma abantu baseSwaneville eholweni bangena esixekweni. Ngomfutho omkhulu, babonakala begoqoza ubusuku bonke, kukhal' ipeki, kukhal' umhlakulo, bambi becoca imfucumfucu esesitalatweni, kuhlekwa kumnandi, bekho nabambombayo besithi "Hayi maan, ayinakuba ayiphambenanga kodwa lento siyenzayo!"

Nosomashishini omkhulu waseSwaneville, uNgadlangadla xa bembiza, owayenodederhu lweevenkile ezithengisa izixhobo zokwakha, waphisa ngeengxowa zesamente. Wathi nobengayanga entlanganisweni wakhawuleza wawubamba umcimbi, wazekwa mzekweni. Kwasa gede abantu besebenza.

Lathi liphuma elilandelayo ilanga kwabe eSwaneville kukhangeleka ngathi bekungene isitshingitshane sagutyula bonke ubumdaka belokishi. Abaqhubi beenqwelomafutha, ingakumbi oonotaxi, babengawuvali umlomo kukusulungeka komsebenzi owenziweyo ekulungisweni kwendlela. Bafika nabo oonondaba bawudumisa umsebenzi wabahlali baseSwaneville. Kwaduma namarhe malunga nenkokheli entsha yaseSwaneville, egama layo lingu Cde Amandla Khumalo, esebenza ingadinwa ngathi ligeza!

Embuthweni iAfrican Democratic Movement laphuhla kwaye lagqama igama lika Cde Amandla. Kwakhawuleza kwacaca ukuba abantu bayamthanda, bemthemba futhi ukuba imfuno zabo uzakuzilandela, bethanda nalento ingathi kwakungekho nto kuthiwa akafuni okanye akakwazi kuyenza.

USibabalwe naye wawuva lomfutho wothando uvela ebantwini, futhi wazimisela ukwenza nangakumbi, ephembelelwa ziinkumbulo zencoko yakhe nomfi uHlathi. Maxa wambi wayede alilandele igosa likarhulumente, ahlale ubusuku bonke ecaleni komzi walo, esenza isimbonono, efuna lothuke futhi loyike, ukuze liwukhathalele umcimbi wabahlali baseSwaneville.

Kwathi ngokuhamba kwexesha, lwakhula uxanduva alunikwa yiADM. Kwathi kuba kuqapheleka ukuba unomtsalane kakhulu ebantwini, wanikwa uxanduva lokukhankasa, ukuhambela amakhaya ecacisa inkqubo zombutho, ukulandelela izikhalazo ezisezandleni zikarhulumente njalo njalo.

Kungekudala, izinga lokuxakeka lamkhulela uSibabalwe. Waqonda ukuba makazithengele inqwelomafutha. Emva kwethutyana nje ekhangela kwivenkile zaseKrugersdorp, wakhetha iVW Jetta eyayingekhontsha kraca, kodwa yomelele. Wayeyisebenzisa ke lenqwelomafutha uSibabalwe ngokungathi uyithengele iADM. Amaqabane eADM aseSwaneville ayeka ngoku ukukhwela iitaxi okanye bacele ukukhweliswa ngabanye xa behambela iintlanganiso zeADM ezisenqileni nasephondweni. Nokuba kufuneka kuyiwe ePitoli kwiiofisi zikarhulumente, kwakuhanjwa ngaleJetta ka Cde Amandla.

Emva konyaka uSibabalwe egajaza esebenzela umbutho noluntu, kwathi kwintlanganiso yonyaka yeADM, eyayiban- jelwe kwakula Sports Complex yaseSwaneville, wonyulwa njengosihlalo wesebe laseSwaneville, enyulwa engaphikiswan- ga, kuba uCde Sakhiwo wazibona sele egaxeleke kumkhuba wokuhliswa ngomlenze kweemali zokwakhiwa kwezindlu eSwaneville. Nangona kwakungekho bunyani kwezizity- holo, ukufika kwazo koonondaba, ngendlela engaziwayo, kwanyanzelisa ukuba aphume kugqatso labanyulwa uCde Sakhiwo. Xa eyibalisa lento koogxa bakhe, uCde Sakhiwo wayenaso isityholo esithi ukukhutshwa kwakhe esihlalweni kwakunuka impembelelo kaCde Amandla, nangona way- engenabungqina boko.

Ekhumbula into eyakhe yathethwa nguHlathi kulaa mtyangampo wencoko ababenayo, malunga nokubaluleka kweethenda kwimiba yepolitiki zakweli, uSibabalwe waye waseka eyakhe inkampani, wayibhalisa kumzi wakwaCIPRO phantsi kwegama elithi 'IT for Freedom CC'. Kungekudala emva koko, waqalisa ukwenza izicelo zomsebenzi phantsi kwalenkampani, kwaye wayifumana imisebenzi, ingakumbi enobuchwepheshe beIT, ngenxa yendumasi yakhe.

Emva koko, kwisithuba nje esingangeminyaka emibini, wasisinhanha uSibabalwe, esinento efikayo phaya kumakhu- lu amahlanu ezigidi zeranti ebhankini yakhe. Waseka nezinye iinkampani kumacandelo ngamacandelo, kuquka icandelo lokwakha izindlu, elokupheka nelokupapasha iincwadi.

Kodwa kunjalo, akafuna ukumka eSwaneville ayohlala kwizindlu zikanokutsho kwindawo ezifana nooSandton, ooBryanston, ooMorningside njalo njalo. Endaweni yoko, wahlala kwaMakhoza, ewusebenzisa lomzi njengesigqubu sakhe sepolitiki, futhi ebhatala irenti ephezulu, ngokuzithandela, evuyisa kanobom uMakhoza.

Nangona uSibabalwe wayesisityebi, wayengabonakilisi ukuyazi nokuyikhathalela into yokuphila ngendlela ebonisa ubutyebi. Wala ukubuguqula ubomi bakhe, ezixelela ukuba umsebenzi wemali kukwenza into efunekayo, hayi nje unobenani. Ukusuka apho, wazixelela ukuba eyakhe imali uzakuyisasaza ebantwini ngendlela ethenga indumasi.

Umzekelo, wayesithi xa abasebenzi basemgodini bekugwayimbo, abaqeshi bengavumi ukubahlawula imivuzo yabo ngexesha bekugwayimbo olo, uSibabalwe aqokolele onke amagama abo kunye neenombolo zabo zefoni, aze abafakele ubugcwabalalana bemali ngendlela yokufaka imali ebizwa iEwallet, ukuze bondle intsapho zabo ngethuba bekugwayimbo. Waphinda wathi xa imingxunya ivela kwakhona ezindleleni, waqasha ulutsha laselokishini ukuba luyingcibe. Wathi naxa esiva ukuba kukho abantu abathengisa izindlu zeRDP, uSibabalwe wazithenga ezozindlu zonke, waphisa ngazo.

Zonke ezizinto zidibene zamenzela indumasi enkulu ebantwini uSibabalwe. Nangaphakathi embuthweni, uSibabalwe wayephelela ekudibaniseni intlabazahlukane, engangeni kwingxoxo mpikiswano zopolitiko zamaqela ngamaqela, ethanda kuphela inkqubo ezazinefuthe lokumdibanisa nabantu. Umzekelo, wayebakhona kwiinkqubo zabasebenzi, futhi ezibandakanya nemingcelele yabo. Naxa kukho imigushuzo ekhalazela ukuphathwa kakubi koomama ngamadoda, wayebonakala phambili uSibabalwe, ancedise futhi ngokuthengela abantwana abangamantombazana izinto zokubancedisa xa besexesheni.

Kungekudala uSibabalwe waduma ngegama elithi 'Mr Action'. Kodwa into eyamenza ukuba adume ngakumbi sisiphiwo sokukhumbula amagama abantu, nokwazi amagama endawo abavela kuzo. Kwakusekuqhelekile ukuba athi ubani ngemini yakhe yokuzalwa afumane ucingo elivela kuCde Amandla limculela uHappy Birthday apha efonini! Futhi yayiqhelekile neyokuba uSibabalwe abonwe ethuthuzela abazili kumngcwabo womntu ongaziwa ngakubaluleka no-lihlwempu.

Akuzange kubekudala, uSibabalwe wonyulwa ukuba abengusihlalo weADM kwiphondo iGauteng. Kwathi ku-senjalo wabe efunwa ngamalungu kwiinkqubo zikazwelonke zalombutho, ntoleyo yakhokelela ukuba xa iADM iphumele-la unyulo luka1999, uSibabalwe abe kuluhlu lwamalungu ePalamente. Emva koko watyunjelwa ukuba nguMpathiswa weZemisebenzi Nenkqubo Zoluntu kwisigqeba sikaPresident Mike Ngomeni.

Nangoku sele enguMphathiswa, kufuneka etatanyisiwe, agadwe, aqhutyelwe, uSibabalwe wanyanzelisa ukuba yena ufuna ukusebenzisa iJetta yakhe, futhi ufuna ukuhlala etyoty-ombeni lakhe, kwaye engafuni kufuduka aphume eSwaneville ayokuhlala kwindawo yezikhakhamela ePitoli. Lento ke yakhokelela ekubeni izinga lobukho bamapolisa eSwaneville linyuke, kuba kukho uMphathiswa ohlala khona, ntoleyo eyavuyelwa kakhulu ngabahlali, lwatsho lehla kakhulu izin-ga lobugebenga.

Naxa esiya eKapa, kwintlanganiso zePalamente, uSib-abalwe wayenyanzelisa ukuba aqashelwe iinqwelomafutha ezingabizi imali eninzi. Nokuhlala ehotele wayengakufuni, enyanzelisa ukuhlala emizini yamalungu eADM, ingakum-bi asezilokishini.

Nalento ke yokuba engazingeni iingxoxo ezininzi apha embuthweni yamenza wathandeka kakhulu kumalungu. Kwakungekho nomnye umntu oyaziyo into yokuba uCde Amandla umi ndawoni kwimiba efana nokulawulwa kwamashishini abucala ngurhulumente, okanye ukulingana ngesini kwisikhokelo seADM. Futhi nabantu ababeye bazibone bekhiqwa ezikhundleni babengamtyholi ngokubasebenza.

Kwathi xa kuqala inkqubo yokunyula isikhokelo sika-zwelonke, njengengxenye yamalungiselelo enkomfa yeADM yango2002, amasebe amaninzi kwilizwe lonke abonakala eliphakamisa igama lika Cde Amandla Khumalo kwisikhund-la sikaMongameli weADM. Xa ebuzwa ngamaphephandaba ukuba ingaba uyalivuma na olubizo, uSibabalwe waphendula ngendlela ayaziyo ukuba lombuzo uphendulwa ngayo em-buthweni, ngelithi, "Umba wesikhokelo seADM usemandleni amasebe. Mna njengelungu elithobekileyo ndiyakwenza oko ndikuyalelwe ngamasebe."

Aqhubeka amasebe eADM etyumba uCde Amandla Khumalo njengomgqatswa kwisigqeba seADM nakwisikhun-dla sikaMongameli. Kungekudala, alandela amaphondo, emva kweenkomfa zawo, akhupha izibhengezo ezithi wona engamaphondo axhasa uCde Amandla njengoMongameli, futhi emva koku kwacaca ukuba eli lilizwi lamalungu eADM onke.

UMongameli okhoyo, igqala lombutho uCde Mike Ngomeni ebona ukuba umsinga ujonge phi, wenza isib-hengezo esithi uyarhoxa kugqatso lobuMongameli, ntoleyo yathetha ukuba uCde Amandla Khumalo nguye yedwa umgqatswa kwesisikhundla. Esisibhengezo sikaCde Ngomeni senza umdla omkhulu ongqale ekuthini uCde Amandla lo ngubani kanye kanye, kuba kwakucacile ukuba nguye ong-uMongameli ozayo.

Amaphepha ke, kunye nabaphengululi bendaba, baben-genalwazi ngento yokuba uSibabalwe, osisigulane sengqondo, nesaziwa njengo Patient F01 ePinelands Psychiatric Hospital, nguye lo namhlanje usentendeni yokungena kweyona iphezulu iofisi kweli lizwe. Yathi xa ifika inkomfa yeADM, amalungu awaphozisa maseko, amonyula uSibabalwe

Rodney Makhelwane njengoMongameli wabo, bembiza uCde Amandla Wellington Khumalo!

Emva koko, inkomfa yathatha izigqibo eziguqula umgaqo siseko wombutho, kuquka nomyalelo othi nabani na othe wonyulelwa ukuba nguMongameli weADM, uzakuba ng-uMongameli welizwe ngaxeshanye, ntoleyo yayibhangisa into yokuba uMongameli wombutho nowelizwe ibengaban-tu abahlukileyo.

Kuthe xa kugqitywa ukuphumezwa kwalamasolotya, abonakala amagqala eADM ekwincoko esebezayo, iqalwa nguNobhala Jikelele weADM, uCde Mcebisi Mabhaso, encokola nelinye igqala uCde GDR, ngokuthi, "Cde GDR, sifike njani apha mfondini?!"

"Uthetha ngantoni Cde SG?" wabuza uCde GDR.

"Ndithetha ngalo Cde Amandla. Sesimonyula nje, sazi ntoni ngaye?" waphendula uCde Mabhaso, ebonakala ekha-thazekile.

Waphendula uCde GDR ngelithi, "Qabane, nguwe ophethe indlela esisebenza ngayo kulombutho. Kumele ukuba impen-dulo siyifumane kuwe. Akuzikunceda nto ngoku into yokuba sizibuze imibuzo elolohlobo. Ubisi sele luchithekile, atheth-ile amalungu."

"Hayi kona ndiyayazi lonto Qabane. Ndibuziswa kuba ndinexhala. Ingathi inkqubo zethu namhlanje zisizalele ugi-likankqo." Waphendula uCde Mabhaso.

"Cde SG, andifuni kuthi besinixelele, kodwa abanye bethu kudala beyithetha into yokuba masiyilumkeleni indima edlalwa yimali embuthweni. Kudala sisithi masiwaphelise amakhasi okunyula iinkokheli. Jonga ke ngoku, yehwa! Ubumongameli beADM buthengwe ngabantu abangaziwayo, bumkile" waphendula watsho uCde GDR.

"Kodwa Qabane, bekumele ukuba senze njani? Yonke lento igqitywe ngamasebe. Nawe uyayazi ukuba kowethu umbutho ngamasebe anamandla." Watsho uCde Mabhaso.

"Hayi ke nam andazi. Kodwa nantsi into emandikubuze yona - ungaliguqula njani ilizwe xa ungakwazi ukuguqula umbutho? UAmandla ulapha namhlanje, ngenxa yokuba thina embuthweni asivumi ukuba, ubani ofuna ukukhokeka atsho phandle, futhi akhankase esidlangalaleni, ukuze singamalungu simpheke ngemibuzo. Sifun' umntu asichwechwele isikhundla. Nako ke." Watsho uCde GDR.

Eneneni ke wonyulwa uSibabalwe, esibangoyena Mongameli wakhe wamncinci kwiADM, eneminyaka nje eyi46. Emva konyulo lwesizwe lukwa2004, iADM yaphumelela emagqabini, iqinisekisa ukuba nangona ilizwe lalingayazi lonto, uSibabalwe uzakuba nguMongameli.

INQAKU LESIXHENXE

Kwakusele kushiyeke iintsuku ezimbini phambi kokuba uSibabalwe aphehlelelwe njengoMongameli waseMzantsi Afrika, kumsitho owawulungiselelwe ukuba ube kwizakhiwo zomdibaniso ezisePitoli. Ukusukela ngalamini wayephuma etyotyombeni eleqa intlanganiso eyayiseSwaneville Sport Complex, ukuzokutsho ngalamzuzu wayemenyelelwe ukuba unguMongameli weADM, uSibabalwe wayengakhange abenalo ithuba lokuphumla, okanye lokucinga ngohambo lwakhe ukuzokuthi ga ngoku.

Yonke into ebeyenza ngalo lonke eli xesha ibiqhutywa nje ngumfutho, nokuzimisela ukuba nakwiyiphina into ayenzayo uzakuyenza ngoloyiso. Kodwa namhlanje ingqondo yakhe uSibabalwe yakhe yabuyela kuMrs Davis wasePinelands Psychiatric Hospital, emangala ukuba inoba usasebenza phaya na, watsho ezinqanda kwinto yokurhalela ukufonela isibhedlele abuzise ngo Mrs Davis!

Wazikhabela ecaleni ezingcinga, endaweni yoko wagqiba kwelokuba akhe andwendwele iofisi kaMongameli Mike Ngomeni phaya kwizakhiwo zomdibaniso, nanjengoMongameli olithwasa, ukuze acetyiswe ngabo bonke abacebisi bakaMongameli malunga nendlela esebenza ngayo laofisi, futhi afumane ulwazi malunga nenkqubo ezakulandelwa xa kuphehlelelwa uMongameli omtsha.

Namhlanje kwakungumhla wesine kwinyanga yoMsintsi kunyaka ka 2004. Kwakubetha impepho emyoli, kuvakala ukuba ifikile intwasahlobo, futhi kuso sonke isibhakabhaka phezu kwesixeko sasePitoli kungekho nelinye ilifu. Nemithi yejakharanda yasePitoli yayibonakala iluhlaza yaka, futhi idubula. Kwakuzintsuku nje ezimbalwa emva kokuba iarhente elawula unyulo kweli, iIndependant Electoral Commission ikukhuphe ngukusesikweni ukuba emva konyulo lwenyanga yeThupha ka 2004, yiAfrican Democratic Movement ephumeleleyo, ntoleyo eyayithetha ukuba uMongameli weADM nguye olithwasa-Mongameli, kwaye uzakubekwa ngokusesikweni ngeCawe umhla wesihlanu kwinyanga yoMsintsi ka 2004.

Namhlanje uSibabalwe wafika kwiofisi kaMongameli ekhatshwa ligquba loonogada. Nangona wayengathandi ukuba ahlale egadiwe, kwakhawuleza kwacaca ukuba ukugadwa kukaMongameli yinto enyanzeliswa ngumthetho, nokuba ubani onguMongameli unqwenele ntoni yena. Namhlanje, okokuqala ngqa, uSibabalwe wayenxibe isuti emnyama, ihempe emhlophe kunye neqhina elimnyama, kwakunye nezihlangu ezimnyama ezintsha kraca.

USibabalwe wathi xa efika kwizakhiwo zomdibaniso, waqaphela ukuba amalungiselelo okuphehlelelwa kwakhe aphethelwe phezulu. Iiflagi zelizwe zaziphephezela phantse kuyo yonke indawo, kucocwa amabala kusakhiwa neentente. Konke oku uSibabalwe wakuqaphela nje edlula esisiwa kwiofisi kaMongameli ophumayo uMnumzana Ngomeni. Uthe xa efika kwigumbi lokwamkela iindwendwe, wamkelwa linenekazi elithe ncothu, elinomzimba ophakathi nje ubukhulu, linxibe isuti emnyama enemigca emhlophe. Lancuma ke elinenekazi xa limbona uSibabalwe, lathi kuye, "Molo Mongameli, igama nguGloria Nosasa. Wamkelekile eUnion Building. Yiza ngapha, ndizakumazisa uMongameli ukuba ukhona."

"Enkosi Gloria" watsho uSibabalwe.

UGloria wamkhokelela uSibabalwe kwigumbi apho uMongameli amkelela khona indwendwe zakhe ezikhethekileyo, gumbi elo lalinezihlalo ezintofontofo, kukho neetafile ezincinane ekudekwe iindidi ngendidi zeziselo kuzo.

Kungekudala wangena uMongameli Ngomeni ephuma kwigumbi elingqamene neli akulo, sele ehleka intsini yomntu onelizwi elinebhesi, "Tyhini molo Mongameli! Kunjani namhlanje?" watsho ekhomba ukuba mabahlale phantsi.

"Enkosi Mongameli, hayi siyaphila mfondini, akhonto. Ninjani nina?" Waphendula uSibabalwe.

"Siyaphila nathi. Ndiyavuya bonanje ufikile, khe sizinike ithuba lokuthetha. Mna ndiyahamba ngoku, elam ixesha liphelile." Watsho uMongameli Ngomeni.

"Ungatsho kanti Mongameli, eli lizwe lisakufuna. Sizakumane sikukhwaza sisithi yiza uzosincedisa." Watsho uSibabalwe.

"Kulungile Mongameli, noko wena amandla ndisenawo" watsho uMongameli Ngomeni.

"Enkosi Mongameli. Sendicinga kwangoku ukuba ndizakufuna umntu ozakukhe asincede ekuzakuzeleni into yokuba nathi apha eAfrika sibenesihlalo esisigxina phaya kwiUnited Nations" watsho uSibabalwe.

"Thuma mna Nkosi, ndikhona" waphendula watsho uMongameli Ngomeni.

Emva kwemizuzu engamashumi amathathu esi sibini sincokola, uGloria wababona bephuma, besinge kwigumbi leentlanganiso zikaMongameli nabacebisi bakhe, nalo elalikufutshane. Walandela uGloria, esazi ukuba umthetho wale ofisi uthi yena Gloria kufuneka ekho kuzo zonke intlanganiso anazo uMongameli kwela gumbi lentlanganiso, ukuze abhale ingxelo ngazo.

OoMongameli bobabini bangena kwigumbi lentlanganiso, bafika bonke abacebisi bakaMongameli behleli, nabathi baphakama banqwala xa bebona ooMongameli bengena.

UMongameli Ngomeni wakhomba ebonisa ukuba ufuna wonke umntu ahlale phantsi, emva koko wathi, "Hlalani phantsi bethuna. Kwakhona Mongameli, mandithi enkosi ngokuzosibona namhlanje. Mandikwazise kweliqela labacebisi bakaMongameli. Lo nguMlawuli Jikelele weofisi kaMongameli, uDr Eric Nolo nokwanguNobhala wesigqeba sesizwe. Ohleli ecaleni kwakhe sisithethi sikarhulumente, umama uNomalizo Sobuntu. Ecaleni kwakhe nguMnumzana Phillip Madongeni nongumcebisi ngezopolitiko. Ecaleni kwakhe sino mcebisi wonxibelelwano nePalamente, uMnumzana Nceba Hlakula. Ecaleni kwakhe sino mcebisi ngezo khuseleko, uMnumzana Sizakele Manzini. Okokugqibela sibe nomcebisi womthetho, umama uAdvocate Amelia Noortjie."

Wathi akugqiba ukwazisa ngabantu abakhoyo, uMongameli Ngomeni waqhubeka esithi, "Mongameli mna nawe sizakuba nalo ithuba lokuba siphinde sithethe. Eli ithuba lelokuba waziswe ukuba le ofisi kaMongameli isebenza njani, nangezinto ekufuneka uzithathele ingqalelo ngokukhawuleza. Kungoko ke ndisithi mna ndizakucela ukuba ndikushiye neliqoqo lihleli apha."

"Enkosi Mongameli, unyanisile, mna nawe sizakubanalo ithuba elaneleyo lokuthetha." Watsho uSibabalwe.

Emva koko, uMongameli Ngomeni waphuma, eshiya uSibabalwe inguye ochophele lentlanganiso. Akaphozisa maseko ke, wathi, "Enkosi bethuna kuni nonke ngokubalapha namhlanje. Nindixolele ke ukuba amagama enu ndinokuthi kanti andisawakhumbuli. Kwasekuqaleni nje, ndifuna ukuyibeka icace into yokuba nilapha nje beniqeshelwe ukucebisa uMongameli Ngomeni. Andinasikrokro ngentembeko yenu kum, nangokuzimisela kwenu emsebenzini eniwenzayo. Ndiyayazi ukuba ngokwemigaqo ekwiMinisterial Handbook ndinelungelo lokuqasha abam abacebisi, ndinigxothe nina. Kodwa ke okwangoku ndizakunigcina nonke ezihlalweni enikuzo, de athi ke ongakholwayo kukusebenza nam, azibonakalise."

Uthe akugqiba ukuthetha uSibabalwe, babonakala abacebisi bekhululeka, bambi bencuma bodwa, banyibilika, kwaphela ukuzibamba noloyiko. Wavakala omnye ebuza ngomdla omkhulu, "Ufuna sikwenzele ntoni Mongameli?"

Waphendula uSibabalwe, efinge iintshiyi, "Nantsi into endifuna yenziwe ngokukhawuleza – kudala ndimane ndifunda emaphepheni kusithiwa oluphehlelelo lukaMongameli lwangomso, luzakubiza imali engange R400 million. Andifuni kungatsho, elinani liyandothusa mna! Phantsi kwezingxaki zingaka sinazo, abantu bengenazindlu neendlela, sisithathaphi isibindi sokuchitha imali engaka, ngokungenisa nje umntu kwiofisi ebethe uyayifuna?! Hayikhona! Mna ndingu Amandla Wellington Khumalo andizukuphehlelelwa ngemali engaka!"

USibabalwe wakhe wema, wajonga wonke umntu olapha etafileni, wabona ukuba bonke bothukile. Uthe engekaqhubekeki nentetho yakhe, wangenelela umcebisi wopolitiko, uMnumzana Phillip Madongeni esithi, "Kodwa Mongameli umcimbi ungomso! Yonke into seleyenziwe, akukhonto sinokuyichitha ngoku!"

"Ndiyayazi lonto" watsho uSibabalwe, engabonisi kujibilika.

Waphinda wabuza uMnumzana Madongeni, "Mongameli, ingaba umbutho uyayazi lento uyicingayo? Kuba ke lomcimbi unomfutho omkhulu wepolitiki."

USibabalwe wakhe wamjonga uMadongeni, ethubeni waphendula esithi, "Mna into endiyaziyo yile yokuba ukuchitha ingxenye yenkulungwane yemali kumcimbi nje omnye, oko kunempembelelo enkulu kwipolitiki, kuba oko kuzakusigxothisa ngabantu. Andifuni siyixoxe lento, ndigqibile ngayo. Umama uNomalizo Sobuntu, lo bekuthiwe

usisithethi sikarhulumente, ndifuna ukuba akhuphe umpopo-
sho ochazayo ukuba oluphehlelelo lungomso, izinga elikulo
liyehliswa, ngokuthi uMongameli uzakufungiswa eofisini
yakhe ePitoli, phambi kweentatheli. Emva koko uzakuhlola
umkhosi weli. Andifuni kundande zibhaloni. Wonke umntu
uyacelwa ukuba abukele ukufungiswa kukaMongameli kum-
abonakude wakhe. Andifuni mntu uzakukhweliswa ebhasini,
afike apha atyiswe. Xelela zonke iibhasi esele zisendleleni
ukuba mazijike. Ndiyacela ke bethuna, lompoposho mawu-
phume kwangoku."

Emva kwalentetho kaSibabalwe, sabonakala isithethi
sikarhulumente singayicofi siyixhimfa icomputer! Futhi
embomba esithi, "Hayi ke namhlanje inoba sizakuyibona
lantaka kaTwitter ibhabha ngekhe!"

Waqhubeka uSibabalwe nentetho yakhe, ejonge kumntu
wonke, esithi, "Andifuni mntu uzakuthenga ubuso bam.
Ndifuna nonke nithethe nam ngokunyanisekileyo, futhi
nithethe enikucingayo. Futhi ke andisebenzi namavila.
Ndilindele ukuba nibekhona ngalo lonke ixesha nifuneka.
Ndiyanilumkisa ke, mna ndithanda ukusebenza ebusuku,
ntoleyo ethetha ukuba iintlanganiso zethu zizakuba sebu-
suku. Esethu isikhuthazo, ukusukela ngoku kufuneka sithi
*'Asiphumli ngokubetha kweyure, siphumla xa umsebenzi
ugqityiwe'*. Ukuba ngaba uyaziva ukuba wena awuvumelani
noku, naliya icango mntakwethu, ngesihle."

Emva kwalentetho kaSibabalwe, kwathuleka etafileni.
Wonke umntu wajonga phantsi, akwabikho gorha liphaka-
mayo lisinga ngasemnyango!

Uthe akubona ukuba wonke umntu usahleli phantsi,
waqhubeka uSibabalwe, "Okunye ke malunga nendlela
esizakusebenza ngayo ndiyakubuya ndiyicacise. Namhlanje
bendifuna ukuba, njengabacebisi bam, niyazi ukuba ndime
phi kwezinye izinto sisaqala. Umzekelo, ukusukela ngoku, asi-
phindi sichithe imali yabarhafi kwizinto ezingangqamananga

nemfuno zabantu. Ngabantu abazikumkani neekumkanikazi zethu, nekufuneka sibathobele, senze okufunwa ngabo, hayi into yokuba bona bakhonze thina. Ukusukela namhlanje, sonke kule ofisi, xa sihamba ngenqwelontaka sizakukhwela kwicala elitshiphu. Lanqwelomoya kaMongameli yona izakuthengiswa. Futhi kulo wam urhulumente ayizukuvumeleka into yokuba kuhanjwe ngeenqwelomafutha ezibiza ngaphezulu kweR500 000. Lento yokuba sibe sikhangeleka sibukhazikhazi, sihamba ngeemoto zikanokutsho, sinxibe amazinyo egolide, iyaphela ukusukela ngomso. Okwesithathu, akukho mntu uzakuvunyelwa ukuba alale kwihotele enenkwenkwezi ezingaphezulu kwesithathu, kwaye ngaphezulu koko kufuneka siyenze nento yokuba abantu bethu sibacele ukuba basilalise ezindlwini zabo, felefele.

Okwesine, mam' uSobuntu, lompoposho wakho kufuneka uyichaphazele nento ethi, elatheko lokuvula iPalamente, nditsho ke lengxenye ilixanduva lukarhulumente, leyokuba kubekho umngcelele wamajoni, nokubhabhiswa kweenqwelomoya, nayo ndiyayiphelisa. Ndizakuphuma eTuynhuis ndiye ngqo kwizakhiwo zePalamente, ndifike ndothule intetho yam. Andifuni kutatanyiswa. Okwesihlanu, ndifuna siluqinise uqhakamishelwano phakathi kwethu singurhulumente kunye nabantu. Zonke izigqibo neentshukumo zethu kufuneka zaziwe ngabantu. Futhi, rhoqo ngoLwesihlanu Ndifuna ukuthetha kunomathotholo ndinika ingxelo ngesikwenzileyo evekini. Kufuneka siyiphile into ethi akukhonto thina esiyakuyazi engaziwayo ngabantu. Rhoqo ngenyanga, Ndifuna ukuthetha nabantu emaholweni kulo lonke ilizwe."

Wakhe wema uSibabalwe, waphinda wabuza, "Ukhona umntu onombuzo?"

Wathi akubona ukuba akukho mntu unambuzo, wathi, "Ukuba ke siyavana, ndicela ukuba uMs Nosasa akhe asithele gqabagqaba ngezinto ezicwangcisiweyo yiofisi yakhe. Emva koko iofisi yam izakusazisa ukuba sidibana nini kwakhona."

Waphakama uGloria, wathi "Eh enkosi Mongameli, okokuqala ngomso uChief Justice uzakifika ngentsimbi yeshumi, ezokuziqhelanisa nenkqubo ezakulandelwa. Okwesibini, ngentsimbi yesithathu uzakudibana nenkumanda yomkhosi kunye nazo zonke iinkokheli zamacandelo asebujonini. Emva kwemini, ngexesha elisezakuphunyezwa, uzakudibana noNobhala weADM, ehamba ke nezinye iinkokheli zeADM."

"Hayi ke, Kulungile Ms Nosasa, enkosi. Masidibaneni ke ngelinye ixesha, kusekuninzi ekumele ndikwenze namhlanje" watsho uSibabalwe.

UGloria Nosasa, nangona wayeqeshelwe ukuba yiPA kaMongameli, wayesebenza ngokungathi uyinkokheli yeofisi kunye nekhaya likaMongameli. Wayengaphelelanga nje ekuhlengahlengiseni iintlanganiso zikaMongameli, koko wayejonge nento yokuba uMongameli ukhangeleka njani emphakathini. Nangoku ke wabuza, ekhangeleka exhalabile, "Enye into Mongameli, ufuna senze malungiselelo athini ngoFirst Lady?"

"UFirst Lady wanton ngoku?" wabuza uSibabalwe, kubonakala ukuba wothusiwe ngulombuzo.

UGloria wakhawuleza wayibona into yokuba lo umba awuthintwa, wathetha nto yimbi, esithi, "Eh Mongameli sigqibezela amalungiselelo malunga nabantu abavumelekileyo ukuba babekhona ngomso. Besifuna ukwazi ukuba kusapho lwakho, ukhona na umntu emasimlindele."

"Oh hayi wethu, faka uMs Nomasango Khoza kunye noMpumelelo Sidima. Uncede ke ubalungiselele nento yokubalanda nokubabuyisela eSwaneville" waphendula watsho uSibabalwe, eyicinga, nangona wakhawuleza wazinqanda, into yokubiza uMrs Davis azobalingqina!

"Enkosi Mongameli, sizakwenza njalo. Enye into Mhlekazi, sicebisa ukuba ube nazo iisuti, iihempe, izihlangu namaqhina agcinwe apha eofisini naseMahlambandlovu, ukwenzela ukuba xa kusenzeka ukuba kufuneke utshintshe impahla ukwazi ukwenza njalo." Watsho uGloria

"Yintoni kanene iMahlambandlovu?" Wabuza uSibabalwe.

"Ngumzi wokwamkela iindwendwe zikaMongameli Mhlekazi. Amaxesha amaninzi iintlanganiso zikaMongameli sizingenisela khona" waphendula uGloria.

"Oh ndiyabona. Kulungile ke xa kunjalo. Ikhona enye into?" Wabuza uSibabalwe.

"Akukhonto ingxamisekileyo Mhlekazi, konke kungalinda. Izinto ezininzi singathetha ngazo emva kokuba uphehlelelwe, izinto ezifana nokusetyenziswa kweofisi eseKapa." waphendula uGloria.

"Hayi ke, kuhle xa kunjalo, enkosi Gloria. Ndiyathemba ukuba nakwiprogramme yam akukhonto ingxamisekileyo?" wabuza uSibabalwe.

"Hayi Mhlekazi, ngaphandle nje kokuba uNozakuzaku waseMelika ucele intlanganiso kunye nawe kwakamsinya. Kukho ke nenkomfa engobuzwekazi bamaAfrika omenyelwe kuyo, eseHaiti kuleveki izayo. Kufuneka utsho ukuba uyaya, ukwenzela ukuba sikwenzele amalungiselelo." Waphendula uGloria.

"Enkosi Gloria. Andiqondi ukuba ndiyakuphumelela kule yaseHaiti. Mhlawumbi ndakucela umphathiswa omtsha wezangaphandle ukuba asimele" watsho uSibabalwe. Wabuza ebhekisa kuMnumzana Madongeni, "Mhlekazi, amaMelika afuna ntoni?"

"Eh Mhlekazi, xa sinethuba ndizakukuchazela ngokubanzi malunga nemigomo esiyilandelayo kwimiba yangaphandle. Okwangoku, endingakutsho kukuba amaMelika akubona njengomntu wabo apha emazantsi eAfrika. Bafuna ukuqinisekisa ukuba uyayazi loonto." Waphendula uMadongeni.

"Ndiyabona! Hayi ke bethuna masiyiyeke le ntlanganiso kulendawo. UGloria uzakusazisa malunga nentlanganiso elandelayo" watsho uSibabalwe, ephakama kuba ezakuphuma.

Emva koko bonke abacebisi baphuma nabo, kwashiyeka uGloria ecoca, eqinisekisa ukuba igumbi eli liyilungele intlanganiso elandelayo. Emva koko naye waphuma.

USibabalwe uthe akufika eSwaneville, ebuya ePitoli, wakhawuleza wazivalela endlini, kuba efuna ukwenza amalungiselelo angomso, ingakumbi intetho yakhe. Wayengengomntu uyithandayo into yokwenza intetho, futhi eyinyemba nento awayesithi sisimbo somntu, sokufuna ukuthetha ngomsebenzi endaweni yokusebenza zisuka.

Emva kokuba exelele uMakhoza kunye noMpumelelo ukuba bazilungise kuba bazakuwuzimasa umsitho wasePitoli, uSibabalwe waye wazivalela etyotyombeni lakhe, wacima unomyayi wakhe, esithi ihlabathi malikhe limlinde! Akazange ayive nengxolo eyayisenziwa nguMakhoza, exelela yonke iSwaneville ukuba yena uya ePitoli ngomso, njengendwendwe likaMongameli!

INQAKU LESIBHOZO

NgeCawe umhla wesihlanu kweyoMsintsi, kunyaka ka2004, yafika imini ebikad' ixelwa! Namhlanje uSibabalwe wayezakuphehlelelwa ngokusesikweni njengoMongameli wesithathu waseMzantsi Afrika. Izangoma zezulu nazo zazivuma, kuphephezela impepho yentwasahlobo ecacisayo ukuba le mini izakubantle. Isibhakabhaka sonke esiphezu kwesixeko sasePitoli sasiluhlaza yaka, kungekho nditsho nomngqandandana welifu. Namhlanje isigulane sasePinelands Psychiatric Hospital sasizakunikwa isithsaba sokongamela ilizwe. Wabuza owaziyo, kanti, phakathi kombekwa nababeki, ngubani na ophambeneyo?

Oh mandingayibhoxi mlesi! Kwilizwe lonke yayingamayeyeye, wonke umntu eyivuyela into yokunyuka kuka Amandla Khumalo. Wayemnye kuphela umntu owayengonwabanga, lowo inguMnumzana Phillip Madongeni, umcebisi kaMongameli wezopolitiko. Kwangentseni nje kwakusekugcwele emabaleni aseUnion Building ngabantu abangakhange bawufumane umyalelo othi mabangezi. UMadongeni wayexakene nento, engayazi ukuba uzakuyicacisa njani lento ukuba ikhe yabuzwa ngu Mongameli. Kwakungaphelelanga apho, kuba noNobhala weADM, uMnumzana Mcebisi Mabhaso wayembathe iqaqa. IADM yayenze umkhankaso kwilizwe lonke, imema abantu ukuba bezekumsitho wokubekwa kukaMongameli omtsha, futhi kulindelekile ukuba iofisi kaMongameli yiyo ezakusingatha iindleko ezifana namaxabiso okukhwela kunye nokutya. Lomyalelo uthintela oku wafika onke amalungiselelo sele igqityiwe. Wayebuza ke uMnumzana Mabhaso ukuba kuthiwa yena makayithini lento, ebuza efonini kuMnumzana Madongeni.

Uthe esathingaza uMnumzana Madongeni, waqaphela ukuba nangona kusesekuseni, kungekabethi nentsimbi yesixhenxe, uMongameli Amandla Khumalo sele efikile, wagqiba kwelokuba ayekumbona eofisini yakhe, ngelifuna ukucenga ukuba uMongameli awuguqule umyalelo wakhe ngalento. Wangena kwiofisi kaMongameli, wafika ehleli emvakwedesika yakhe, kubonakala ukuba wenza izilungiso kwintetho azakuyothula namhlanje. Wathi esangena nje uMadongeni wabe sele engxengxeza esithi, "Mongameli ndiyaxolisa ngokukuphazamisa. Sixakene nento apha, kugcwele ngabantu abaze kulomsitho wanamhlanje. Ndiyazi ukuba ubuyalele ukuba sibajike bangezi, kodwa asikwazanga."

Waphendula uSibabalwe engawaphakamisanga amehlo akhe, ngelithi, "Mnumzana Madongeni, ilula lento mfondini. Ukuba nguwe ozise abantu apha, bahoye ke Mhlekazi ngokwakho. Ngamanye amagama, ndithi yingxaki yakho ntoyakuthi, khwela phez' kwayo."

"Ndiyayazi lonto Mongameli. Ixhala endinalo lelokuba uNobhala weADM akonwabanga konke konke. Kwaye ke njengomcebisi wakho wezopolitiko, ndingakucebisa ndithi, ukuxabana noNobhala wombutho akuyonto iye imlungele uMongameli welizwe." Waphendula njalo uMnumzana Madongeni.

"Mhlekazi, mna ndinguMongameli, andingomonwabisi kaNobhala weADM. Ndiyathemba ukuba uyandiva" watsho uSibabalwe engenalusini.

"Ndiyaxolisa Mongameli. Le yimpazamo engenakuze iphinde yenzeke." Wangxengxeza ngelitshoyo uMnumzana Madongeni.

"Kulungile, ndingathetha nabo. Kodwa ndifuna icace into yokuba kwelitheko asimemanga mntu. Namhlanje akuzutyiwa apha, kuzakuselwa nje amanzi. Ndizakumxelela noDG ukuba abhatale nje ezozinto singakwaziyo ukuphuma kuzo. Ndiyayicela ke siyazi sonke ukuba ukususela namhlanje, abantu abazubukela urhulumente esitya, ngurhulumente ozakubukela abantu besitya. Ungandishiya ke ngoku Mhlekazi, ndisaxakekile" watsho uSibabalwe, emhesha uMadongeni ukuba aphume.

Kuthe xa ixesha lisithi yimizuzu elishumi phambi kwentsimbi yeshumi elinanye, wangena uGloria eofisini kaMongameli, eze kuxela ukuba uMongameli Mike Ngomeni kunye noJaji Oyintloko selebefikile, kwaye nendawo le kuzakufungiselwa kuyo sele igcwele ngoonondaba.

"Enkosi Gloria, nam ndiyaphuma ngoku" watsho uSibabalwe.

"Lifikile ixesha' watsho uSibabalwe, ethetha yedwa, kusithi qatha imizamo ayenzileyo ukufezekisa lemini. Waphakama wajonga emnyango, esiva into angaqhelanga kuyiva, eyokuhlelwa zinyembezi kungekho ndawo ibuhlungu. Wakhawuleza wazikhwebula kobubuntlinintlini, ethetha yedwa esithi, "Hayi Sibabalwe, awungoHlathi!"

Ukusuka apho watsho wakhumbula uMacbeth kaShakespeare xa ekhumsha ixesha lifikile, esithi "*I go, and it is done. The bell invites me, hear it not, Duncan, for it is a knell that summons thee to heaven or to hell.*"

Kungekudala yaye yaduma kuwo wonke amaphephandaba, oonomathotholo, oomabonakude kunye namakhasi onxibelelwano into yokuba loMongameli mtsha akafuni kuchithwe nesenti kumsitho wokubekwa kwakhe, bonke ke belincoma njengenyathelo elihle eli. Ngelixesha igquba loonondaba lihleli emabaleni aseUnion Building, lilinde ukuqala komsebenzi, incoko ephambili yayiyeyokuba namhlanje, okokuqala ezimbalini, akukho kutya kwiofisi kaMongameli!

Entloko ngentsimbi yeshumi elinanye, wangena uSibabalwe, ekhatshwa ngoonogada bakhe, ezokuqala inkqubo yokufungiswa kwakhe. Uthe xa engena, waphakama wonke umntu okhoyo ukunika imbeko.

Indlela ekwakuhleliwe ngayo yayicacisa ukuba lo umcimbi awunazindwendwe, kwitafile enkulu engaphambili kwakuhleli Chief Justice, uMongameli Mike Ngomeni kunye noMongameli olithwasa, oHloniphekileyo uMnumzana Amandla Khumalo. Emva kwabo kwakuhleli iinkokheli zomkhosi, nezamapolisa, kunye neejaji ezizintloko zamaphondo. Ecaleni kwayo itafile leyo kwakukho iqonga likaMpathinkqubo kunye nezithethi, nalo eloqonga lixhagwe bubuxhakaxhaka boonondaba kunye neflag yoMzantsi Afrika. Wonke omnye umntu okhoyo wayephuma kwimizi ngemizi yoonondaba, ingudanyadanya ke wekhamera zisenza owazo umsebenzi. Kude kufuphi neqonga kwakukho ikwayala, isitsho ngezitibili ezimyoli, ezikhonza igama likaAmandla.

Yaqala ke inkqubo, ngokuthi kuculwe umhobe wesizwe, ukhokelwa liqela lentambula lamajoni. Emva koko kwadutyulwa izithonga zenkanunu ezingamashumi amabini ananye emoyeni, kwabe sekulandela imithandazo yeemvaba ngemvaba. Sithe sakuphela esi isiqendu senkqubo, uMpathinkqubo, uDr Eric Nolo wazithathela kuye intambo, wacela ukuba uJaji Oyintloko aqalise isigaba sakhe senkqubo.

Ngenene ke uJaji Oyintloko, inkonde ende, enomzimba onciphileyo, enxibe isambatho esiluhlaza sejaji zeli, wasondela ngaphambili. Waqhubeka ecela uMongameli olithwasa ukuba asondele abeke isandla sakhe sasekunene, afunge athi, "Phambi kwenu nonke nina bakhoyo apha, ndisabela ubizo lokuba nguMongameli waseMzantsi Afrika, mna Amandla Wellington Khumalo, ndiyathembisa ukuba ndiyakunyaniseka kwiRepublic yaseMzantsi Afrika…"

USibabalwe uthe nje esahlala phantsi, yaxhuma intliziyo yakhe xa ebona itoliki yezandla yanamhlanje, lowo inguKeith Mekweni, lowa wayesakuhlala naye egumbini lakwa Ward F ePinelands Psychiatric Hospital! Waziva ebila ngumsindo

uSibabalwe. Kwanyanzeleka ukuba iqhina alinxibileyo alen-
ze libeyekeyeke ngenxa yesifuthufuthu. Wavakala ethetha
yedwa esithi, "Tyhini Thiza nguKeith Mekweni lo! Yenzani
lenunu ethekweni lam?!"

Waphantse akamva nomlawuli nkqubo xa embiza ukuba
eze ngaphambili azokwenza intetho yakhe, kuba yonke ingq-
ondo yakhe yayithabathekile, icinga icebo lomkumsusa uKeith
kulomsitho. Waphakama akuva ukuba uyabizwa, wasondela
embokweni wayiqala intetho yakhe ngelithi, "Eh Mphathitheko,
phambi kokuba ndiqale, ndicela kususwe lamntu utolika ngezan-
dla. Ndiphantse ndiqiniseke ukuba bonke abantu abakwaziyo
ukutolika ngezandla bayakuvumelana nam xa ndisithi oku
kutolikwa ngulomfo konke kuyimbudane."

Wathi egqiba nje ukuthetha oku uSibabalwe, oonogada
bomsitho bakhwela phezukwakhe, bemsusa eqongeni uKeith
Mekweni. Ngaxeshanye, bathi xa bemrhuqa uKeith Mekweni
wavakala ekhwaza esithi "Hey noba sekusithiwani, ndiyalazi
elalizwi! Yimani ndithi ndiyalazi ela lizwi!" Wakhwaza wan-
cama uKeith Mekweni kungekho mntu ufuna ukuva nalinye
igama eliphuma kuye, wonke umntu emthatha njengomntu
ogula ngengqondo, kuba ubungqina bobutyhakala bento
ebeyitolika babuvunywa ngabantu abaninzi. Bamthatha ke
uKeith Mekweni bamsa kwisikhululo samapolisa eBrooklyn,
apho waye wakhululwa emva kokunikwa isilumkiso.

USibabalwe washiyeka emi eqongeni, esenza intetho yakhe
njengoMongameli omtsha, esithi:

Mongameli Mike Ngomeni

UJaji Omkhulu waseMzantsi Afrika

Iinkumanda zomkhosi, nezamapolisa

Onondaba abakhoyo bonke

Abantu baseMzantsi Afrika mbombozone

Manene nani manenekazi

Ndiyanibulela nonke ngobukho benu. Nilapha nonke namhlanje ukuze nikwazi ukuxelela isizwe ukuba mna Amandla Khumalo ndingenile esihlalweni sokongamela ilizwe. Ngaphezu koko, nilapha namhlanje ukuze nikwazi ukuxela emaphepheni enu ukuba ixesha lenguqu elizweni lifikile. Zininzi izinto endicwangcise ukuzenza, kwaye uninzi lwazo ndizakuzazisa ethubeni.

Okwakaloku nje ndinganazisa ngezimbalwa, endiqonda ukuba zibaluleke kakhulu. Okokuqala, ndizakuyihlengahlengisa indlela urhulumente asebenza ngayo. Ingakumbi ndifuna kusuke lento ithi urhulumente ngumqeshi. Lo wam urhulumente izakuba ngurhulumente obeka phambili ukusebenza hayi ukuqesha. Loo mbono ke ndizakuyiqhubela phambili ngokuthi ngokukhawuleza ndikhuphe umyalelo othi onke amasebe karhulumente makachithwe, kusale nje imbinana yobuphathiswa. Amasebe azakusinda kulenguqu okwangoku lisebe likaNondyebo, isebe lomkhosi, isebe lamapolisa kunye nesebe langaphandle. Wonke umsebenzi karhulumente uzakwenziwa ziiarhente ezizakuthi xa zisilela nazo zikhutshwe. Siyayiphelisa nya intoyokuqeshwa kwabantu kungakhathalelwanga ukuba ingeniso yengqesho yabo ilulutho na eluntwini.

Okwesibini, sizakubusiphula nengcambu ubugebenga. Umntu obulala omnye akazukwanela nje kukukugwetywa iminyaka eqingqiweyo elikhulu, koko yonke into anayo, kuquka umzi, imfuyo nemali yakhe, izakunikwa usapho lwamaxhoba.

Bonke abagwetyelwe ukudlwengula bazakunqun-yulwa amalungu abo angasese. Ndizakukhupha nomyalelo wokuba umgaqosiseko ukhe upho-nonongwe kujongwe ukuba likhona na igwiba lokusibuyisa isigwebo sentambo.

Mphathinkqubo, mandivalelise ngokwazisa amalungu eCabinet yam. Ndifuna nje ukucacisa into ethi, okokuqala, kulo wam urhulumente izakubanye nje kuphela into ebalulekileyo, leyo ikukulungiswa nokwakhiwa kweendlela. Ilali nganye kufuneka inendlela esemgangathweni. Okwesibini ndizakuphumeza umthetho othi ezempilo nezemfundo kufuneka zifumaneke eluntwini felefele. Okwesithathu, leCabinet ndizakunazisa ngayo yencitshisiweyo, kuba ndik-holelwa ukuba ngabantu abambalwa abasebenza kakhulu ukudlula abantu abaninzi. Ngoko ke, endaweni yokuba uMphathiswa omnye azimele nesebe lakhe, ngoku uMphathiswa uzakulawula uluhlu lwamasebe asengela thungeni linye. Kungoko ke ndigqibe ukuwabhangisa amasebe ebekhona ayi 87, ndaze ndathi ngamandla end-iwanikwa ngumgaqosiseko, ndagqiba ekubeni ndityumbe aba bantu balandelayo:

1. Ms Doreen Khuzwayo
    (Sekela Mongameli)

2. Mr Norman Ngenile
    (uMphathiswa Wezokhuseleko)

3. Ms Noleen Kutshwa
    (uMphathiswa Wezobuntlola)

4. *Mr Mcebisi Nkoe*
   (uMphathiswa Wezomkhosi)

5. *Ms Nomazwe Langa*
   (uMphathiswa Wezangaphandle)

6. *Ms Nontombi Mkhize*
   (uMphathiswa Wezemali noBalo)

7. *Dr Nolizwe Somcinga (uMphathiswa*
   kuluhlu lwezolimo noqoqosho)

8. *Mr Sebenzile Malizo (uMphathiswa*
   kuluhlu lweenkonzo zabantu)

9. *Professor Nancy Williams*
   (uMphathiswa kuluhlu lwezemfundo)

10. *Dr Dimakatso Mokoena (uMphathiswa*
    kuluhlu lwezempilo nentlalakahle)

11. *Ms Nolizwe Khoyo*
    (uMphathiswa Wezendlela)

12. *Ms Doris Venter*
    (uMphathiswa kuluhlu lobulungisa)

USibabalwe wathi akugqiba ukufunda intetho yakhe, wawaphakamisa amehlo akhe, ejonga wonke umntu okhoyo, ngokungathi ucela umngeni othile. Kwakuthuleke kuthecwaka. Wonke umntu ebonakala othuke kanobom. Oonondaba babenikina iintloko zabo, bebonakalisa ukuxakwa yinto amabayenze.

Ethubeni kwangathi kuthe qatha nto kunondaba ngamnye, kuba basuka ngesiquphe baleqisana oonondaba ukuya phandle beleqa ukufonela emva eziofisini zabo, ngelifuna ukunika ingxelo ngalento yokushunqulwa kwesigqeba sesizwe, sisuswa ku 87 sisisiwa ku 12 nje kuphela, nale yokuchithwa kwamasebe karhulumente ngeenjongo yokuphelisa in-gqesho engenangeniso!

Kwalile ethubeni, selekumzuzu umsitho wokuthweswa kukaMongameli omtsha uqoshelisiwe, noSibabalwe ebuyele eofisini yakhe kuba ezakuba nezinye iintlanganiso, kwangena uGloria, esazisa uMongameli ukuba uNobhala weADM, uMnumzana Mcebisi Mabhaso ucela ukubona uMongameli ngokukhawuleza. Wasivuma uSibabalwe esisicelo, eyalela ukuba ixesha lalentlanganiso mayibe yintsimbi yethoba ngokuhlwa kwanamhlanje.

Ngaxeshanye, ilizwe lonke lalithabathekile yintetho eyenziwe nguMongameli Amandla Khumalo namhlanje. Zonke izikhululo zoonomathotholo kunye nezikamabon-akude zazikhokele ngenqaku elinye – intetho kaMongameli Amandla Khumalo. Inkoliso yayibuncoma ubugorha buka-Amandla Khumalo, abanye bebala ingeniso ezakufumaneka koluhlengahlengiso lungaka, beyithekelela kwimali engange R3 trillion. Wayichitha phantse yonke imvakwemini ebukele, kwaye ehlalutya ezindaba uSibabalwe.

Kuthe xa ixesha lisithi yimizuzu nje embalwa phambi kokuba kubethe intsimbi yesibhozo, wangena uGloria, esazisa ukuba uMnumzana Mabhaso weADM ufikile, ekh-watshwa ngamanye amalungu esigqeba esiphezulu seADM. Uthe akuva oku, uSibabalwe wamcima umabonakude ebem-bukele, waphakama esiya kwigumbi lendwendwe, apho afike elindelwe khona sisikhokelo seADM.

Kwabuliswana ke ithutyana, ngendlela eqhelekileyo embuthweni iADM, ukutsho oko kukuthi, kwakuxhawul-wana, kungqutywana ngamagxa, nangona lalivakala lona ifuthe lengxabano. Engachithanga xesha, uNobhala weADM wayiqala intlanganiso ngelithi, "Eh Cde President, andizikug-wegweleza. Ndiqinisekile nawe ayikukothusa into yokuba iADM ayiyonwabelanga intetho yakho ngale mnvakemini.

Andazi ukuba sizakuqhubana njani ukusekela ngoku, kodwa ecacileyo yona yile yokuba uwedwa Qabane."

Wakhe wathula uSibabalwe, emamele, futhi eneneni yayingamothusi into eyayithethwa ngulo kaMabhaso. Wayesazi kakuhle ukuba akakhange ayixelele iADM, nanjengombutho ophetheyo, phambi kokuba akhuphe imipoposho eguqula iliziwe. Waphakama, wakhe wehla enyuka apha egumbini, waze wathi ekugqibeleni, "Cde SG, uyayazi ukuba iADM yandonyula ukuba ibe ndim ophethe urhulumente. Ndiphethe ke nangoku. Iphi ingxaki?"

NoNobhala waphakama phambi kokuba aphendule, wathi, "Ngembeko enkulu Cde President, lo ngurhulumente weADM! Wena into oyiyo usisandla nje esikhethwe yiADM ngeenjongo yokusisebenzisa xa ilawula eli lizwe. Ithi ke lonto, phambi kokuba wenze izaziso ngomgomo wolawulo, kumele uqale ufune imvume kwiADM. YiADM ekubeke apha, yiADM enemanifesto, futhi yiADM ekhankasileyo yaluphumelela unyulo! Ngokusilela ukuthetha neADM phambi kokuba uthathe izigqibo, ithi lonto uyamxhwila lorhulumente. Namhlanje wazise ilizwe ngamagama abantu abakwiCabinet yakho, ungakhange uthethe nesikhokelo seADM. Asivumelani noko Cde President. Siyayazi ukuba umgaqosiseko uyakuvumela ukuba umseke urhulumente wakho ngendlela othanda ngayo. Loonto ayithethi ukuba ungayazisi iADM, kuba lamagama umise ngawo ngamalungu eADM. Siyakucela Cde President ukuba wenze esinye isaziso esicima esi obusenzile. Kungenjalo iADM izakuthabatha isigqibo sokukususa esihlalweni."

"Ndiyabona!" watsho uSibabalwe, eqhubeka ngelithi, "Mandikuve kakuhle, uthi ufuna ndisicime sonke isaziso, okanye ingxenye yaso?"

"Sonke Cde President, sonke" watsho uMabhaso

"Ndiyabona!" watsho kwakhona uSibabalwe, eqhubeka kwakho esithi, "Xa kunjalo ke Cde SG, ndicinga ukuba uwenzile umsebenzi obuze kuwenza apha. Ndizakwenza owam ke ngoku."

"Uthetha ukuthini xa usitsho Cde President?" Wabuza uMabhaso, ebubhideka.

Kwakhona, uSibabalwe wathatha ixesha phambi kokuba aphendule. Ukusuka apho, wahamba hamba apha egumbini, esihla enyuka. Ekugqibeleni wacofa umabonakude, emva koko wathi, "Jonga. Nazi iindaba eziphambili namhlanje. Bathi, ukuba siyaqhubeka nezinto endizipapashileyo namhlanje sizakwenza ingeniso yemali engange R3 trillion! Singazokha izindlu zabantu ngalemali. Yintoni ke ingakonwabisanga?! Bonke bathetha into inye, ethi ukuba ibhanti siyalibopha ngokwesithembiso, zonke iinjongo zemanifesto yeADM zizakufezeka."

Wakhe wema kancinane uSibabalwe, waphinda waqhubeka esithi, "Ukuba ke niyanyanzelisa kulento niyithethayo, inye kuphela mna into endizakuyenza. Ndizakubaxelela abantu baseMzantsi Afrika ukuba bevuya nje bona, nina ninxamnye nabo, nina nifuna ukuba urhulumente aqhubeke eqesha abantu kungekho mfuneko, endaweni yokuba urhulumente enze imisebenzi yabantu kungakhange kuchithwe xesha lide, nina nifuna ukuba abantu baqhubeke besokola ngemfundo engaphuhliyo nengafikelelekiyo, nina nithi abantu mabaqhubeke belayisha abantu babo abafileyo ezikiriveni ngenxa yobume obubi beendlela, endaweni yokuba iindlela zonke zilungiswe ngexesha elinye, nina nithi abantu abonyulwe ngamahlwempu mabaphile ubomi bezikumkani, beqhutyelwa ngeenqwelomafutha zikanokutsho, nina nithi anifuni nto ingenye ngaphandle kwephuhlisa obenu ubomi. Ndizakunixela!"

Uthe egqiba ukuthetha uSibabalwe, wabe uMnumzana Mabhaso ewakhuphe onke amehlo ngumothuko. Wayeqinisekile ke futhi ukuba uSibabalwe uzakuyenza lento ayithembisayo, ngokwenza njalo abeke iADM ekungqubaneni nesizwe. Kwathi nangona eqhele ukuba liciko lokuyibeka into nokuba iluhlobo luni na, wakhangeleka elahlekelwe ngamagama. Ekugqibeleni wafana wathi, "Ukuba uthetha ezozinto uyakuwuqhekeza kubini umbutho, ude ubulale neADM uqobo."

Waphendula uSibabalwe ngelingenalusini, esithi, "Jonga apha Cde SG, buya umva, undiyeke ndiqhube. Akukho nanye into endiyithethileyo enxamnye nemanifesto ye ADM."

Emva kwalengxoxo, wayishiya iofisi kaMongameli uMnumzana Mabhaso negqiza lakhe, kubonakala ukuba ubudlelwane phakathi kukaMongameli Amandla Khumalo kunye nombutho ophetheyo iADM buqhawukile ngendlela engenako ukungcibeka. KuSibabalwe iimvakalelo zombutho ophetheyo zazingathethinto konke konke, kangangokuba wathi lisaphuma nje igqiza leADM eofisini yakhe wabe sele elibele ngalo.

Kwelakhe icala, uMnumzana Mabhaso wathi akufika eofisini yeADM esembindini weRhawuti, emva kwegqugulana elifutshane kunye namalungu eADM akhoyo, wapapasha umyalezo omfutshane, oyivumayo inkqubo yomthetho, kodwa obonisa ukungavuyisani norhulumente omtsha ochongiweyo, nothi:

> "*Umbutho iAfrican Democratic Movement ukuqaphele ukuchongwa kwamalungu esigqeba solawulo sikazwelonke nguMongameli omtsha, uCde Amandla Khumalo. I-ADM iyayazi, kwaye iyayivuma into yokuba ngokoMgaqosiseko welizwe, uMongameli unegunya lokubumba urhulumente, echonga nabani amfunayo olilungu lePalamente. Okwesibini iADM iyithathele ingqalelo into eyaziswe nguMongameli malunga neenguqu acwangcise ukuzenza. IADM izakubambi iintlanganiso noMongameli ngalemiba, ngenjongo yokwazi banzi ngayo.*

> *Esi saziso sikhutshwe nguCde Mcebisi Mabhaso (uNobhala we ADM)*

> *Umhla: 5 September 2004*

INGXUBAKAXAKA

Nangona ilanga lalinqanqaza, bambi bekrokrela ukuba namhlanje lixhonywe ngumntu omfutshane, kuba abaqikeleli bemozulu babesithi lijinga phaya kwiqondo lamashumi amane anesihlanu ngokwesikali sikaCelsius, uLt Col Somani wayeziva ekhaphukhaphu. Umsebenzi abewuthunyiwe, ngokomyalelo wengqonyela yamapolisa, uGeneral Lucille Bester, kungoku nje wayewuqukumbele. Kwenye yeebhegi zakhe, kwakukho ingxelo engumqulu onamaphepha angamakhulu amane anesihlanu, owohlulwe wangamanqaku asibhozo.

Ixesha ngoku kwakuyimizuzu emihlanu phambi kwentsimbi yesithandathu, selekuqala ukurhatyela. ULt Col Somani wayefika esikhululweni senqwelomoya saseGoli, ejonge ukukhwela inqwelomoya yokugqibela eya eKapa, apho wayejonge ukudibana khona noGeneral Bester. Wathi phambi kokuba akhwele inqwelomoya ephuma ngentsimbi yesixhenxe, wakhwela emnxebeni efuna ukuthetha noGeneral Bester ngokukhawuleza.

"Molweni bethuna, ndingathetha noGeneral Bester?" wabuza uLt Col Somani emva nje kokuba ucingo luphendulwe eofisini kaGeneral Lucille Bester, liphendulwa linenekazi uNomzamo Mkhwanazi nelingumncedisi kaBester.

"Usesentlanganisweni okwangoku mam. Ndizakuthi ufunwa ngubani?" wabuza uNomzamo.

Waphendula uSomani ngelithi, "Mxelele ukuba ufunwa nguLt Col Somani. Uyandazi. Into endimfonela yona ingxamiseke kakhulu. Ndicela ubhale phantsi, umnike lomyalezo: Ndizakube ndisehotele yaseTable Bay ngecala emva kwentsimbi yeshumi elinanye ngokuhlwa kwanamhlanje. Ndicela ukuba adibane nam khona, ngeloxesha. Ndicela ke undixelele ukuba uthini. Ungathumela iwhatsup okanye iSMS, kuba andizukwazi ukuphendula ucingo. Ndiyathemba ukuba siyavana?"

"Ewe mam, ndikuvile, ndizakumxelela ngoku" watsho uNomzamo.

ULt Col Somani wayesazi ukuba sonke isikhokelo samapolisa sasiseKapa namhlanje sikwiintlanganiso zohlahlobiwomali lwamapolisa ePalamente. Wayesazi ukuba noGeneral Bester ukhona kwelogqiza, epheleka uMphathiswa WamaPolisa, kuba nangona kwakungekho msebenzi bawenzayo, yayisisiqhelo into yokuba xa kuvotelwa imali yesebe, zonke intloko zobupolisa zibekhona, ntoleyo wayeyiphikisa kuba esithi iyinkcithomali nenkcithoxesha.

Kwimizuzu nje embalwa emva kwencoko yakhe noNomzamo Mkhwanazi, uLt Col Somani wafumana umyalezo ngeSMS ungqina ukuba uGeneral Bester uzakifika kwihotele yaseTable Bay ngokuhlwa kwanamhlanje, ngecala emva kwentsimbi yeshumi elinanye.

KwakungoLwesine, umhla ka30 kwinyanga yoMsintsi ka 2004, xa kanye kufika ixesha ababethembisene ukuba bazakudibana ngalo ehotele yaseTable Bay, wabe sele ehleli uLt Col Somani, elinde ngomonde kwizitulo ezimfumamfuma zendawo yeendwendwe kulehotele, futhi ekhangeleka onwabile. Ingxelo le yona engophando uLt Col Somani abelithunywe ukuba alenze yayiphelele gingci, kungekho nalinye isolotya angalivelelanga, kwaye wayeziva ekulungele ukuphendula nawuphi umbuzo ngayo. Namhlanje umsebenzi wakhe lo kaSomani yayikukunikezela ngalengxelo kuGeneral Bester.

Emva koko esakhe isicwangciso yayikukuba uzakukhwela agoduke aye eMahlubini, ashiye bonke abakhokeleyo belawula okungumvuka kule ngxelo. Kodwa ngaxeshanye, nangona wayezixelela ukuba okuzakuqhubeka emva kokuba ingxelo eyithe thaca kwabasemagunyeni akuloxanduva lwakhe, eneneni yayimxhalabisa kakhulu into yokucinga ngokuzakwenzeka elizweni xa lengxelo ifika ebantwini. Kodwa kwayena wayephinda azixelele ukuba konke oko ayiloxanduva lwakhe. Yena uyagoduka, futhi ukufika nje kwakhe eMahlubini uzakuthatha umyeni wakhe bazikhuphe baye elwandle eMonti. Ilizwe lona lingatsha ke ukuba ngaba yileyo!

Kubo bonke ubomi bakhe njengegosa lobupolisa, uLt Col Somani wayeneengxelo ezininzi zophando phantsi kwesandla sakhe. Kodwa wayeqala ukuba abenoloyiko ngengxelo ayibhalileyo. Ngethuba wayeyibhala lengxelo, eyilungisa pha naphaya, eyicokisisa kwindawo ezithile, yayikho into emxelelayo ukuba esi asiphetheyo sisiqhushumbisi. Le ingxelo yayilelihlobo lubulalisa abantu.

Wavakala ethandaza uLt Col Somani ukuba zekuthi kanti uGeneral Bester ungumntu othembekileyo, kuba wayeyazi nento yokuba maxa wambi ibangulomntu ingxelo inikwa yena othi kanti ungungcothoza ofuna ukulunyukelwa. Waphinda wazixelela ukuba lamaxhala makawabeke ecaleni, lonke uloyiko analo alubeke ezandleni zowaziyo. Futhi ke wayeyazi nento yokuba le ingxelo ayililo oluhlobo othi wakuyifumana uyikhabele phantsi kwetafile. Yayitshisa bhe, kwaye nabani na othe wayifumana ngaphandle kukaGeneral Bester kwakungekho ndlela anokuthi angasebenzi ngayo. Ngubani igosa likarhulumente elinokungayinanzi into ebonisayo nenobungqina obuthi lo usesihlalweni sobuMongameli ligeza eliqhweshe endimangeni?

Kuba ke ngenene uLt Col Somani kuphando lwakhe wayeyifumene ingqiniseko ethi, uMnumzana X lo ngumfokazana apha othile, ogama lakhe lokwenene linguSibabalwe Rodney

Makhelwane, owathi waqhwesha kwisibhedlele sabantu abagula ngengqondo iPinelands Psychiatric Hospital. Wayeqinisekile kananjalo ukuba elinene, gxebe eligeza lak-waMakhelwane lilo eli lithe lanenyhweba yokuphehlelelwa kutsha nje njengoMongameli welizwe laseMzantsi Afrika, phantsi kwegama labumini elithi Amandla Wellington Khumalo. Ngaphezu koko, uLt Col Somani wayeyifumene ingqiniseko efungelweyo, ngqiniseko leyo ifumaneka kwinkondekazi uMrs Nora Davis, ethi uSibabalwe lo ngumntu ogula kakhulu, ekungamelanga ukuba abe kanti akekho phantsi kwenkathalo yesibhedlele. Konke oku kwakubekwe kwacaca kwingxelo yakhe.

Kwakhona, uLt Col Somani wayekwazile ukumkhangela amfumane uMrs Doreen Phakamisa, nowayesakuba ngumlawuli wePlace of Hope Orphanage apho uSibabalwe wakhulela khona. Intombi le yayisele igugile ngoku, ineminyaka engamashumi alithoba ubudala. Kodwa akuzange kumsokolise ukunika ingqinisekiso efungelweyo malunga noSibabalwe.

Waqhubeka uLt Col Somani eyizikisa yonke lento ivezwe luphando lwakhe, ezibuza umzekelo ukuba, inoba bethu kuzakuthiwani ke ngoku? Kuzakuyiwa enkundleni kufikwe kuzobikwa ukuba uMongameli ligeza? Okanye kuzakuyiwa kuMongameli lo buqu kufikwe kuthiwe 'eh Mongameli sifumanise ukuba uphambene, ngoko ke sizokukulanda sikuse endimangeni'? Okanye kuxelelwa iADM ukuba imgxothe ngokwayo uMongameli wayo? Njengokuba lo Mongameli uligeza sele ede watyikitya izivumelwano ezininzi namanye amazwe, uthini umthetho malunga nobunyani bezozivumelwano xa lo ebetyikitya eligeza?

Yayimininzi lemibuzo uLt Col Somani wayezibuza yona. Wakhe wema, waphefumlela ezantsi. Wayengayithandabuzi into yokuba uSibabalwe kufuneka esusiwe esihlalweni, ntonje umbuzo yayingothi, njani, kuba ke ephambene engaphambenanga, uSibabalwe wayenguMongameli waseMzantsi Afrika, ekwayiNkumanda yomkhosi. Ngokuqinisekileyo kwakuzakubanzima ukumkhiqa esikhundleni uSibabalwe, kuba babebaninzi abantu abazakumkhusela, betyhola ukuba wenzelwa ubuyelenqe ngoongqondo bugqwirha! Kodwa ke kunjalo, yayingumsebenzi wamapolisa ukunqanda ulwaphulo mthetho, phantsi kwazo naziphina iimeko. "Oh kwaze kwanzima!" Wavakala esitsho uLt Col Somani.

Kuthe xa ixesha lisithi ngamashumi amabini emizuzu emva kwentsimbi yeshumi elinanye, wangena uGeneral Lucille Bester, enxibe iunifomu yamapolisa epheleleyo, kucaca ukuba uphume nje ePalamente wangqala apha eTable Bay Hotel. Uthe akubona apho ahleli khona uLt Col Somani, wasondela uGeneral Bester, kwakhe kwabuliswana umzuzwana. Emva koko, uGeneral Bester wayalela omnye wabasebenzi balapha ehotele ukuba akhawuleze amphathele into eselwayo.

"Bekunzima namhlanje hey!" Wabuza uLt Col Somani, ekhuza olunxano lungaka.

"Mfondini, yitsh' uphinde. Andiyazi impambano esikuyo kulaPalamente! Waphendula watsho uGeneral Bester, waqhubeka ebuza, ebona umqulu wengxelo ubekwe phezu kwetafile, wathi, "Hey yilengxelo yakho le?"

"Ewe General, yiyo leyo. Yonke into ilapho." Watsho uSomani.

Wayiphakamisa uGeneral Bester lengxelo, ngokungathi uyiva ubunzima, wandula wayityhila, kwabonakala ukuba ufuna ukuyifunda kwangoku, ejonga ingakumbi amanqaku aphambili, wade walibala nokuba ebefike elihongohongo kukunxanwa, kuba nesosiselo wasiyeka sagcaba phaya!

Emva kwento ephaya kwimizuzu engamashumi amathathu uGeneral Bester efunda ingxelo kaSomani, waphakamisa intloko yakhe ngelibonisa ukuba okwangoku ugqibile, watsho esithi, "Hayi ndiyavuma Lt Col Somani, intle lengxelo. Ndincoma nendlela okhawuleze ukuyibona yonke lento, futhi ndiyayibona nento yokuba amatyala okubulala angazange afumane sisombululo, lengxelo iyawasombulula. Ewe kona ndisezakuyicokisisa ukuyifunda, bendifuna ukuyibetha koo-mofu. Usebenzile MaMiya."

Wathi uLt Col Somani engekaphenduli, waphinda wabuza uGeneral Bester esithi, "Khawutsho ke kodwa, uAmandla Khumalo lo wamanyhani kwenzekani kuye?"

"Enkosi kakhulu General. Malunga noAmandla Khumalo, nangona ndingakhange ndiphande nzulu, olwam uphando lubonisa ukuba uAmandla lo wabhubha ngethuba etyandwa nguDr Robert Schoeman. Wayelizamazama, ethengisa iday-imani ngokungekho mthethweni. Ndiyabona ke ukuba yena noSibabalwe babefana kakhulu ngomzimba." Waphendula watsho uSomani.

"Kona, ungathi kutheni lento uSibabalwe engazange abe nanto yakwenza nabantu basetyhni?" Wabuza uGener-al Bester.

"Ngokwengxelo endizifumeneyo, uSibabalwe akanayo imvakalelo ngothando, engenayo neminqweno yesondo. Uhlobo lomnqweno oluye lumfikele lunye kuphela, kukubu-lala umntu. Ndiyayincoma nangoku into yokuba kulemin-yaka ingaka engaphandle akakabulali mntu. Ndiyakrokra kodwa ukuba sikufutshane kwesosehlo ngoku. Uxinzelelo lweofisi kaMongameli luzakuyifezekisa lonto." Waphendula watsho uSomani.

"Ndiyabona. Inzima lento" watsho uGeneral Bester.

"Ewe General inzima kakhulu. Umbuzo ke ngulo wokuba uzakwenzani ngalengxelo?" Wabuza Somani.

"Hayi ke ntombenkulu, andizukuwuphendula ndodwa lowo umbuzo. Ndiyathemba ukuba ubungekazimiseli ukuba uzakulala, uGeneral Nduna naye usendleleni eza apha." Watsho uGeneral Bester.

"Hayibo! Uthetha ukuthini? Ndiwugqibile mna owam umsebenzi. Ndikunikile ingxelo. Ndiyolala mna ngoku. Ngomso ndiyahamba ndiya eMahlubini ebantwaneni bam!"

Waphendula watsho uSomani, ebonakala engayithandi into engathi ingamgcina apha kwakho!

"Ndifuna ubekhona xa sisebenza ngalengxelo. Ngumyalelo lowo, ayisosicelo. Ndifuna ukuba wenze amalungiselelo okuba uMrs Nora Davis enyuke eze ePitoli azodibana no-Mongameli. Ndifuna ukubeva bencokola." Watsho uGeneral Bester.

"UmntanaMaMiya! Hayi mandoyiswe!" Watsho uSomani.

Ngecala emva kwentsimbi yokuqala ekuseni, sele kuthe cwaka ehotele, wonke umntu emkile wayolala, wangena uMkomishinala Wamapolisa, uGeneral Silas Nduna, ephahlwe lihlokondiba loonogada. Bobabini uGeneral Bester noLt Col Somani baphakama xa bembona, bebulisa.

"Heke! Ndiyayithanda ke le yokuba amapolisa angalali! Kuhle xa kunjalo. Molweni bethuna. MaMiya, kuthiwa nguwe lo uqala itoyitoyi!" Watsho uGeneral Nduna, ebaxhawula bobabini uBester noSomani. Wathi bengekaphenduli waqhubeka wathi, "Yitshoni ke, kuqhubeka ntoni?"

"Eh General, njengokuba bendikhe ndatsho, emva kwalaa ncoko yam nawe, bendithume uLt Col Somani akhe aphande banzi. Ugqibile ke ngoku, nantsi nengxelo yakhe. Ngokufutshane, lengxelo iyakungqina ebesikukrokrela kodwa singenabungqina. Ngokufutshane, ubungqina bubonisa ukuba uAmandla Khumalo osesikhundleni sokongamela kweli, nguSibabalwe Rodney Makhelwane. Ngamanye amagama, sisengxakini." Waphendula watsho uGeneral Bester.

"Enkosi General Bester. Ndizakukhe ndizinike ithuba lokuyifunda kakuhle lengxelo. Namhlanje ngentsimbi yesixhenxe ngalentsasa, kukho intlanganiso ezakuba isePlein Street kunye nabaphathiswa bezoKhuselo kunye Nobuntlola. Ndifuna nibekhona kulentlanganiso. Nizilungiselele ke, kuzakutak' iintlantsi. Wena General Bester ndifuna ube uqinisekisa ukuba amapolisa aqeqeshelwe iimeko ezinzima abekwe kufutshane neeofisi zikaMongameli ePitoli nalapha eKapa.

Wena MaMiya, ndiyayazi into yokuba sowufuna ukuyo-kondl' iinkukhu eCofimvaba. Kanti ke ndiyakufuna apha. Lengxelo yakho andifuni sixakane nayo ungekho. Enye into, icomputer yakho, le ububhala ngayo lengxelo, ndifuna uku-ba isigcinilwazi sayo usingenise, usinike uGeneral Bester lo. Ndiyanishiya ke mna ngoku, masibonane ngentsimbi yesix-henxe." Watsho uGeneral Nduna, ephuma nabaphahli bakhe.

Emva kokuba uGeneral Nduna emkile, ixesha selelisithi kusemva nje kancinane emva kwentsimbi yesibini ekuseni, uSomani, wakhupha icomputer yakhe kwenye yeebhegi zakhe, wathi, "General nantsi icomputer yam. Ndikunika yona yonke ke, kuba mna andiyazi into ekuthiwa sisig-cinilwazi apha kuyo! Uncede uyibuyise xa ugqibile ngayo. Ubomi bam bonke bulapha."

"Kulungile wethu, yibeke apha. Kaloku isigcinilwazi yilento kuthiwa yihard drive ngesiLungu. Bendikuthembile!" watsho uGeneral Bester eyihleka, waqhubeka esithi, "masi-hambe nathi ixesha limkile. Iseninzi into ekufuneka ndiyenze, andiqondi ukuba ndiyakubasalala."

"Mna ndiyolala mntakabawo, ngekhe kaloku!" Watsho uSomani, ephakama, eshiya uGeneral Bester owayesena-masolotya athile afuna ukuwaqhobosha.

Akubanga kudala emva koku, kwangathi ixesha lixhatsh-we yinja. Entloko ngentsimbi yesixhenxe, yaqala intlanganiso ePlein Street njengoko uGeneral Nduna ebetshilo, kubonaka-la futhi ukuba abaphathiswa sebevile ngalengxelo. Kwathi xa kubonakala ukuba wonke umntu olindelekileyo ukhona, uMphathiswa Wezobuntlola, uNolleen Kutshwa wathi, "Eh General Nduna, uyayazi ke ukuba mna khange ndilugunya-zise oluphando ulenzileyo?"

"Ewe Mphathiswa ndiyazi. Ndiyakusamkela isohlwayo ukuba ndonile. Ingxelo yona yiyole phambi kwethu, asikwazi ukucima amehlo sithi ayikho, futhi nekubonisayo asikwazi ukungakujongi" Waphendula watsho uGeneral Nduna.

"Jonga ke, asinaxesha ngoku. Ingxelo ndiyifundile, ngoko ke andifuni kuxelelwa ngayo kwakhona. Umbuzo endinawo obhekise kuwe General Nduna ngothi, uthi masithini ke ngoku?"

"Hey hayi andazi inene!" Watsho uMphathiswa Wezokhuseloko, uNorman Ngenile, engenelela, waqhubeka wathi, "Okwangoku ndicebisa ukuba iADM ixelelwe ngalomba."

"Kulungile mabaxelelwe, nangona bona bazakufuna kuqalwe kupolitikwe ngalento, kanti ke le yingxaki yomgaqosiseko, ekufuneka sikhawulezile ukuyilungisa" watsho uMphathiswa uKutshwa.

"Injongo yokubaxelela kukulungisa isizwe ukuba siyazi into eyenzekayo, ukwenzela ukuba bangayiphazamisi inkqubo yomthetho" watsho uMphathiswa uNgenile.

"Ewe ndiyakuva Mphathiswa, umbuzo endinawo ngoku ngowokuba, uMongameli yena, nithi simxelele ukuba siyesamphanda safumanisa ukuba ungungcothoza wegeza?! Ndiyibuziswa ke lento kukuba, singabaphathiswa bakhe! Akulunganga kwa le yokuba sibesegquguleni elingoMongameli wethu!" wabuza uMphathiswa uKutshwa.

"Yho hayi andazi nam! Mhlawumbi singamcenga ukuba aphume esihlalweni kungadange kufuneke kwenziwe isinyanzeliso" watsho uMphathiswa uNgenile.

"Nokuba yintoni esiyenzayo, kufuneka sikulungele ukuhlangabezana nengxubakaxaka engumangaliso. Ndizakukhupha umyalelo wokuba amapolisa alungele ufayayo. Nogxa wam emkhosini ndizakumcela ukuba akhuphe umyalezo ofanayo oya emajonini." Waphendula uGeneral Silas Nduna.

"Yehake General! Umkhosi awubekwa kwimo kafayayo ngomnye umntu ngaphandle kwenkumanda yawo, enguMongameli! Ukuba wenza lonto, izakukhangeleka ngathi lubhukuqo lombuso" watsho uMphathiswa uKutshwa.

"Lt Col Somani, Ndicela ukubuza, wena, njengambhali wayo yonke lento, luthini olwakho uluvo?" wabuza uMphathiswa uNgenile.

"Mna Mphathiswa ndithi le imeko ifuna ukungenelelwa kungaphoziswanga maseko! Asinaye uMongameli, sinenyoka ethathe isikhundla sokongamela. Kufuneka isuswe ingekalumi mntu. Lento ndiyitshiso nalixhala esinalo, mna noGeneral Bester, lokuba ingulo kuSibabalwe ikufutshane ukuba igqabhuke" waphendula watsho uSomani.

"Yewethu Lt Col Somani, xa uthetha ngokugqabhuka kwengulo, uthetha ngantoni? Hayi ungasothusi kaloku!" wabuza uMphathiswa uKutshwa, eqhwaba izandla ngumothuko.

"Siyiqaphele Mphathiswa, nengxelo le itsho, into yokuba uSibabalwe uye afikelwe likakade lokubulala xa ethe wafakwa phantsi kwemeko yoxinzelelo. Siyayicingela ke into yokuba lingahle livuke elokakade phantsi kwale imeko" waphendula watsho uSomani.

"Xa kunjalo, ndicinga ukuba isolotya lomgaqosiseko elithetha ngokususwa kukaMongameli ngesizathu sokuba egula mhlawumbi lingasinceda kule meko watsho uMphathiswa uNgenile.

"Ewe, kodwa kufuneka kukho uphando olubonisa ukungaphili kuqala. Lengxelo kaLt Col Somani iyodwa ayanelanga" watsho uMphathiswa uKutshwa.

"Kulungile ke, phambi kokuba sihlasele iofisi kaMongameli, masikuvumele Mphathiswa ukuba ukhe umcenge lomfo ngokwakho" wacebisa ngelitshoyo uMphathiswa uNgenile.

"Tyhini wade wathi 'ngokwakho'! Ndilazelaphi mna igeza ukuba libotshwaphi?" wabuza uMphathiswa uKutshwa, ehleka.

"Hayi kodwa nam ndiyavuma Mphathiswa, kungakuhle kakhulu ukuba kunokuthethwa naye kuqala, acengwe ukuba azihambele kakuhle, emva koko abanjwe abuyiselwe esibhedlele" wacebisa watsho naye uGeneral Nduna.

"Hayi ke, kulungile, ndizakukhe ndizame kwakamsinya ukudibana noMongameli. Ndiyayigxininisa ke kanobom into yokuba siyazi ukuba yonke into esithe sathetha ngayo apha namhlanje iyimfihlo ephezulu" watsho uMphathiswa uKutshwa, waqhubeka ebhekisa kuBester noSomani, esithi, "Nina ke ningahamba ngoku. Masibonane kwakhona ePitoli.

Athe akuphuma lamagosa mabini, wathi uMphathiswa uNgenile, "Eneneni ke bethuna kumele ukuba senza ntoni ngalento?"

"Nam andazi!" waphendula uMphathiswa uKutshwa, izandla ezixhoma phezulu.

"Kodwa ke ndicinga ukuba uSilas unyanisile xa esithi makhe siqale simcenge lomfo" watsho uMphathiswa uNgenile.

"Kodwa kwelinye icala, sichitha ixesha ngento esiyaziyo. Ulicenga njani igeza, ulazi ukuba ligeza?" Wabuza uMphathiswa uKutshwa.

"Kaloku ubume bengqondo yakhe abumsusi ekubeni abe ngoMongameli, njengokuba nathi asiyeki kuba ngabaphathiswa ngenxa yokuba sityunjwe ligeza!" watsho uMphathiswa uNgenile.

"Lilonke uthi nangona lomfo engumkhohlisi, ungumkhohlisi ongumqashi wethu?" wabuza uMphathiswa uKutshwa, ehleka.

"Hey wethu, andiyazi nam lento ndiyibuzayo. Ndisuke ndamuncu. Mhlawumbi nyhani ke makhe sithethe neADM" watsho uMphathiswa uNgenile.

"Ndiyavuma. Ndizakukhe ndimthinte uCde SG. Okwangoku Ndicela sibeke ingca kulento, futhi siyiphathe njendaba yakwamkhozi." Watsho uMphathiswa uKutshwa.

Emva koko yafikelela esiphelweni lentlanganiso yababaphathiswa, yangulowo waleqa kwelakhe icala.

Ngaxeshanye, bathe ekwahlukaneni kwabo, uGeneral Bester kunye noLt Col Somani bavumelana ngelithi konke kusezandleni zabaphathi ngoku. "Hayi ke masithembe ukuba ingqondo izakuzohlula izigalo" watsho uBester, eqhubeka esithi, "Ungalibali wethu ukulanda uMrs Davis. Ndifuna eze apha ePitoli ngokukhawuleza."

"Ndisendleleni eya eBeaufort West ndithetha nawe nje" waphendula uSomani.

"Kuhle ke xa kunjalo. Masidibane kwakhona eGoli apha evekeni." Watsho uGeneral Bester. Sohlukana njalo esisibini.

Kungekudala emva koko, uLt Col Somani wabe sele esendleleni esinge eBeaufort West, eqhuba inqwelomafutha eqashiweyo yohlobo lweMercedes Benz C Class. UMrs Nora Davis wayehlala kuledolophu emva kokuthatha umhlalaphantsi ebunesini. Ngethuba esafika kuledolophu, uMrs Davis wayemane encedisa kwimicimbi efuna amanesi, ingakumbi ukukhathalelwa kwabantu abadala kwilokishi yaseSadesaviwa. Kodwa ngoku wayengasenawo loomandla, kuba wayeneminyaka eyi81. Emva kokusweleka komyeni wakhe uTed, lonto yamenza ukuba ahlale yedwa, nangona wayenaye umncedisi wethutyana.

Wayivuyela uMrs Davis kakhulu into yokuba akhe aphume eBeaufort West aye eGoli, xa wayecelwa nguLt Col Somani. Wavuya nangakumbi xa esiva ukuba amapolisa afuna ukuba afanise ilizwi likaMongameli kunye nelikaSibabalwe!

LAVELA IKAKADE

Emva kwethuba elingangenyanga uSibabalwe engenile esikhundleni sobuMongameli waseMzantsi Afrika, wayeziva onelisekile yinkqubela eyenziwa ngurhulumente wakhe. Zonke iingxelo awayezifumana zazibonakalisa ukuba uluntu ngokubanzi lwanelisiwe sisikhokelo sakhe. Neengxaki awaye enazo ekuqaleni kunye nombutho olawulayo zazithomalele okwakalokunje.

Eziveki zintathu zidlulileyo wayezichithe kwiphulo lokumamela izicwangciso zabaphathiswa bakhe, futhi wayenelisekile ngazo. Ngaxeshanye waye waqala inkqubo yokuthetha koonomathotholo ngokudibeneyo kwilizwe lonke, rhoqo ngorhatya lwangoLwesine, ephendula imibuzo yabaphulaphuli. Abaphengululi beendaba babevumelana ngento enye, ethi uMongameli uAmandla Khumalo yinkokheli yokuqala kweli engenabagxeki nakweyiphina indawo elizweni.

Kodwa ke kwakungoko, kuba kwezintsuku zimbalwa zidlulileyo, ingxelo kaSomani yaqala ukutulatula izandla ezininzi, lwaqala umingimingi. Zahamba zona iintsuku kungabonakali ukuba kwenzeka ntoni, abaziyo bethingaza. Wanxunguphala ngakumbi uMphathiswa Wezokhuseleko, kuba eyiqonda ukuba ngokuya lihamba ixesha kungekhonto yenziwayo, nemibuzo engenazimpendulo nayo iye ikhula.

Kanti ke unobangela wokuba kuthuleke ngoluhlobo kwakusenziwa nguMphathiswa Wezobuntlola, uNolleen

Kutshwa, owayekwiphulo lwengxoxo ezisetyezwayo nabantu abakulungeleyo ukuva ezindaba zingoMongameli, engafuni ukuyithethela emlilweni intaka, hleze imkisele.

Koluphulo ke, uMphathiswa uKutshwa waqala wanencoko kunye noNobhala weADM, uMcebisi Mabhaso. Yamothusa kakhulu uMnumzana Mabhaso lenyewe, kwaye eyakhe ingqondo ayathingaza malunga nento emele ukwenzeka, sele ekhumbula nalamini yokuthweswa kukaMongameli, apho kwathiwa makajike iibhasi ezazisendleleni eya eUnion Building, kunye nokuchongwa kwamalungu esigqeba esilawulayo sikazwelonke, kungathethwanga neADM. Wathi akuva ukuba ngungcothoza kakade lo wenze oku, ekubeni elinikiwe ithuba lokufunda ingxelo yophando lukaSomani, wathi "Makahambe, ngoku!"

Wakhawuleza emva koko uMnumzana Mabhaso wabiza intlanganiso noSomlomo wasePalamente, wamthelathsuphe ngalengxelo kaSomani. Emva koko, wabiza enye intlanganiso noJaji Omkhulu welizwe, ecela ingcebiso ngamasolotya asemthethweni anokuthi alandelwe, ingakumbi xa kushukunyiswa umgca 89 womgaqosiseko, ogunyazisa iimeko nendlela anokuthi asuswe ngayo esihlalweni uMongameli.

Kwakucacile ke ukuba ababhali bomgaqosiseko babengazange bayicinge into yokuba iofisi kaMongameli ingaze ngenye imini ithatyathwe ngothile osisikrelemnqa. Yayiqala ukwenzeka into yokuba kubekho umntu onenjongo zokuyixhwila laofisi, futhi ezonjongo zifezeke. Bobabini, uSomlomo kunye noJaji Omkhulu bamcebisa uMnumzana Mabhaso ukuba, bona beyiADM, mabamsuse uSibabalwe kwisihlalo sokongamela iADM, ukuze emva koko bamnyanzele ukuba, yena Sibabalwe abhale incwadi eya kuSomlomo ethi uyasishiya isihlalo. Ngamanye amagama, umthetho awumazi uSibabalwe Rodney Makhelwane, wazi uAmandla Wellington Khumalo, kwaye, eligeza okanye engelogeza, kufuneka inguye othi uyayeka emsebenzini!

Wabuya kwezintlanganiso uMnumzana Mabhaso ubuchopho bubila, futhi engancedisekanga, kuba usibabalwe kwakusekude ukuba aphume esihlalweni. Wabuyela kwa kuMphathiswa uKutshwa ngefoni, esithi, "Hayi Qabane ndoyisiwe! Thina siyiADM singamkhupha futhi simphuce nobulungu usibabalwe, kodwa ukumkhupha kubuMongameli kufuna ukuba kubekho uvoto ePalamente, ntoleyo efuna izizathu eziphathekayo. Ixhala lam lelokuba iADM izakugxekwa kanobom ngokunika isigulane sengqondo esiqhweshileyo isikhundla sokongamela ilizwe! Ndicebisa ke Qabane, ndicela futhi, ukuba uye ngokwakho kuSibabalwe umcenge ehle!"

NoMpathiswa uKutshwa wavuma ukuyenza lento, kuba ke kakade ibiyinto ebezimisele ukuyenza, ngokwesigqibo sabo kunye noMphathiswa Wezokhuselo. Kwathi xa kufika uMvulo womhla we sine kwinyanga yeDwarha ku 2004, uMphathiswa uKutshwa wafonela iofisi kaMongameli, esenza isicelo sokubona uMongameli namhlanje. NjengaMphathiswa Wezobuntlola, uKutshwa wayenolwazi ngenkqubo kaMongameli nangaliphi ixesha. Nanamhlanje wayeyazi into yokuba uMongameli uzakuhambela izibhedlele zaseNtshona Kapa, wayiqaphela ke futhi into yokuba uMongameli uyanyanzelisa ukuba nePinelands Psychiatric Hospital ibe kuluhlu lwezibhedlele azakuzindwendwela!

Iofisi kaMongameli yasivuma isicelo sikaMphathiswa uKutshwa, yatsho ibeka intsimbi yeshumi kusasa nje, njengexesha lalentlanganiso. Ngemizuzu elishumi phambi kwentsimbi yeshumi, wafika uMphathiswa uKutshwa kwiofisi kaMongameli eseTuynhuys, esamkelwa khona nguGloria Nosasa, ongumncedisi kaMongameli. Emva kokubulisa kuMongameli, uMphathiswa uKutshwa wayitshaya isaqhuma ngelithi, "Eh, enkosi Mongameli ngokuvuma ukundibona nangona ubungenasicwangciso sinam phakathi. Ndingagwegwelezanga ke Mongameli, ndizokukwazisa ukuba amapolisa ayaphanda ngawe."

"Ngam? Xa bekutheni ngoku? Kufunwa ntoni kum" wabuza uSibabalwe, engenelela.

"Kuqinisekiswa isazisi sakho Mhlekazi" watsho uKutshwa, ejonge uSibabalwe ntsho emehlweni, eqaphela futhi ukuba wothukile sesisaziso.

"Ndiyabona! Ngoku, kuzakwenzeka ntoni?" Wabuza uSibabalwe.

Waphendula uMphathiswa uKutshwa ngelithi, "Okwangoku akukabikho siqiniseko santo. Kodwa ke uCde SG, esebenza kunye noSomlomo basebenzela ukuba ususwe esihlalweni, phantsi komgca 89 womgaqosiseko. Sowumkhulu umgama osele uhanjiwe kulomba, kwaye noJaji Omkhulu wazisiwe. Kukho neentetha zokuba ungangavunyelwa ukuba uyenze intetho yakho yesizwe ePalamente, le icwangciselwe ukwenzeka kwezintsuku zimbini zizayo."

USibabalwe waphendula, ekhangeleka efuthekile ngumsindo, esithi, "Ngabangcatshi bonke aba bantu! Ngumsebenzi kaSatana wonke lo, ehamba ne White Monopoly Capital!" waqhubeka engekathethi kwakho uMphathiswa uKutshwa, "Enkosi ngokundazisa Mphathiswa. Konke kusezandleni zam ngoku. Enkosi."

Waphendula uMphathiswa uKutshwa ngelithi, "Mhlekazi, xa ndiyijongile, lemeko inobuzaza obukhulu, kwaye inayo nento engakhokelela ukuba kufe abantu abaninzi, kwenzeke nomonakalo omkhulu kwimpahla zabantu. Inye kuphela indlela esinokuthi sizikhwebule ngayo kule ngxubakaxaka, kukuba wena usishiye isihlalo sokongamela, namhlanje, ukuze noko ilizwe likwazi ukuphefumla."

"Ndiyabona" watsho uSibabalwe, waqhubeka esithi, "Enkosi Mphathiswa. Njengokuba besenditshilo, konke kusezandleni zam ngoku. Ndizakubanentlanganiso ngalemvakwemini kunye neqoqo lesizwe lezokhuselo, njengokuba nawe usazi. Ndizakuyibeka khona lengxelo undinika yona. Kwakhona, enkosi Mphathiswa, ungahamba ngoku."

Wakhe wahlala uMphathiswa uKutshwa, nangona wayegxothwa endlini, wathi, "Mongameli, ndiyakucebisa ngokumandla ukuba ungawubandakanyi umkhosi kulomba okwangoku. Iintshukumo zabo xa besiva ingxelo enje asizazi. Bangathatha isigqibo sokuwubhukuqa umbuso. Njengokuba ndisitsho, inye kuphela indlela yokuphuma kulento, kukuba wena uthi gu bucala."

"Ndiyabona! Njengokuba besenditshilo Mphathiswa, konke kusezandleni zam ngoku. Enkosi ngengcebiso. Ungahamba ke ngoku, sigqibile" watsho uSibabalwe.

Emva kokuba ephumile uMpathiswa Wezobuntlola, washiyeka uSibabalwe, esafuthikile ngumsindo, futhi ngendlela awagqibela kudala ukuyiva. Wakhe wehla enyuka apha eofisini yakhe engathethi, kubonakala ukuba ingqondo imfixene kukucinga. Emva kwemizuzu ethi mayibengamashumi amabini etshayinta kuleofisi yakhe, uSibabalwe wema ngesiquphe, oku ngathi ufikelwe ngumbono wumbi, wathetha yedwa, izandla ziphekuza, wathi, "Tyhini bayandiqhela! Ngurhulemente wam lo, endimsokole kanzima ukumfumana. Akukho ntothoviyane ezakundixelel' okunye nje okuphambeneyo noko! Yhini le! Maz'lime ke ziy' etyeni. Makaqhawuk' uNobathana! Kuzaw' gaganwa ke ngoku. Rha yhinile! Andizuvele ndinyamalale okwegqwirha! Kuzakutsha ibhayi kuqala! Abandazi kakuhle, ndinguSibabalwe Rodney Makhelwane mna, uMongameli waseMzantsi Afrika. Ophikisana noko ndizakumenzela inkawu ngenja!"

Akugqiba ukutsho oku, uSibabalwe wajikela ngemva kwetafile yakhe, watsala imfonomfono. Wathi akusabela uGloria kwelinye icala, wathi, "Gloria, khawungene ndiyakucela."

"Ndiyeza ngoku Mhlekazi" watsho uGloria. Kwimizuzwana embalwa, wangena uGloria eofisini kaSibabalwe.

"Eh Gloria" watsho uSibabalwe xa ebona uGloria engena emnyango, waqhubeka esithi, "Njengokuba usazi, intetho yam yesizwe ishiyekelwe zintsuku nje ezimbini ngoku. Ndifuna ke ukhawulezise wenze oku. Okokuqala, yenza amalungiselelo akhawulezisileyo, kuba ndifuna ukuba seofisini yam esePitoli ngentsimbi yesibini ngalemvakwemini, yanamhlanje. Kukho izinto ezithile endifuna ukuzithenga evenkileni."

"Kodwa Mongameli singakunceda ngezinto ofuna ukuzithenga. Akukho mfuneko yokuba ude uzikhathaze" watsho uGloria, engenelela.

"Hayi Gloria, ezinye izinto ndifuna ukuzenza ngokwam. Wena okwakho kukuba uxelele abaqhubi benqwelomoya yam ukuba ndifuna ukuya eUnion Building kwanamhle" watsho uSibabalwe, waqhubeka esithi, "Okwesibini, ngomso ndifuna ukudibana nabaphathiswa bonke ukuze ndibaxelele okuqulathwe kulentetho yam, phambi kokuba ndithethe nesizwe. Ndifuna ukudibana nomphathiswa abemnye ngexesha. Okwesithathu, phambi kokuba ndiqale ezontlanganiso nomphathiswa ngamnye, ndifuna ukudibana noJaji Omkhulu, uSomlomo wePalamente, kunye noSekela Mongameli. Zonke ke nezi iintlanganiso ndifuna ukudibana nomntu abemnye ngexesha. Zonke ke ezintlanganiso ndifuna ukuba ziqale ngentsimbi yesibini ngomso emva kwemini."

UGloria wawumamela wonke lomyalezo, ebhala phantsi, engathethi ngaphandle kokunqwala intloko yakhe ngelibonisa ukuba uyawuqonda umyalezo. Waqhubeka uSibabalwe esithi, "Zonke ke ezintlanganiso ndifuna zenzeke phaya eMahlambandlovu. Okwesine, ndifuna ukuba ndibekelwe iisuti noba zilishumi kunye neehempe namaqhina, ukwenzela ukuba ndikwazi ukutshintsha impahla yokunxiba xa kukho imfuneko yoko. Ndiyathemba ukuba siyavana?"

Wanqwala kwakhona uGloria, kodwa akathetha, nangona wayemangalisiwe, ezibuza ukuba inoba kwenzekeni phi, okanye kuzakwenzekani!

"Kuhle ke xa sivana. Ndicela ke zonke iintlanganiso zam zanamhlanje uzimise. Khawulezisa ubize abantu benqwelomoya, ndifuna ukuhamba ngoku. Ubaxelele oonogada bam ukuba andifuni hlokondiba namhlanje, xa ndifika eWaterk-loof. Inqwelomafutha enye okanye ezimbini zonele.

"Kulungile Mongameli, Ndizakwenza njalo" watsho uGloria, ekhwankqisiwe.

Eneneni ke, ngemvakweni leyo, uthe uSibabalwe akufika kwisikhululo senqwelomoya saseWaterkloof, wayalela abaqhubi bakhe ukuba bamse kudederhu lwevenkile ekuthiwa kuseMontana Crossings Retail Centre esemntla Pitoli, kumgama ozikilometers ezintlanu ukusuka eUnion Building. Bathe bakufika kwezivenkile, uSibabalwe wehlika emotweni, ejongiwe ngabathengi, bambi bemfota, abanye befuna ukumxhawula nokumanga.

Kungekudala, uSibabalwe wangena kwenye yeevenkile ethengisa ngezixhobo zokwakha izindlu, wathi akuba engaphakathi wabiza umphathi wevenkile. Kungekudala yavela indedeba engumnikazi walevenkile, umfo omfutshane nonenteshe, enxibe ibhulukhwe emfutshane nesikipa, wathi, "Mongameli! Saze sanenyhweba yokundwendwelwa nguwe namhlanje! Igama ndinguMonty Botha. Singakunceda ngantoni Mhlekazi?"

"Ndifuna ukuthenga isipho, ndisithengela umhlobo wam ongumlimi" watsho uSibabalwe.

"Njengokuba ubona Mongameli, akukho nto singenayo apha. Chaza nje wena le uyifunayo, ndiqinisekile sinayo" waphendula watsho uMonty Botha.

"Umhlobo wam usoloko ekhala ngento yokuba kunzima ukusika amadiza eswekile. Ndikhangela isitshetshe esinokumncedisa kulemeko yakhe. Ndifuna into enokuthi ikwazi ukungena ebhokisini encinane xa iphethwe." waphendula uSibabalwe.

"Sinayo into ekumila kunjalo apha Mongameli. Umzekelo sinaso isitshetshe ekuthiwa yiCold Steel 16-inch Jungle Machete. Siphuma nesingxobo sayo, futhi ke singakufakela ebhokisini encinane Mongameli" watsho uMonty Botha, ebonakala echulumancile.

"Ewe ingathi yilento ndiyifunayo leyo. Yimalini?" Wabuza uSibabalwe.

Yi R2700 kuphela Mongameli", watsho uMonty Botha, wabesele eyalela ukuba isitshetshe esi sisongelwe kakuhle sifakwe ebhokisini encinane. Emva kwemizuzu embalwa, waphuma kulevenkile uSibabalwe efunqule lebhokisana phantsi kwekhwapha, esinge kwinqwelomafutha yakhe.

Uthe akufika eUnion Building uSibabalwe, lebhokisana inesipho somhlobo wakhe wayinika omnye wonogada bakhe, eyalela ngokuthi, "Ndicela lebhokisana uyibeke phaya kula ofisi yam iseMahlamandlovu, kwenye yeedrowu zedesika yam. Ndizakuyifuna ngomso."

USibabalwe wayichitha yonke intsalela yalemini egqibezela ezinye izinto ebezikuluhlu lwezinto ebecwangcise ukuzenza phambi kokuba aphazanyiswe kukufika koMphathiswa uKutshwa, kuquka intlanganiso noonozakuzaku bamanye amazwe, intlanganiso neNkulumbuso yaseLesotho, nokutyikitya izinto ezazifuna ukutyikitywa etafileni yakhe. Wayalela ukuba umcimbi wokundwendwela izibhedlele umiselwe umhla ozayo.

Ngemini elandelayo, uSibabalwe wafika eMahlambandlovu kwakusasa, wakhe wahlala yedwa efunda ingxelo engobume bokhuseleko belizwe, neengxelo eziphuma kumaziko ozakuzo eli. Ngentsimbi yesithoba wabiza intlanganiso kunye nabacebisi bakhe, efuna ukuba kuphononongwe intetho yakhe yesizwe.

Kuthe xa kubetha icala emva kwentsimbi yeshumi elinambini, uMnumzana Phillip Madongeni, ongumcebisi kaMongameli wezopolitiko, wangena kwiofisi kaMongameli, ekhangeleka entshingintshingi. Wayesandula ukuba nencoko noNobhala weADM, kwaye kwakucaca ukuba ibengentle incoko le konke konke.

Uthe xa efika kwindawo yokwamkela indwendwe, eku-futshane neofisi kaMongameli, waqaphela ukuba phantse bonke abaphathiswa selebehleli apha, belinde imijikelo yabo yokudibana noMongameli – bonke bekhangela benoloyiko.

Wabulisa nje uMadongeni kubaphatiswa aba, wedlula wangena eofisini kaMongameli, apho aye wadibana noGloria kuqala.

"Sele ungena Mhlekazi, uMongameli ukulindile" watsho uGloria.

"Enkosi Gloria, kanti nam ndifuna ukumbona" waphendula uMadongeni.

UMadongeni uthe akungena kwiofisi kaSibabalwe, wafika wabulisa. Waphendula uSibabalwe esithi, "Ewe molo Mnumzana Madongeni, kutheni ingathi awukwazi nokuphefumla nje? Uleqwa yintoni?" Wabuza uSibabalwe, eqolosele phantsi emaphepheni wakhe.

"Ndizakuthini na Mongameli, umbutho ukhathazekile!" watsho uMadongeni.

"Bakhathazwa yintoni ngoku abo?" wabuza uSibabalwe.

"Bafuna ukuqonda ngezintlanganiso uzibizileyo ngalemvakwemini Mhlekazi. Bathi ingathi zikhangeleka zisiza nohlengahlengiso. Bafuna ukuqonda ukuba kutheni bengaxelelwanga" waphendula uMadongeni.

"Bathi mhlawumbi kukho ndlelathile abafuna ukuba ndidibane ngayo nabaphathiswa bam?" wabuza uSibabalwe, ekruqukile.

"Andazi nam Mhlekazi" watsho uMadongeni, ethintitha.

"Ukuba bayabuza kwakhona, baxelele ukuba bajonge ezabo iingxaki, bayekane norhulumente wam!" watsho uSibabalwe, waqhubeka, "ndifuna sithethe ngenye into ngoku"

"Kulungile Mhlekazi" watsho uMadongeni.

"Enyanisweni namhlanje ndibize umngcelele weentlanganiso. Ngentsimbi yesibini ndizakudibana uJaji Omkhulu. Ngecala emva kwentsimbi yesibini ndizakudibana noSomlomo wePalamente. Ngentsimbi yesithathu kungena uSekela Mongameli. Ngecala emva kwentsimbi yesithathu ndizaku-dibana noNobhala weADM. Ndiyathemba ke ukuba uzakundixelela ukuba ngubani urhulumente phakathi kwam naye. Emva koko, ukusuka ngentsimbi yesine, ndizakudibana nabaphathiswa" watsho uSibabalwe.

Uthe xa ebona ukuba uMadongeni akathethi, waqhubeka esithi, "Ndizakudibana nabo, umntu ngamnye ngexesha. Andifuni kuphazanyiswa ke ngalo lonke elaxesha, ndide ndigqibe ngabaphathiswa. Ndifuna umntu ngamnye angene kule ofisi ehamba yedwa, bashiyeke ngasemva oonogada kunye nabancedisi. UGloria uzakuhlala kule ofisi iphambi kweyam, abangenise xa ndikulungele ukuba bangene. Xa ndigqibile ngomphathiswa ngamnye, ndizakukhwaza uGloria ndithi makangenise omnye. Kuyo yonke ke lento, wena Mnumzana Madongeni ndiyakukhulula, awufuneki nganto. Hamba ke, sendizakuqala ngoku."

UMnumzana Phillip Madongeni wayengumntu ongafane aphelelwe yinto yokuthetha. Kodwa ngawo lomzuzu, way-eyinkukhu isikwe umlomo! Waphuma eofisini kaSibabalwe enikina intloko, ezibuza ukuba luhlobo luni lwempambano olu lucwangciswe nguMongameli Amandla Khumalo!

LAPHALAL' IGAZI

Waphuma uMnumzana Phillip Madongeni kwiofisi kaSibabalwe ephethwe ngamanwele. Nanjengomntu owakhe walijoni ngaphambili, uboya babungalali. Imbonakalo kaMongameli yayinayo into eyoyikisayo, nangona amagama okuyichaza wayengenawo.

Kungekudala uMadongeni emkile, uSibabalwe wathetha noGloria ngefoni esithi, "Gloria, ungamngenisa uJaji Omkhulu ngoku."

Ukulungiselela ezintlanganiso zakhe, uSibabalwe wayebeke isitulo sasinye esingajikeleziyo esizikithini seofisi, esenze sajonga apha etafileni yakhe. Emva kwesisitulo kwakho ikhabhathi engumhlobo omdala eyayihombisile nje. Yayiyenye yezinto eziyintsalela worhulumente waseTransvaal ngomnyaka ka1887 phantsi kwerhuluneri uPaul Kruger. Ecaleni kwetafile kwakukho umnyango okhokelela kwelinye igumbi elinempahla kaMongameli yokutshintsha.

Kuthe xa kubetha intsimbi yesibini emva kwemini, wangena uDr Michael Salva, ufafa lomfo osukileyo egadeni, uJaji Omkhulu eMzantsi Afrika, engeniswa nguGloria. Waphakama uSibabalwe kwisitulo sakhe esisemva kwetafile, wabulisa uJaji ngomdla omkhulu. Emva kokuba bebulisene, uSibabalwe wakhombisa uJaji ukuba angahlala phantsi, ekhomba kwesisitulo esisesizikithini seofisi. Wahlala phantsi ke naye uJaji, emva kokuthingaza kancinane. Emva kokuba uJaji ehleli phantsi, uSibabalwe wathi, "Eh Jaji ndiqinisekile ukuba uwavile la marhe athi ndiyarhoxa esihlalweni. Ndithe makhe sibenencoko ngalonto, ukuze silandele indlela eyiyo."

"Ndiyabona. Lilonke lamarhe ayinyani. Ndiyathemba ukuba incwadi eyazisa ngokurhoxa kwakho sele uyibhalile?" Wabuza uJaji.

USibabalwe akazange awuphendule lombuzo, koko waphakama kancinane, waqonda kulekhabhathi isemva koJaji, ngokungathi ulanda lencwadi athetha ngayo uJaji, kanti ulanda la celemba ebemthenge eMontana izolo. Wathi xa ephethe ucelemba esandleni, kwakukhona aphendula umbuzo kaJaji, esithi, "Ngenene Mhlonipheki, incwadi sendiyibhalile. Ndithi ke mandikunike ngokwam, yiyo ke le."

Wathi uJaji esaguquka kuba efuna ukufumana lencwadi, wangena wonke ucelemba entanyeni, yapoqel' ecaleni intloko! Wabhubha ngoko nangoko uJaji. Emva koko, uSibabalwe wawutsala umzimba ongenantloko kaJaji Omkhulu, wawufaka kwelagumbi lingasetafileni yakhe, apho nempahla zakhe zokutshintsha zikhoyo. Emva koko wachola intloko kaJaji, ebiqengqelekile yayoma ngomlenze wetafile, nayo wayiphosa egumbini. Emva koko wakhupha itshefu wacoca ucelemba kunye nendawo ezinegazi apha eofisini, waze emva koko wanxiba enye isuti ngokukhawuleza.

Esakuba egqibe konke oku, watsala ifoni, wakhwaza uGloria esithi, "Gloria, ungamngenisa uSolomlomo ke ngoku!"

Emva kwemizuzwana embalwa, wangena uMnumzana Mbulelo Madlelo, umalamb' edlile, intw' enomzimba onciphileyo, kodwa enesidima, uSomlomo wePalamente yaseMzantsi Afrika, engeniswa nguGloria. Wakhe wamangala uGloria ukuba inokuba uphi uJaji Omkhulu, kuba kungena uSomlomo nje, wayengaphumi yena. Waphinda kwayena wawuchitha lombuzo, ezixelela mhlawumbi uphume ngomnyango wangemva.

USibabalwe uthe akubona uSomlomo engena, waphakama kwisitulo sakhe esisemvakwetafile, wabulisa kwakhona ngomdla omkhulu, akugqiba wamkhomba kwisitulo esise-sizikithini. Emva koko wathi, "Eh Somlomo enkosi ngoku-vuma ukuza apha namhlanje, nangona isimemo usifumene ilanga selelitshonile. Ndiqinisekile uwavile lamahemhem athi ndiyarhoxa. Eneneni isizathu sokuba ndifune lendibano kukuba ndifuna ukutsho kuwe buqu ukuba injalo lonto, uk-wenzela ukuba mna nawe sicebisane malunga namanyathelo afunekayo ngokomthetho."

Wamamela uSomlomo, kodwa akathetha, enqwala nje. Ekugqibeleni wathi, "Enkosi Mongameli ngokuthetha nam buqu ngalomba. Ewe kona ukurhoxa kwakho kuzakufuneka kubhalwe phantsi"

"Ewe ndiyavuma Somlomo" watsho ephakama kwakhona uSibabalwe, esinge ngakwikhabhathi kaPaul Kruger esemva kwesisitulo ahleli kuso uSomlomo, wabuya esithi, "nantsi ke incwadi yam yokurhoxa."

USomlomo uthe esajika intamo kuba elindele ukufuma-na lencwadi, wangena ucelemba kaSibabalwe entanyeni, yapoqel' ecaleni intloko, yamgqibezela sele iyodwa uenkosi ebizama ukumtsho!

Emva koko, uSibabalwe wayiphinda yonke into ebeyenzile ngoJaji Omkulu. Wathi akugqiba, sele enxibe enye isuti, wafonela uGloria, wathetha ngelizwi eselelifuna ukutswina, esithi, "Gloria, ngenisa uSekela Mongameli ngoku!"

Emzuzwini, wangena umama uDoreen Khuzwayo, intokazi entle, emile kaluhle, efanelekile nakule suti imnyama wayey-inxibile, engeniswa nguGloria. "Tyhini enkosi Makhuzwayo ngokuba uzidine uze apha namhlanje" watsho uSibabalwe ephakama esitulweni sakhe, ekhomba esitulweni esisesizikithi-ni, esamkela uSekela Mongameli ngomdla omkhulu. Wathi engekaphenduli uSekela Mongameli, waqhubeka uSibabalwe, esondela kwikhabhathi enocelemba, "namhlanje ndizimisele ukurhoxa kwisihlalo sobuMongameli..."

Wathi uSekela Mongameli esothuke leyo, intloko yakhe yayow' buza sele ithe geqe yodwa umbuzo othi, "uthi uyarho…"

USibabalwe, emva kokuphinda yonke into ebeyenze kuSomlomo, wafonela uGloria kwakhona esithi, "Gloria, ngenisa uNobhala weADM ke ngoku!"

Ngelithuba kwenzeka yonke lento eMahlambandlovu, uLt Col Somani ehamba noMrs Nora Davis babefika esikhululweni senqwelomoya iJohannesburg International Airport, bevela eKapa. Bathe xa bephuma ukuba bezakufumana itaxi eya ePitoli, uLt Col Somani wabona inqaku lendaba komnye woomabonakude abalapha esikhululweni, nqaku elo elamtsho wabanda ngumothuko, lisithi, "EZIFIKA NGOKU… Namhlanje uMongameli Amandla Khumalo wothuse abathengi kudederhu lwevenkile olusePitoli, xa efika ezokuthenga ucelemba. Uthe xa ebuzwa ukuba uzakwenza ntoni ngocelemba lo, wathi sisipho asithengela umhlobo wakhe ongumlimi…"

Uthe akubona elinqaku, uLt Somani, wakhawuleza wayaleza koonogada besikhululo ukuba bathathe wonke umthwalo wabo benoMrs Davis bawubeke elukhuselweni lwabo, watsho ebabonisa isazisi sakhe sobupolisa. Akuba eqinisekisiwe ngokugcinwa kwempahla yabo, uSomani noMrs Davis bakhwela etaxini, uSomani emcela umqhubi ukuba makaqhube ngathi uqhuba inqwelomafutha yamapolisa. Wabuza uMrs Davis, ekhwankqisiwe, "Kwenzeka ntoni?"

"Sinengxaki. Ndicinga ukuba uSibabalwe uvukwe kukugula!" Watsho uSomani, efonela uGeneral Bester, nathe wakuphendula, wathi kuye, "General, ndicela inombolo yefoni yalamqhubi ebese uMongameli eMontana izolo."

"Khawume kancinane, uyifunela ntoni?" Wabuza uBester.

USomani wabuza omnye umbuzo endaweni yokuphendula lo kaBester, esithi "Ithini inkqubo kaMongameli namhlanje?"

"Uzakudibana noJaji Omkhulu, noSomlomo, noSekela Mongameli, noNobhala weADM, kunye namalungu eCab-

inet, edibana nabo umntu ngamnye. Ubuziswa yintoni?"
Wabuza uBester, ixhala likhula.

Kwakhona, uSomani wabuza omnye umbuzo endaweni
yokuphendula lo kaGeneral, esithi, "Ezintlanganiso zidibane-
la phi?"

"Yewethu Lt Col Somani, sukundoyikisa! Kutheni wandi-
pheka ngemibuzo?" Wabuza uBester, ecaphuka.

"Hayi General, andifuni kukothusa, kodwa ndicinga uku-
ba ngawo lomzuzu uSibabalwe uyawuchitha urhulumente
wakhe, ngeyona ndlela ayaziyo. Uzakubulala wonke umntu
ammemele kulaMahlambandlovu. Khawuleza ungenelele!"

"Uthetha ukuthini?!" Wabuza uGeneral Bester, efakela ne-
sithuko esimanyumnyezi, endithe mandikusindise kuso mlesi!

"USibabalwe izolo uthenge ucelemba. Namhlanje udibana
nabo bonke abantu abanokuthi xa besusiwe ezihlalweni
zabo ngaxeshanye kuphele ngoburhulumente baseMzantsi!
Ngenelela General, ixesha limkile!" Watsho uSomani. Weva
nje xa ekhuza uBester apha efonini isithi, "Thixo wamaZu-
lu!", wayicima eyakhe ifoni uSomani. Nomqhubi wetaxi obe-
mamele lencoko watsho wayiqonda ukuba kutheni kufuneka
azenze ipolisa, wawunyathela umcephe.

Emva kwimizuzu engamashumi amabini, uLt Col Somani,
kunye noMrs Nora Davis bafika eMahlambandlovu.
Kwacaca kwakamsinya ukuba ikhona into eyenzekileyo.
Umbono nje walendawo yayingathi kusemfazweni, kungekho
ndidi yanqwelomafutha karhululemente engekhoyo. Ngenxa
yomothuko awaye enawo malunga nento awayeyicingela
ukuba iyenzeka eMahlambandlovu, uGeneral Lucille Bester
wabiza wonke umntu, kwiintlaka zonke zokhuselo, ukuba
aleqe khona. Kwathi kuba elikhwelo lalisuka kanye kwiofisi
kaMkomishinala wamapolisa uGeneral Silas Nduna, nalapho
wayekhona uBester ngethuba besaziswa nguLt Col Somani,
kwaxhuma zonke iinkonzo zikaxakeka.

Kungekudala nabendaba nabo baliva ivumba lendaba, bafika eMahlambandlovu ngobuninzi babo. Uthe xa efika uLt Col Somani kwabe selekugcwele kungekho nandawo yokumisa imoto. Nesitalato iChurch Street kwanyanzeleka ukuba sivalwe sonke. USomani wafane wancedwa nje kuba enesazisi sobupolisa esiphezulu, wavulelwa wangena, ehamba noMrs Davis.

Wakhawuleza wabona uSomani ukuba amapolisa sele ethathe ulawulo lwale ndawo yentlekele. Wathi esajonge leyo, kwavela amapolisa amabini ephuma ngaphakathi, ebambe uGloria macala, ekhala uGloria, futhi ekhwaza esithi, "Bonke bafile! UMongameli ubabulele bonke! Thixo wam!"

Kwabe sekuqondakala kobengekho ukuba kwenzeke ntoni. Bothuka baphants' ukufa abaphathiswa abasindileyo, nababefolele ukungena babone uMongameli, xa bebona kufika imidolomba yabomthetho, iinqwelomafutha zabangcwabi, naxa besiva isikhalo sikaGloria!

USomani wasondela kwelinye lamapolisa wabuza, "Ngubani ophetheyo apha?"

Yabuya impendulo isithi, nguCaptain Makhuzeni osuka kwisebe lamapolisa aseSunnyside, ongaphakathi kwiofisi kaMongameli sithetha nje. Wabulela uSomani, naye engena kule ofisi yengozi, eshiya uMrs Davis ngaphandle.

Wena wakhe wabubona ubutyadidi, obabubonwa nguLt Col Somani emva kokuba engenile kwiofisi kaMongameli! Ngokhawuleza, uSomani wanikwa ingxelo nguCaptain Makhuzeni, eyayisithi amapolisa angene xa kanye uMphathiswa wezokhuselo, uNorman Ngenile wayethetha noGloria kuba kuzakulandela yena; afika uSibabalwe ehleli etafileni yakhe, impahla zakhe zigxiza igazi; ayifumana intloko kaMphathiswa wezobuntlola iqengqelekele phantsi kwetafile; aze ayifumana yonke eminye imizimba ikwigumbi elisecaleni, yonke inqunyulwe intloko. Wayigqiba ingxelo yakhe uCaptain Makhuzeni ngelithi, isixhobo esisetyenzisiweyo ngucelemba, naye ufunyenwe enegazi kwikhabhathi ekwakule ofisi kaMongameli.

Ngelithuba ke uSibabalwe wayesele ebanjiwe, izandla zibotshwe ngamakhonkco, ecambalele phantsi, enxibe ihempe emhlophe ngebala kodwa ibomvu namhlanje ngenxa yegazi, elingelolakhe.

Ethubeni, uCaptain Makhuzeni esanika ingxelo ngomsebenzi wamapolisa ukuzothi ga ngoku, kwangena uGeneral Bester, ekhuza lombono unje. Wabuza uCaptain Makhuzeni, "Ke ngoku, nithi masithini ngayo yonke lento?"

"Khawume kancinane, ndisafonela uGeneral Nduna. Nangona uMphathiswa wezokhuselo ekhona, wothuke kakhulu, kuba usinde ngesikaSibi. Akekho zingqondweni zakukhokela apha" watsho uGeneral Bester.

Emva kwethuba efonela abantu abathile, uGeneral Bester wanika imiyalelo eliqela, esithi, "Mthatheni uSibabalwe Makhelwane nimkhwelise eveneni yamapolisa, nimse ePretoria Central Prison. Bizani abantu abaphanda nzulu, ingakumbi abantu abathatha intshisakalelo yezandla, bangene baphononge leofisi kunye nabafi aba. Emva koko bathatheni bonke nibase emkhenkceni e-1 Military Hospital. Kukangako okwangoku. Wena Lt Col Somani, owakho umsebenzi kukwazisa oonondaba ukuba uMkomishinala wamapolisa uzakukhupha isaziso ngalenquleqhu kulemizuzu ingamashumi amathathu ezayo. Yonke iMahlambandlovu yindawo yexhwayelo, ivaliwe ukusukela ngoku. Yonke inquleqhu emalunga nesisihelegu izakulawulwa eUnion Building."

Emva koko, igqiza lamapolisa laphuma kwiofisi kaMongameli, lipheleke ibanjwa elinguSibabalwe, lamkhwelisa kwinqwelomafutha yamapolisa, kwemkiwa naye, oonondaba beleqeka nezifoti zabo ngasemva!

Kungekudala, yafika inqwelomafutha kwicandelo labagulayo ePretoria Central Prison, sele konke kulungisiwe, kuba iindaba ngesehlo saseMahlambandlovu zazisele zifikile nalapha. Unesi omkhulu ophethe elicandelo wasondela, ezazisa emapoliseni njengo Sister Nxele. Ipolisa elikhokeleyo, uSergeant Fourie, wathi, "Enkosi Sister Nxele. Lo mhlekazi simzise apha sisigulane sikarhulumente. Ulibanjwa. Indima yakho kukumgcina apha. Amapolisa nawo azakubakhona ukumgada ngalo lonke ixesha."

EMVA KWESITSHINGITSHANE

Kungekudala isehlo saseMahlambandlovu senzekile, ibali labalinye kuwo wonke amaziko endaba, kukhuzwa isimbonono sesihelegu sikaMongameli obulele amalungu aphezulu karhulumente! Amaphephandaba ayede azikhalala iindaba zemidlalo nezolonwabo ngenxa yobukhulu belinqaku. Kwathi xa kurhatyela zavakala nendaba zokuba ilizwe liyashukuma lonke, abantu benza imigushuzo ezitalatweni phantse kuzo zonke iidolphu zeli, ingamalungu nabalandeli beADM besithi, 'ningamthinti uMongameli wethu!'

Naloongxelo kaSomani ibikade iyimfihlo, yafunyanwa ngoonondaba, ingulowo nalowo umzi wonondaba uzihlalutyela yona. Wakhawuleza uLt Col Somani wasematheni, bonke oonondaba befuna ukuthetha naye, futhi yagqama nento yokuba lipolisakazi laseCofimvaba elibhentsise ukuphambana kukaMongameli welizwe, lo uthe ngaloo mpambano wabulala abantu.

NaseMahlambandlovu, ekwakuyindawo yexhwayelo, oonondaba babegilana khona, befuna imifanekiso yentlekele. UGeneral Bester wayalela ngokuqinisileyo ukuba kungangenwa eMahlambandlovu, kwaye kungabikho namifanekiso ithathwayo, ntoleyo yakhokela ukuba amapolisa okhe idonga eliluqilima elisisithintelo.

Kungekudalo kwaphuma umngcelele weenqwelomafutha zabangcwabi zithwele onke amaxhoba kaSibabalwe, umbono owawulusizi ezweni!

Kwathi kusajongwe leyo, zavakala indaba zokuba amajoni enza eyawo imishukumo. Yabonakala imingcelele engazange ibonwe ezimbalini zeli, uhlokondiba lweenqwelomafutha zomkhosi zijikeleza kwizitalato zasePitoli, futhi zirhangqe izakhiwo zomdibaniso.

Ngenxa yeziphithiphithi zanamhlanje, ayizange ithathel-we ngqalelo intlanganiso yamagosa aphezulu emkhosini, kuphononongwa ingxelo kaSomani, kunye nesimo selizwe. Lentlanganiso yakhawuleza yafikelela kwisigqibo sokuba ilizwe lifikile kwimeko yonxunguphalo ababeyibiza njengo Condition Bravo, eyayifikeleleka ngokuthi kusweleke ngaxe-shanye bonke abasemgceni wokukhokela ilizwe, meko leyo yayinyanzelisa ukungenelela komkhosi.

Emva kokuba iinkokheli zomkhosi zisithathile isigqibo sokungenelela, wakhutshwa umyalelo othi onke amajoni asePitoli naseGoli mawasondele ngaseUnion Building. Ngaxeshanye, kwathunyelwa amajoni kwisikhululo sikama-bonakude iSABC, amanye avala izitalato. Kungekudala wa-bonakala kumabonakude unkumanda womkhosi, uGeneral Alfred Mekgwe, efunda isaziso esibhaliweyo, nesithi,

"Bantu baseMzantsi Afrika, molweni ngabo obu busuku. Igama lam ndingu General Alfred Mekgwe. Ndiyinkumanda yomkhosi iSANDF. Ndiqinisekile ukuba nizivile indaba ezilusizi ezivela ePitoli. Enyanisweni, umntu enimazi ngokuba nguAmandla Wellington Khumalo ubanjiwe, kwaye uphantsi kolawulo looqgirha njengesigulana sengqondo. Apha ezintsukwini ezizayo sizakuyicacisa ukuba ithetha ntoni lonto. Emandikugxininise kukuba uAmandla Khumalo

akangoMongameli waseMzantsi Afrika uku-
sukela ngoku. Okwesibini, ndithanda ukuyitsho
ukuba aba balandelayo abasekho:

1. *USekela Mongameli, uMs*
   Doreen Khuzwayo

2. *UJaji Omkhulu, uDr Michael Salva*

3. *USomlomo wePalamente,*
   uMr Mbulelo Madlelo

4. *UNobhala weADM, uMnumzana*
   Mcebisi Mabhaso

5. *UMphathiswa wezobuntlola,*
   Ms Nolleen Kutshwa

Yanga imiphefumlo yabo ingaphumla ngoxolo.
Ingxelo nemeko ababhubhe phantsi kwayo isa-
phandwa. Into ecacileyo yile yokuba ukufa kwa-
bo kuvule isikhewu kumgaqosiseko weli, ntoleyo
enyanzele ukuba singumkhosi singenelele, ukuze
sithintele ulwaphulo mthetho olunokuthi lwenze-
ke. Ngapha koko, ngenxa yokubulawa kwabafi
aba, lonto ibonise mhlophe ukuba umgaqosiseko
weli awunazithintelo zaneleyo. Ngoko ke, umk-
hosi uthathe isigqibo sokuwathathelo kuwo onke
amandla namagunya olawulo eMzantsi Afrika.
Ukuhambiselana nesisigqibo, umkhosi useke
isigqeba solawulo esichotshelwe ndim. Mnye
kuphela umsebenzi wesisigqeba, kukusebenzis-
ana nomphakathi kwiphulo lokubuyisa urhu-
lumente wesininzi. Okwangoku ke, iPalamente
inqunyanyisiwe. Iinkundla zonke zizakusebenza
phantsi kwemiyalelo yomkhosi. Enkosi"

Zaqhubeka zisanda iindaba ngesehlo saseMahlambandlovu, sezikhatshwa nayimifanekiso kaMongameli ebotshiwe elayishwa okwengxowa yetyiwa kwinqwelomafutha yamapolisa. Zangena futhi neendaba ezithi ityotyombe likaSibabalwe eliseSwaneville litshisiwe, noCde Sakhiwo wakhawuleza wafumaneka kwabendaba, wabonakala kumabonakude esithi, "Abanye bethu babeyazi kwasekuqaleni ukuba umbutho wethu iADM ingenelwe ngamageza! Ayisothusanga into ekuthiwa yenziwe nguAmandla Khumalo."

Yaqhubeka imigushuzo yabantu, sele iphenjelelwa nakukuthathwa kwentambo zolawulo ngumkhosi, kungekho namnye oyikholelwayo into yokuba uSibabalwe ubulele abantu, okanye uligeza ela qhwesha endimangeni. Konke oko kwakungamampunge aphenjelelwa ngoongxowankulu abaphikisana nenguqu ebisiza noCde Amandla!

Kwathi kubetha icala emva kwentsimbi yeshumi ebusuku, kwabe inguMbo nomXesibe kumabala aphambi kwezakhiwo zomdibaniso nakwizitalato zasePitoli.

Ngokuya ixesha lihamba, nenani labantu ezitalatweni landa, ingakumbi eBeatrix naseHamilton street, futhi abantu baqala ukufuna ukufunza emajonini, ngamatye neembodlela, bekhwaza besithi, "Bring back Amandla!"

Kungekudala, amajoni athulula abaqhankqalazi ngembumbulu, besebenzisa oombayimbayi babo bohlobo lweR4. Wafa umntu!

ISIPHELO

Ngemini elandelayo, umhla we6 kweyeDwarha kumnyaka ka 2004, xa abantu besavuka belungiselela ukwenza izintoyinto zabo zemihla ngemihla, kwakhawuleza kwacaca ukuba lemini yanamhlanje inesimo esingaqhelekanga. Okokuqala nje kwakungekho nto zakuhamba. Amajoni ayemisa kwanto, kungekho zibhasi, zitaxi naloliwe.

Idolophu yasePitoli yonke yayinuka irhuluwa, oko kusenziwa ngumsi osuka kukutshiswa kwamatalaya enqwelomafutha, kunye nevumba lesintyizisi ebesisetyenziswa ngamajoni namapolisa ukuchitha izihlwele zabantu.

Ubutyadidi nenyhikithya yangezolo yayibonakala kuyo yonke indawo. Izitalato zazigcwele imizimba yabantu engekaqokelelwa, kunye nemfucumfucu yobumdaka obuyinzalelwana yoqhankqalazo. Onke amaphephandaba anamhlanje ayebika into enye, ubhubhane wasePitoli! Phantse onke lamaphephandaba ayathekelela ukuba ngubusuku bayizolo kubulewe abantu abangamakhulu amathathu ePitoli nje iyodwa, kungaziwa ukuba bangaphi ababulewe kwezinye iidolophu, ezifana neThekwini naseKapa.

Zonke izitalato zasePitoli zaziphantsi kolawulo lomkhosi, kwaye kwakungasekho bani oqhankqalazayo. Iinkqubo zikamabonakude noonomathotholo zazimisiwe, kudlalwa umculo wasemkhosini kunye nemiboniso bhanyabhanya yakudala efana nekaBud Spencer noMshefane! Izikhululo zenqwelomoya, imida kunye namazibuko eenqanawe, zazivaliwe.

Umbutho womanyano lwaseAfrika, iAfrican Union, kunye nombutho womanyano lwezizwe zehlabathi, iUnited Nations, wakhupha umyalezo omfutshane oyigxekayo into yokubhukuqwa kombuso wabantu baseMzantsi Afrika ngumkhosi.

Ngentsimbi yethoba kusasa, zonke izikhululo zikamabonakude zabonisa umfanekiso wengqonyela yomkhosi kweli, uGeneral Alfred Mekgwe, imbishimbishi yomfo onezoso nalapha entanyeni, ebonakalayo ukuba ayothuki kukulanyaza kombane. Wangena uGeneral Mekgwe kumabonakude, enxibe iunifomu yakhe enembasa zomkhosi ezininzi, wathi, "Bantu baseMzantsi Afrika, molweni ngalentsasa. Inzame ebezisenziwa ngumbutho iAfrican Democratic Movement, zokuphazamisa uxolo ekuhlaleni, ziphanzile. Zonke iinkokheli zeADM zivalelwe, kwaye iADM yona ivalwe umlomo. Ukusukela ngoku, zonke iintshukumo zopolitiko azivumelekanga. Njengokuba ndithetha nawe nje, imeko yozinzo noxolo ibuyile elizweni, kwaye singulomkhosi sizakuyisiphula nozwane into engathi ifuna ukuphazamisa uxolo."

Kwathi kwangalemini, phaya ngentsimbi yesithathu emva kwemini, uMrs Nora Davis, ephelekwa nguLt Col Somani, wafika kwicala lezonyango kwitilongo yasePretoria Central Prison, bezokubona uSibabalwe. Bafika uSibabalwe ebotshwe ngamakhonkco, iingalo nemilenze, kwigumbi elalibonakala ukuba lelasentolongweni, kuba yonke into yayiyeyentsimbi, futhi uSibabalwe wayerhangqwe luthango lwentsimbi, kungasondeleki kuye. Ebotshwe enjalo, wayehleli ngempundu phezukwebhedi, ubuso bugqunywe ngamabhandeji.

Wakhe wamjonga uMrs Davis, ekhumbula ukumgqibela kwakhe uSibabalwe, nenkangeleko yakhe yetshamba ngalomini. Kodwa namhlanje wayekhangeleka oyisiwe.

Ekugqibeleni wakhwaza uMrs Davis esithi, "Sibabalwe! Molo, usandikhumbula?

Wajika intloko yakhe uSibabalwe, ejonga uMrs Davis, waphendula wathi, "Sister Davis, yithi Mongameli xa undibiza! Ngubani lo uhamba naye?"

"Lo nguLt Col Nomveliso Somani. Kutheni ubuso bakho bugqunyiwe nje?" Wabuza uMrs Davis.

"Ndiyabulisa Mongameli" watsho uLt Col Somani, engenelela.

"Molo wethu mam' uSomani. Ndiyeva ukuba kufunzwa ngawe esipoliseni!" Waphendula uSibabalwe, waqhubeka ebhekisa kuMrs Davis, esithi, "Baphinde bandityanda, bazama ukususa uAmandla Khumalo kum."

"Hayibo! Iyakwazi ukwenzeka into enjalo?" Wabuza uMrs Davis, ejonge kuSomani.

USomani wenyusa amagxa akhe, wathi, "kwazi bani, ngobuchwepheshe bezimini!"

USibabalwe wathi, "Uyabona Sister Davis, ndandikuxelele ukuba ndingayenza lento!"

Waphendula uMrs Davis enikina intloko, "Ewe ndiyabona, Mongameli! Kodwa jonga ngoku into osenzele yona. Usisuse kurhulumente wesininzi wasizisa kurhulumente wobuzwilakhe!"

Ngaxeshanye, kwesinye isibhedlele sabagula ngengqondo, esisempuma nePitoli, eLynwood, namhlanje kungeniswe isigulane esitsha, egama laso singuGloria Nontwencinci Nosasa. Usisi lo oko efikile umane ekhwaza igama lakhe ngelizwi elibudodarha, okukongathi ulinganisa mntu uthile. Umane esithi, "Gloria! Zisa omnye ngoku!"

OOO WAVALWA UMKHUSANE OOO

www.ingramcontent.com/pod-product-compliance
Lightning Source LLC
Chambersburg PA
CBHW051258250626
47155CB00009B/3337